京师青年教师出版资助基金
JINGSHI QINGNIAN JIAOSHI CHUBAN ZIZHU JIJIN

本书是国家社科基金青年项目"新形势下的妇女传媒研究"（05CXW003）的最终研究成果

XIN XINGSHI XIA DE NYUXING CHUANMEI

新形势下的女性传媒

宋素红◎著

北京师范大学出版集团
BEIJING NORMAL UNIVERSITY PUBLISHING GROUP
北京师范大学出版社

前　言

一、研究缘起

女性媒介是指以女性为主要目标受众、传播与女性有关的新闻和信息的传播媒介。女性媒介的内容大致可分为两类：一是以情感故事、美容时尚和主妇厨房等"软性内容"为主；二是以女性本体需求为立足点，以反映女性主体意识存在和发展为重要宗旨，以紧密围绕女性日常生活经验为主。[①] 改革开放以来，随着我国社会转型及数字传播技术的发展，女性媒介获得了长足发展并成为中国媒介市场的一个亮点。同时，女性媒介的结构发生了深刻变化，主要表现为女性媒介的种类增多、女性媒介开始面向市场、女性新媒介出现，以及传统女性媒介随着社会发展和技术进步而进行的转变。女性报刊、女性电视、女性新媒体[②]等，都是新形势下女性媒介种类丰富的表现。自1984年《中国妇女报》创办以来，女性媒介已发展为种类丰富、层次多样的媒介格局。

目前，女性媒介的格局大致如下：女性报纸主要有两类，分别是以《中国妇女报》为代表的妇联机关报和以《新女报》《今

[①]　刘利群、张敬婕、孙鹤云编著：《中韩女性媒介比较研究》，4—5页，北京，中国传媒大学出版社，2011。

[②]　如无特殊说明，本文对微博的研究主要是对微博两性议题的研究，而非针对女性开设的微博。这一方面是因为微博的状态化记录和社交媒体特征，另一方面是笔者通过调查发现微博议题的碎片化和微博对两性议题的集中关注，使得本研究以微博两性议题来分析其对女性表达的影响，比直接分析女性的微博更具有价值和意义。

日女报》为代表的市场化特征明显的女性报纸。女性期刊包括
20世纪80年代妇联主办的、后向市场化转型的期刊，以及以
白领女性为目标受众的时尚女性杂志。女性电视的出现得益于
1995年在北京召开的第四次世界妇女大会。由于向社会宣传
妇女的迫切需要，一批女性电视栏目诞生，但随后大多被停播。
随着媒介市场竞争和市场细分化发展，女性电视成为媒介竞争
的突破口，女性电视频道和女性电视栏目相继出现。女性新媒
介包括女性网站、博客、微博。新媒介以其表达的低门槛和传
播的自主性，释放了女性表达的热情，利用新媒介的女性越来
越多，这在中国互联网信息中心（CNNIC）历次网络发展状况调
查中有充分表现。同时，妇联在政府信息化的过程中开始建立
官方网站。女性博客和微博是数字化传播技术进一步发展的产物，
是女性利用自媒体进行的传播，给女性带来了别样的媒介体验。

中国的女性媒介从来没有像今天这样丰富和活跃，它预示
着女性表达空间的扩大和女性话语的显现。但是，女性媒介也
面临着困惑，包括女性媒介的功能定位、女性媒介的商业化和
性别意识传播之间的冲突、数字化技术和新媒介对女性媒介的
影响等。因此，在新闻传播业迅速发展的背景下，观察女性媒
介从单一到丰富的发展历程，分析女性媒介的问题，兼顾女性
媒介与女性话语之间的关系，探索女性媒介持续发展的路径和
方法，既是新闻传播专门史的应有之义，又是女性媒介发展面
临的现实问题。研究这些问题，对于女性媒介的持续发展及丰
富学术界对该问题的认识，具有明显而重要的现实和理论意义。

二、问题的界定

1. 女性媒介

如前所述，女性媒介是指传播与女性有关的新闻和信息、

以女性为主要目标受众的传播媒介。从 1984 年《中国妇女报》创办至今，新时期的女性媒介刚过"而立之年"。从改革开放到确立社会主义市场经济体制以及女性新媒体的出现，女性媒介的发展种类丰富、层次多样，包括女性报刊、女性广播①、女性电视和女性网站。

2. 新形势

改革开放不仅解放了生产力，促进经济快速增长及人们物质文化生活水平的提高，也在社会和文化层面造成深刻影响，促成新的社会分层机制形成和大众文化的发展，这为女性媒介的发展和转型提供了社会基础。

随着新闻出版管理体制改革和社会主义市场经济体制的确立，新闻传媒开始面向市场，尊重信息传播规律，实现市场化运作并向专业化、集团化方向发展。新闻出版管理体制的改革和社会主义市场经济体制的确立，为女性媒介的转型和发展提供了现实动力。

新媒体传播技术的发展为女性媒介提供了新的动力。自20 世纪末始，互联网以其便捷性、自主性、互动性等特征吸引了大量网民参与。从 1994 年到 2015 年年底，我国网络媒介的发展速度之快、覆盖面之广，在媒介发展史上前所未有：网民总数达到 6.88 亿；网络技术从 Web1.0 发展到 2.0，公民参与网络传播变成现实；上网设备从台式机拨号上网到手机移动上网，网络终端多元化，无线传播成为现实。同时，新媒介吸引了大量女性网民。1997 年 10 月，CNNIC 发布第一次中国互联网发展状况调查统计报告，上网用户数 62 万，其中，女性占 12.3%，约 7.7 万女性网民；到 2016 年 12 月，在 CNNIC

① 作为一种新兴的女性媒介，女性广播变化迅速，但其发展并不成熟，需要时日对其继续观察、调研，因此本研究暂不包括女性广播。

发布的第 39 次调查统计报告中，网民总数为 7.31 亿，女性网民比例为 47.6％，约 3.48 亿女性网民。女性媒介和新媒介的发展几乎在同一时段内进行，二者如何实现融合发展，女性媒介如何借力新媒介，也是女性媒介面临的重要形势之一。

3. 女性媒介的转型和发展

改革开放以来，我国开始从传统社会向现代社会转型。在经济体制上从计划经济、商品经济向社会主义市场经济转型，在文化结构上从传统的主流文化和精英文化发展到主流文化、精英文化与大众文化并存，在社会分层机制上，传统以政治身份为主的分层标准转变为以经济和专业技能为划分标准。社会转型对女性媒介的产生、发展起着决定性作用。

女性媒介诞生于社会转型中，并在新闻体制改革和媒介市场化的推进下发展。20 世纪 80 年代创立的女性报刊，最初都承担着宣传妇联工作的任务，但随着改革的深化和社会转型的加剧，它们均出现不同程度的改变：或创办子刊接近市场，或转变传播内容和传播方式实现转型。

新世纪以来，女性网站、女性电视、女性博客、微博等媒介在市场竞争和技术推动下产生，其内容传播能否满足女性的信息需求，能否客观反映女性的现实存在，能否承受市场竞争的压力，是女性媒介面临的重要问题。

4. 可持续发展

可持续发展是媒介面临的现实问题，没有可持续发展理念的媒介不可能长久生存。企业可持续发展主张企业实现经济发展和环境保护的良性循环，它认为企业发展的可持续性取决于环境和资源的可持续性。企业与媒介可持续发展的区别在于，前者追求经济利益最大化，后者需平衡社会责任和经济利益的关系，但二者均需实现自身与环境和资源之间的互动和持续发展。

女性媒介如何实现持续发展，目前尚未被学术界重视和讨论。本研究对女性媒介可持续发展能力的内涵、影响因素及提升途径进行初步探讨，以期为女性媒介可持续发展的深入研究奠定基础。

三、研究方法和理论依据

1. 研究方法

一是理论与实际结合的方法。理论与实际相结合是学术研究的常用研究方法之一，它强调理论对实际的指导意义和实际对理论的发展功能。本研究主要采用新闻传播理论、媒介细分理论和社会性别理论。

二是比较的方法。比较法通过观察和分析找出比较对象的共同点和不同点，进而发现研究对象的发展规律。本研究对比了不同发展阶段的女性媒介、中美女性电视、中西对时尚的认识、不同的女性电视栏目等内容。

三是内容分析法。内容分析法是一种对传播内容进行客观、系统和定量描述的研究方法，其实质是对传播内容所含信息量及其变化的分析。本研究利用内容分析法分析市场化女性报纸和女性电视的传播内容，以探究其社会性别意识的渗透情况。

四是实地调查法。实地调查法直接深入实际、直面研究对象，调查正在发生、发展的社会事物和现象。它能收集到较真实、直观、具体、生动的一手材料，以弥补其他研究方法之不足。对转瞬即逝、不易进行文本分析的女性电视，本研究以实地调查法采访了女性电视频道总监，获得关于女性媒介发展的一手资料。

2. 理论依据

第一，媒介市场细分理论。市场细分概念是 20 世纪 50 年代由美国市场学家温德提出的：市场从消费者需要出发，按照一定标准辨别具有不同欲望和需求的消费者群体，从而将某一市场划分为若干分市场，从中选择一个或几个分市场作为经营对象。其主要目的是评价各细分市场的经营价值，在对企业能在哪个细分市场获得多少未来收益做出比较可靠的判断的基础上，选择目标市场，确定营销策略。① 当媒介市场从以传者为中心向以受众为中心转变后，媒介产品愈趋丰富，受众需求愈趋个性化，这使媒介市场向细分化发展。运用市场细分理论，媒介按照受众数量多少、购买力大小和购买意愿强弱，将大众细分为具有不同特征的受众，再根据受众特征确定媒介的目标市场。女性报纸在国家支持下最先创办，但女性报纸的转型、其他女性媒介的产生发展，均为媒介市场细分的产物。

第二，社会性别理论。社会性别理论源于社会学中的社会建构论。社会建构论认为，社会事实并非简单的客观存在，而是由社会、文化等因素的参与和作用而形成。社会性别理论反对生理性别和社会性别之间的必然联系，认为性别不平等是社会历史的产物和社会建构的结果。它以批判视角看待女性地位、角色和形象，以社会性别为中心来考察两性的相对关系，并"论证了两性社会性别形成主要是社会建构的结果，从而揭示了女性受压迫的真正根源"。因此，其与本质主义性别观截然不同。②

社会性别意识以社会建构论为基础，剖析社会权力关系的构成及其对两性社会位置的影响。因克服性别歧视的策略不同，导致女性主义内部形成自由主义女性主义、激进主义女性

①　励瑞云、邵崇：《市场细分的理论研究》，载《社会科学战线》，1985(3)。

②　本质主义性别观以生物性别和二元对立的方法来决定两性气质及生存状态，将公共领域和私人领域分别划归男性和女性，并伴随着男性优强和女性劣弱的结论，这导致女性社会角色固化、女性地位附庸化。刘利群：《社会性别与媒介传播》，25页，北京，中国传媒大学出版社，2004。

主义、马克思主义女性主义、社会主义女性主义①和后现代女性主义②等不同流派。不同流派的观点以不同视角、在不同层面发现性别不平等的原因，并提出解决问题的思路和策略，在出发点和社会实践方面均有宝贵的价值。具体来看，每种理论

---

① 自由主义女性主义认为两性的本性都是人和理性，两性差别不是天生的，而是教育造成的。该理论主张制定中性法律以促进性别平等，凭借理性可实现性别平等，主张在资本主义制度内做教育和法律上的改革，不触及父权制社会的基础。激进主义女性主义认为生物学上的性具有政治力量，父权社会对女性的压迫建立在生物性的基础上，妇女解放需要进行生物革命，通过现代技术切断性别和生育的联系，使女性摆脱生育和养育的职能。马克思主义女性主义认为，在父权制社会里，女性的生育养育劳动被异化，男人剥削了女人生育养育的剩余价值。资本主义与大男子主义相互支持，阶级社会与父权社会密不可分。根本的社会改革就是使妇女所做的家务工作包括在社会生产领域内，只有在社会主义制度下，才能结束"家庭内丈夫是资产阶级，妻子代表无产阶级"的局面。社会主义女性主义认为，消灭阶级压迫和性别压迫，除经济基础的变革之外，还需借助文化活动发展特殊的女性意识，改变整个社会关系结构。首先要取消公私领域区分；其次是再生产自由，给妇女再生产的权利，即生育或不生育的权利。上述女性主义流派，参见顾燕翎主编：《女性主义理论与流派》，台北，女书文化，1996。李银河主编：《妇女：最漫长的革命》，北京，生活•读书•新知三联书店，1997。

② 后现代女性主义是西方国家进入后工业化社会后出现的一种思想流派，其内容具有强烈的颠覆性，它不仅要颠覆男权主义秩序，还要颠覆传统女性主义存在的基础。它在吸收和融合福柯的后现代主义思想的基础上，以新的视角考察两性问题，认为所有标榜普遍性和性别中立性的宏大理论都以男性为标准，忽视了女性的存在；它反对西方知识结构中根深蒂固的两分主义，提出整合思维模式，包括为女性赋予价值的模式、反对二元提倡多元的模式；它在福柯的话语即权力理论基础上，主张在妇女运动内部实行"模式转换"，从关注事物到更加关注话语，因为话语即权力。后现代女性主义还借鉴福柯关于惩戒凝视的观点以及标准化、正常化的思想，说明女性生活在社会的压力之下，服从于纪律和规范，自己制造出自己驯服的身体。后现代女性主义的抱负之一就是发明女性的话语，使得男人以男人的名义讲话，女人以女人的名义讲话。参见李银河：《后现代女权主义思潮》，载《哲学研究》，1996(5)。

都有自身特点和不足：自由主义女性主义从两性天赋的平等理性出发，认为两性不平等是后天形成的，这种不平等可通过教育和法律保障来实现。该观点虽不触及父权制，但其对两性的认识、解决两性不平等问题的主张具有重要的现实意义；激进主义女权主义虽不够严谨，但其对生物性别和社会性别之间关系的认识，是解释两性问题的新视角；马克思主义女性主义主张社会主义制度是解决女性所受的资本压迫和家庭内父权压迫的根本方法，主张从根本层面解决两性不平等问题，具有统领全局的特点，但其对传统父权文化的社会渗透性关注不足；社会主义女性主义意识到这个问题，认为女性解放和两性平等应同步进行，在消灭阶级压迫的同时，应从意识形态上颠覆父权社会；后现代女性主义空前关注话语对女性的影响，认为话语再生了权力，延续着两性不平等，它触及前人未重视的领域，关注话语对性别不平等的影响，但其构建女性话语的方法和手段带有空想特征。上述主张从不同角度观察两性不平等，并提出解决问题的主张，虽不够完善，但其价值不容忽视。它们是性别研究者用来观察现实问题的窗口，是发展和完善社会性别理论的基础。

女性主义关注不同层次的两性不平等问题，充分展示出两性平等是一个系统工程。女性媒介是建构女性话语的重要载体，是促进两性平等的重要途径之一。在社会转型、媒介市场化、数字化发展的背景下，在借鉴不同流派女性主义观点的基础上，考察女性媒介的创立和发展、发展困境及应对之策，可为女性媒介的持续发展提供借鉴。

四、研究视角与框架

第一部分：总论部分，主要分析女性媒介的发展史和女性媒介面临的新形势。

第二部分：分论部分，主要对女性报纸、女性期刊、女性电视和女性新媒体进行分析、论证。在此过程中，遵循先总后分、宏观和微观相结合的思路，总体分析和个案分析相结合，总结经验和发现问题相结合。

第三部分：结论部分，以女性媒介可持续发展为目标，考察女性媒介的发展失衡。女性媒介需要在社会性别意识主流化的基础上，立足于及时全面地监测女性生存环境，建构女性媒介可持续发展的三维知识和能力系统。

五、研究特色与创新

第一，在前人研究的基础上，尽可能探索解决问题的方法，增加学术研究的现实参考意义。目前，学术界对女性媒介的研究，多是对单类女性媒介或单一问题的探讨。本研究不单纯分析媒介中的女性形象，而是探讨女性媒介的发展困境，探讨女性媒介的传播内容和女性形象之间的关系，并思考其成因。

第二，把女性媒介的产生和发展放在当代中国社会的大背景下，以理论结合实际的方法进行分析。女性媒介不是在真空中生存和发展，其发展与社会变迁密切相连，只有从社会、经济、文化和技术的变动中寻找其产生发展的动因，才能从根本上把握女性媒介发展的规律；只有从媒介与社会的互动关系上看待女性媒介，才能全面认识女性媒介在全部媒介中的定位和特色。

第三，立足于女性媒介的本质来探索女性媒介的发展。当代女性媒介出现在改革开放、媒介市场化、传播数字化的背景下，反映女性存在、为女性发声、维护女性权益、促进两性平等。这要求传播者需以受众喜欢的方式、获取不同层次受众的认可为基础，来重构两性关系。新形势下的女性媒介是以文化商品的形式在媒介市场上流通的，其是否受欢迎取决于其文化内核和商品形式。

第四，结合新媒介的发展，分析了 Web1.0 和 Web2.0 背景下，女性网络媒体的发展，探讨了网络的女性话语对女性表达的影响，以及微博传播的两性议题对女性意识和女性表达的影响。

第五，分析了女性媒介的个体特征，梳理女性媒介的市场化发展过程，总结出女性媒介的转型、突出特色、持续发展等宏观认识。

目　录

第一章　当代女性传媒崛起的背景

以女性为主要传播对象的女性报刊、女性电视、女性网站、女性自媒体是中国新闻传媒业的重要组成部分。其中，女性报刊有着相对悠久的历史，但与近现代女性媒介相比，当代崛起的女性媒介面临着不同于以往的新形势。

第一节　女性媒介从历史深处走来

从 1898 年我国第一份妇女报刊《女学报》诞生至今，我国女性媒介已有一百多年历史。这百年历史可以新中国的成立为分期标志，其中新中国成立前可分为五个发展阶段：第一阶段戊戌维新时期，是中国女新闻工作者和妇女报刊的滥觞期，以提倡女权、兴女学的上海《女学报》为代表；第二阶段是辛亥时期妇女报刊的第一次发展高潮期，以秋瑾主编的《中国女报》为代表；第三阶段是五四时期妇女报刊与女新闻工作者的转型期，以商务印书馆的《妇女杂志》和向警予为代表；第四阶段是抗战与救亡时期妇女报刊与女新闻工作者的繁荣期；第五阶段是妇女报刊的发展与女新闻工作者的成熟期。[①] 从 1898 年到1949 年，女性报刊在关心国家和民族命运的同时，以倡导女性解放，维护女性权利，反映女性呼声，指导女性运动，介绍女性知识，调查女性状况为主要内容，在丰富中国新闻事业的

---

① 宋素红：《女性媒介：历史与传统》，北京，中国传媒大学出版社，2006。

内容、动员女性参与民族解放、促进女性解放方面起了不可估量的作用。

新中国成立后女性传媒的发展经历了从建国初期的发展、"文化大革命"时期的停滞、改革开放以来的大发展三个阶段，女性媒介的种类和数量、女性的媒介参与活动等均有很大变化。新形势下，除女性报刊之外，还出现了女性电视、女性新媒体。据笔者统计，截至 2012 年，我国有女性电视频道 8 家，还有几家针对女性的电视节目。女性网站的数量数不胜数，还有众多女网民参与网络传播，开设个人博客、微博。

作为我国传媒业的重要组成部分，新时期女性媒介与社会的发展联系密切。女性媒介的发展历程和生存现状怎样？女性媒介如何以传播内容来影响女性生活？女性媒介在媒介市场的竞争中处于何种地位？数字化传播技术的发展，对女性媒介有何影响？厘清这些问题，对于女性传媒的发展至关重要。

第二节　女性媒介崛起的背景和形势

随着改革开放和社会主义市场经济体制的确立以及数字化传播技术的发展，我国新闻传播业发生巨变，表现之一是报刊发行量的增加和媒介种类的丰富。原来的"一报一刊一电视台"发展为种类齐全、层次多样的媒介传播格局，这为大众提供了丰富的内容和密集的信息。

在传媒种类和层次逐渐丰富的过程中，女性媒介悄然复兴。新中国成立后，女性媒介的代表是《新中国妇女》，作为妇联的机关刊物，承担着传达党的妇女政策的任务。改革开放前，由于计划经济模式和社会文化多元化发展的不足，以及社会片面强调"男女都一样"的观点,女性自身的信息需要被湮没在浓厚的政治信息中。改革开放以来,女性报刊、女性网站、女性电视、女性自媒体先后出现,女性媒介呈现出新的特点:种类和层次丰富发展,重视传播内容、传播方式以及经营管理方式,媒介功能从以传者为主、注重宣教发展到以受众为主、寓教于乐,女性媒介很快成为媒介市场上最醒目的一部分。改革开放后社会转型和社会观念的变化是女性媒介发展的土壤,同时经济发展为女性提供的就业机会使女性走向社会,这为女性媒介提供了受众基础;媒介市场的激烈竞争使女性媒介成为媒介细分化发展的一条特色化出路。

一、新闻出版体制改革:女性报刊崛起的重要推力

首先是从事业属性向企业化发展的转变。在中国,事业单位主要是指由政府拨款、由党和政府确定组织及负责人的公共服务单位;企业单位是以生产经营为手段、以盈利为目标、须向政府交纳税收的单位。改革开放以来,随着经济体制改革和国家财政压力的增大,传媒开始在事业体制下探寻企业化发展的空间,妇联系统的女性期刊开始强化经营意识,将期刊出版和市场需要相结合,逐渐向市场配置资源。

其次是财务制度的变化。随着国家减少对期刊社的财政拨款,期刊社的财政逐渐从计划经济时代的统收统支改为独立核算、自负盈亏,这促使媒体改善和加强经营管理。在任务管理上,期刊社开始以多种方式调动出版者的积极性。

在面向市场出版之后,出版人将期刊出版看作信息产品的生产过程,根据读者需要和购买力来制作内容,注重产品的包装和营销策略,以实现媒介的"双效",即追求经济效益和社会效益。在此背景下,传统女性期刊开始主动面向市场,女性报纸也开始

了市场化探索，而后继的女性电视和新媒体均带有强烈的市场意识。

二、女性教育、女性就业及"女性经济"的发展

1. 女性教育和就业的发展

"时代变化了，男女都一样"，"女人也能顶半边天"，新中国成立后，男女平等的性别规范和经济建设热潮使女性广泛参与社会劳动。参与有偿的社会劳动增加了女性的经济收入，提高了女性的社会地位。但是，计划经济体制下的女性就业是"去性别化"的，女子和男子一样参加高强度的劳动。以《中国妇女》为代表的宣传型女性媒介，曾经主要宣传劳动领域内的两性平等。这是由于国家对新闻事业实行计划管理，女性是女性期刊的宣教对象，媒介表现出宣传国家政策的政治属性，而信息属性、文化属性和商品属性还未有明显表现。

在经济体制改革推动下出现的多种所有制形式，为女性就业提供了新的空间。改革开放十年后，我国女工数量发展到3000万至4000万。[①] 同时，接受高等教育的女性越来越多，女大学生比例不断攀升。以上海和陕西为例，2003年，上海女大学生人数首次过半，达50.33%；[②] 2009年，陕西在校女大学生达44.7万人，占50.03%，而新中国成立初期，陕西省90%以上的女性都是文盲。[③] 在社会经济发展和女性受教

---

① 谭深：《社会转型期妇女的分化与发展——社会学月谈会纪要》，载《社会学研究》，1992(4)。

② 《上海在校女大学生人数首次超过男生，已达50.33%》，http://www.chinanews.com/n/2003-11-20/26/371196.html，2018-08-30。

③ 《陕西女大学生数量超过男生》，http://news.163.com/10/0928/1616HMB622U00014JB5.html，2018-08-30。

育程度不断提高的背景下，女性的劳动参与度不断增加。1987—1991 年、1997—2000 年，女性劳动参与率分别为72.5％、70.6％。① 女性的劳动收入增加，使女性在经济上具备独立自主的能力，可进行物质消费和信息消费。

2."女性经济"的发展

新世纪以来，中国女性白领的队伍不断扩大，收入水平也不断提高，女性的消费能力日益强大，越来越多的商家从女性角度考虑来开发商品，以满足女性需要。专门针对女性的手机服务，专为女性使用的信用卡，专为女性设计的汽车、电脑开始出现。女性的强大消费能力使人们很自然地把"女性"和"经济"两个词叠加在一起。据《国际金融报》2006 年 3 月 9 日报道，在亚太 13 个地区，中国大陆女性对自己的收入能力最为自信。商家针对女性消费心理和习惯确定消费群，开发出更多性别细分、特征鲜明的产品。"女性经济"的出现和现代女性收入提高密切相关，女性的消费热度使其成为引导消费热点的"排头兵"。

媒介消费是较高级别的消费。著名心理学家马斯洛把人的需求从低到高排列，依次为生理需求、安全需求、归属与爱的需求、尊重需求和自我实现需求。女性在满足基本的物质需求之后，必然追求较高层次的信息消费需求，而传媒已成为现代女性生活中实现信息消费不可或缺的部分。2004 年10 月华坤女性调查中心"女性阅读习惯和倾向"的调查结果显示，52.67％的女性认为传媒是生活中"不可缺少的一部分"，

---

① 转引自[美]冈扎利·别瑞克、[加]董晓媛、[美]格尔·萨玛费尔德主编：《中国经济转型与女性经济学》，127 页，北京，经济科学出版社，2009。

36.63％的女性认为"较为重要"。① 同时，接触媒体的女性人数不断增加。截至 2016 年 12 月，中国女网民总数达 3.48 亿；② 在电视总体受众的性别中，女性多于男性受众，女性是电视最忠实、最活跃的受众，从商业角度来看储备着极大资源。③ 北京师范大学艺术系曾于 1998 年 12 月至 1999 年 1 月就中央电视台和北京电视台的收视情况对 473 名男性和 447 名女性进行调查，结果表明在选择电视的人群中，男性为 57％，女性为 63％，女性电视受众人数超过男性。女性有较为固定的收视习惯，这是女性电视媒介的受众基础。认识到女性收视群体的市场价值，在媒介专业化和对受众细分的过程中，以女性为主要收视对象，将电视传播的内容集中在女性关心、关注的内容方面，是女性电视媒介出现的背景。

此外，有些女性电视媒介本身并非受众细分、频道专业化的结果，而是为配合形势需要、承担宣传政策任务的结果。1995 年元旦正式播出的女性栏目《半边天》，是配合第四次世界妇女大会在北京召开而设立的。由于缺乏受众研究的基础，节目开办之初并不很受受众青睐，同时由于缺乏性别意识，从 1994 年 12 月到 1996 年 12 月两年的时间里，栏目的理念和节

---

① 《女性习惯调查报告》，http://news. sina. com. cn/0/2004-10-28/11324064863s. shtml，2018-08-30。

② 根据 CNNIC 发布《第 39 次中国互联网络发展状况统计报告》，中国网民规模达 7.31 亿，男女网民性别比为 52.4∶47.6。

③ 张同道：《女人的三个部落——尝试受众细分研究》，载《电视研究》，2001(3)。

目定位都充满了性别盲点。① 经过发展、改版，《半边天》的传统性别意识逐渐消失，性别平等意识逐渐成长。

女性经济的发展和女性受众群体的出现，是新时期女性媒介发展的基础。女性媒介如何促进女性的发展，满足女性多方面信息需求，传播社会性别意识，是女性媒介面临的主要任务。

三、社会主义市场经济体制的确立和媒介的细分化发展

1. 社会主义市场经济体制确立和媒介竞争关系的形成

1992 年 10 月，中共十四大确立了经济体制改革的目标是建立社会主义市场经济体制。社会主义市场经济通过市场机制配置社会资源，在供求、价格和竞争三个基本要素的互相联系、制约中，市场发挥配置社会资源的作用。在经济体制改革的背景下，1992 年 9 月，新闻出版总署召开全国报纸管理工作会议，明确提出报纸的四个属性：政治属性、信息属性、商品属性和文化属性。明确报纸的商品属性是改革开放之后新闻理论的突破性发展。在确立社会主义市场经济体制之后，传媒加快了市场化步伐。到 2002 年，中国报业结构发展成为以党报为主的多样化报业结构，各种专业报、晚报、都市报、生活

---

① 一方面，节目宣称"向国内外展示中国妇女的风采，维护妇女儿童的合法权益，传播有关妇女方面的科学、生活知识，促进社会和谐与家庭和睦"，并热情报道各个行业做出贡献取得成就的妇女形象；另一方面，节目大量传达与女性有关但与社会性别平等意识无关的信息，存在不少从传统文化积淀中形成的性别盲点，甚至不经意地播出许多以男权文化为视点的节目。参见寿沅君：《〈半边天〉长大了——中央电视台〈半边天〉栏目成长三部曲》，载《妇女研究论丛》，2002(2)。

服务报增加，一些新兴的都市报成为影响力较大的报纸。同时，报业展开"周末版战"和"星期刊战"，广播电视领域则形成"电波大战"和"荧屏大战"。新闻媒介所需的资源包括物质资源和人力资源，其中主要有媒介原料、媒介实物、媒介产品、媒介时间、媒介人员、媒介资金、媒介设备、媒介机构等。[①] 女性媒介在社会主义市场经济体制的背景下，也需要根据各自的优势和主要功能，通过市场竞争和国家宏观调控实现对上述资源的配置。

2. 媒介市场细分和女性媒介的发展

媒介市场细分是根据消费者的需求、购买习惯、心理偏好等因素的明显差异，将媒介市场划分为不同类型的消费者集合，[②] 它是媒介竞争发展的必然结果。当代中国媒介的竞争始于报刊业。20世纪80年代，报业开始尝试企业化运营，从90年代开始，报业竞争全面展开，开始以不同的办报理念和竞争模式确立在报业市场上的地位，其中细分受众市场是抢占报业市场的重要策略。以南方报业集团为例，该集团旗下有多份以不同层次的读者为对象的报纸，如《21世纪经济报道》属国内财经投资类报纸，《南方农民报》以农民为读者对象，《南方周末》以知识精英读者为对象。期刊业的竞争也逐步细分读者市场，走小众化、分众化道路，构筑差异化竞争的发展模式。以女性期刊为例，有以普通女性为读者、传播情感生活和文化信息的综合性女性期刊如《家庭》《知音》等，也有以年轻白领女性

---

① 明安香：《新闻大战还是媒介大战？——评社会主义市场经济中的新闻媒介资源配置》，载《新闻界》，1993(6)。

② 贾国飙：《媒介营销——整合传播的观点》，82页，长沙，湖南人民出版社，2003。

为读者、传播时尚潮流资讯的女性期刊如《时尚》《瑞丽》等。

广电业的财政"断奶"最晚，但随之而来的市场竞争使它向分众化道路快速行进，表现之一就是频道专业化和内容对象化。例如，黑龙江电视台的专业频道有影视频道、文艺频道、女性频道、法制频道、公共频道和少儿频道等。从层次上看，专业频道可划分为小众化专业频道（如高尔夫频道）、分众化专业频道（如财经频道）、大众化专业频道（如旅游卫视）等。① 就女性电视而言，多为分众化女性专业频道，如长沙电视台女性频道，黑龙江电视台女性频道。曾经定位于女性特色的广西卫视②可视为大众化女性专业频道的代表，其在广西丰富的民族特色资源的基础上，推出女性特色综合频道。

四、数字化传播技术的发展

当代女性媒介的发展，与数字化传播技术的发展密切相关。随着网络传播技术从 Web1.0 向 Web2.0 发展，从网站提供内容和服务到用户制作内容，网络传播的自媒体特征越来越明显。Web1.0 时期，用户主要通过浏览器获得信息，也可下载信息，在此背景下出现了门户网站和众多以细分受众为目标的网络媒体，其中包括门户网站的女性频道和专门的女性网站。随着政府信息化潮流的出现，各级妇联也建立了以宣传和服务为宗旨的官方网站。Web2.0 时期，网络传播凸显用户生成内容（User Generated Content，简称 UGC）的传播模式，用户将自己原创的个性化内容通过网络传播给其他用户，其中博客是网络用户将自己的日志内容通过网络进行公开传播，这种

① 王强军：《专业化电视频道分析》，载《电视研究》，2004(12)。
② 这种特色后来有所变化，女性特色撤退到广西卫视的都市频道中。

传播方式为女性拓展了表达空间，增加了表达机会。社交化媒体微博的即时传播特征及其特有的关注、转发、评论等功能，为社会讨论两性话题提供了更开阔的平台，有助于让普通女性共同关注的日常话题成为公共话题。

小　结

当代中国女性媒介的崛起，有其历史基础和当代背景。从历史的必然性上看，新中国成立前的女性媒介诞生于维新派对女性解放的呼吁之中，发展于商业力量对女性媒介的重视，以及政治力量通过女性媒介对女性的动员。在中国现代政治的进程中，女性媒介成为动员女性以推动女性解放的一种重要方式，这是当代女性媒介发展的历史基础。改革开放以来的社会变迁、传媒管理体制的改革、女性在社会经济中的地位变化以及数字化传播技术的发展，是当代女性媒介发展的背景。

在媒介竞争和细分化发展的背景下，女性媒介在种类和数量方面都有发展。但不同种类的女性媒介之间、同一种类的不同女性媒介之间、女性媒介与其他媒介之间如何实现良性竞争，是女性媒介面临的新形势。另外，国家制定了反对性别歧视、促进性别平等的法律和政策，但传统的两性观念还滞留在思想领域，影响两性平等政策的真正落实。女性媒介如何反映女性的现实存在？如何推动落实两性平等的原则？媒介的市场化运作和社会责任之间如何协调？这些问题都是女性媒介面临的形势和任务，女性媒介在这方面应该有所作为。

第二章 女性报纸：在市场和立场中寻找支点

女性报纸是以女性为读者对象的对象性报纸，也是以报道与女性有关的新闻和切身问题为主要内容的出版物。[①] 在国内报业市场上，女性报纸一直以读者对象的确定性而占据国内报业市场的一角。目前，中国报业市场上的女性报纸创刊最早的是1984年出版、由全国妇联主办的综合性女性日报《中国妇女报》，其余大多为新兴的市场化女性报纸。

报纸的本质是信息载体，其基本属性包括政治属性、信息属性、文化属性、商品属性。在中国的新闻媒介中，政治性是领导一切的，信息性是包容一切的，文化性是渗透一切的，商品性是既要利用又要控制的。[②] 女性报纸以女性为主要读者对象，其四种属性具备特殊内容：作为反映意识形态的精神产品，和其他报纸同属上层建筑，但女性报纸反映社会对于女性地位、身份的认识；向社会及时而广泛地提供信息、消除读者面临的不确定性是报纸的生存前提，而及时准确地监测女性的生存环境是女性报纸信息属性的内在要求；主流报纸是主流价值观的支柱，女性报纸就是承载大众文化和女性意识的载体；报纸是以特殊方式进行销售的商品，需考虑社会效益和经济效益，而女性报纸则需在社会性别意识的基础上考虑这两种

---

① 刘宁元主编：《中国女性史类编》，269页，北京，北京师范大学出版社，1999。

② 梁衡：《论报纸的四个属性（二）》，载《新闻出版交流》，1996（2）。

效益。

第一节　女性报纸的两种类型

以女性为目标读者是女性报纸的基本特征。我国现有的女性报纸可分为机关性质的女报和市场化女报两类。新形势下女性报纸最鲜明的变化是女性报纸对读者市场的细分和女性报纸的市场化，而机关女报则坚持鲜明的社会性别意识，发表权威观点，维护女性权益。

一、机关报性质的女性报纸

机关报类女报以宣传妇女政策及妇联工作、发现女性为主，内容严肃，思想性强，以《中国妇女报》为典型代表。《中国妇女报》是由全国妇联主办、唯一一份面向全国发行的、思想性强的综合性女报。作为全国妇联的重要宣传阵地和以女性为目标受众的党报，它以维护妇女权益、进行舆论监督为主要内容。该报自创刊以来，刊期不断缩短，从周报发展到周二、周三报，1995年以来从周一到周六连续出版。作为综合性女报，该报主要传播妇女政策，宣扬男女平等，以"向社会宣传妇女，向妇女宣传社会"为宗旨，引导女性在国家和社会发展中发挥作用，关注各种与女性有关的新闻事件和社会问题。

除《中国妇女报》外，机关女报还有山西妇联主管主办的机关报《山西妇女报》等。

二、向市场化转型的女报

随着我国报业的市场化发展，在妇联机关报之外还有一批面向市场，以女性新闻、时尚情感和实用资讯为特色的女性生活服务类报纸。这类报纸倚重广告，主要为时尚白领和职业女性服务。目前，这类报纸主要有长沙《今日女报》①、重庆《新女报》、西安《当代女报》、济南《都市女报》等。

表 2-1 几家女性报纸概况②

名称	创刊时间	出版地点	出版周期	备注
《中国妇女报》	1984.10	北京	周六报	全国妇联机关报，综合类女性大报
《山西妇女报》	1985.5	太原	周二报	山西省妇女联合会机关报
《妇女之声报》	1986.2	南昌	周报	江西省妇联主管主办，综合类女性报纸
《都市女报》	2001.9	济南	周五出版	目标受众群为20—45岁的城市女性，以关注女性为特色的综合性都市日报，其定位是"和都市女性一起成长"
《当代女报》	2004.9	西安	每周三出版，彩色印刷	陕西日报主管、重庆日报报业集团主办；女性生活服务类报纸；国内第一张跨地域创办的女报

---

① 该报虽为湖南省妇联主办，但与机关女报的政策及宣传内容相比，其主要版面及栏目与女性生活服务类报纸十分接近，故将其归为女性生活服务类报纸。

② 数据来源：各女性报纸官方网站。

续表

名称	创刊时间	出版地点	出版周期	备注
《现代女报》	1984.10	大连	周二报	大连市妇联主办
《时尚女报》	2004.12	长春	周报	吉林日报报业集团主办的新型生活服务类报纸，2017年停刊
《新女报》	2001.12	重庆	周报	女性生活服务类周报，定位为"女性生活介入者和美丽资讯传播者"
《今日女报》	20世纪80年代初复刊	长沙	周二报	湖南省妇联主管主办
《家庭主妇报》	1995.1	吉林市	周报	《江城日报》第一份子报，"引领女性，服务家庭"

第二节　机关女报的旗帜：
《中国妇女报》的特色与创新

改革开放之前，女性问题被淹没在社会主义"性别平等"政策的宏大话语中，成为"看不见的社会问题"。在性别抹杀的政策下，女性问题在公众话语里被边缘化。因此，在学界关于女性报纸的研究中，把这一时期政府处理关于女性问题的意识形态称为"国家女性主义"。① 在国家女性主义指导下，女性利益

---

① 陈阳：《协商女性新闻的碎片——20世纪90年代以来中国媒体里的国家、市场和女性主义》，3—4页，西安，陕西人民出版社，2006。

从属于国家利益。澳门大学学者陈怀林认为，政府"喉舌"的地位赋予传媒巨大的"无形资产"。在"宣传部门"型的传媒制度体系中，传媒主管实际上是政府（或上级部门）在传媒的代理人。传媒主管的职责是保证传媒正常运作，为政府提供宣传和公共服务。① 《中国妇女报》是全国妇联机关报，发挥着宣传政策的"喉舌"作用，有很高的权威性。

一、《中国妇女报》的媒介特色：为了女性　发现女性

媒介对受众的影响建立在受众对其"履约"体验的基础上，是在长期的报道中形成的。② 在长期办报实践中，《中国妇女报》形成了独特的女性媒介特色，其新闻报道维护女性权益、移风易俗、批评社会上物化女性的陋习，表现出明显的社会性别意识。身为全国最高级别的女性报纸，《中国妇女报》超越狭义的女性新闻，③ 着力发现女性的存在，从"为了女性"的立场出发，全力维护女性利益。

---

① 　陈怀林：《90 年代中国传媒的制度演变》，载《二十一世纪》，1999(6)，53。

② 　喻国明主编，靳一著：《我国大众媒介公信力的现状与问题（代序)》，《大众媒介公信力测评研究》，3 页，北京，人民出版社，2006。

③ 　此处笔者理解的女性新闻，参考孟婷燕：《女性新闻报道现状及其原因分析——〈中国妇女报〉新闻版内容分析》，载《东南传播》，2008(10)。该文认为：对女性新闻的理解应该基于以下四个定义：一是出现在女性报刊的新闻报道，它以女性目标为受众对象。二是有"女性"或"妇女"一词出现在其中或任何女性在其中表达自己观点或参与社会生活任意领域的新闻报道。三是主题与女性相关的新闻，即任何与女性利益相关的新闻，比如育儿、家务劳动、家庭暴力等。四是女性主义视角的新闻，即任何出现了女性主义观点（诸如妇女政治权益、性别差异、他者、性别平等）和女性 NGO 名称的新闻。

首先，报纸以舆论的力量在各个领域为女性争取正当权益。中国自封建社会以来遗留的女性歧视根深蒂固，国家目前虽然已制定了性别平等和保护女性合法权益的法律法规，但女性权益的现实保护还有漏洞，性别平等的道路任重道远，《中国妇女报》在此做出了大量努力。

在女性参政方面，报纸组织讨论，引导社会重视女性参政问题。中国女性在建国初期参政意识较高，曾任该报总编辑的王秀玲说，解放初期老一辈女同志经过革命大熔炉的锻炼，对政事的参与程度较高，这批人离退休后，女性在中国政界出现了断层，社会上重男轻女的思想又有所抬头。针对这一情况，报纸及时开展一系列讨论，引起社会和广大女性的重视，增强女性参与国家各级权力机关和管理部门的意识。中央对报纸的讨论话题极为重视，中组部接连召开两次关于提拔女干部的会议，制订出各省领导班子里要有一定数量的女性成员的方略，之后各级政府机构尤其是县乡两级领导班子中女性所占比例明显增加。①

在争取男女平等的退休年龄方面，《中国妇女报》通过新闻报道策划来关注女性权益，开展了争取男女同龄退休系列报道。2000年8月17日—9月2日，报纸组织了"退休年龄不平等导致女性权益受损"系列报道，质疑法定男女退休年龄相差五年的规定，引起其他媒体及社会的广泛关注。在越来越多的女性走上工作岗位、平均寿命高于男性的情况下，女性的退休年龄却早于男性，即便是高级知识分子和高级干部也不例外，

---

① 朱晓征：《金色年华——记十周岁的〈中国妇女报〉》，载《新闻爱好者》，1994(3)。

这显然不符合客观现实和男女平等的国策。敢于质疑实行多年的歧视性退休政策，《中国妇女报》表现出可贵的勇气。同时，报社勇于实践，于 2009 年 5 月 1 日率先实行男女同龄退休制度，报社全体员工一律实行 60 周岁退休制。男女同龄退休的倡议得到社会的广泛认同，据全国妇联妇女研究所和国际劳工组织北京局共同发布的《退休年龄问题研究报告》，"有超过半数的受访者，赞同男女同龄退休"。①

关注农村女性的土地权益和民主投票权，是《中国妇女报》为农村女性利益呼吁的两类典型报道。1982 年实施的家庭联产承包责任制第一轮承包合同在 20 世纪 90 年代中期普遍到期，《中国妇女报》的编辑在 1998 年开始关注该话题，并于 1999 年发起讨论。报社驻各地记者选取比较能说明当地问题的典型案例，其中，驻浙江记者调查了当地 9 名妇女因婚姻状况发生变化，土地承包权被村干部剥夺后，4 次起诉而未果的情况。此外，报纸在 2008 年分析了由 19 所高校参与调查的、关爱女孩和农村妇女权益的调查结果，发现农村妇女参选权利受到很多隐性限制，大部分村委会的女性委员比例为 22% 左右，农村妇女的政治权利受阻，已婚妇女的投票权被丈夫代劳，一些女性在家庭的反对下放弃投票权。这样，女性当选村主任、支书的情况较少。② 基于这种隐性不平等现象的广泛性，报纸提出从制度层面保障女性权益，破除女性积弱的困

---

① 《退休年龄问题研究报告公布　男女同龄退休不应一刀切》，ht-tp://news.163.com/11/0406/08/70UO7RP600014JB5_all.html,2018-08-30。

② 耿兴敏：《农村妇女参选权利受到诸多隐性限制》，载《中国妇女报》，2008-04-30。

境。"如果能从制度着手，从制度法律等层面充分体现对女性的尊重和体贴，一种新的两性文化观便不难建立起来。然而看当下的制度，不仅未能体现对女性的尊重，甚至有很多明显的歧视、漠视。最大的歧视当属广泛存在、人人皆知的男女同工不同酬。……所以，破女性积弱困境，必须从制度着手，只有当制度在每个细节都体现出对女性的尊重和关怀，相应的体现两性平等的文明观念才能真正建立起来。"①

在破除旧观念、提倡新观念方面，《中国妇女报》主动发起了系列报道。改革开放以来，中国社会的观念虽已发生很大变化，但封建伦理道德、陈规陋习仍是女性解放的一大阻力。从1986年7月4日起，《中国妇女报》以"狠煞婚姻中陋俗歪风"为题进行系列报道，先后刊登三篇调查报告，接着发表全国总工会、团中央和全国妇联领导及有关部门的文章，以及社会各界的反应。这一系列报道共刊登各类稿件五十多篇，形成了强大的社会舆论。此外，针对社会上的一些错误观念，《中国妇女报》主动发起讨论和批评。许多地方在评选先进女性人物时，把一些终生守寡或为年老公婆、有病丈夫做出极大牺牲的妇女评为好妻子、好媳妇和精神文明标兵。针对这种现象，报纸于1986年6月以"是精神文明还是封建愚昧"为题展开讨论，② 质疑社会评选典型女性的标准。针对社会上出现的"美女经济"，报纸进行了有针对性的批判，反对女性被物化。报道认为，用女性爱美的心态来赚钱对刺激地方经济固然有一定作用，但利

---

① 郭之纯：《破女性积弱困境必须从制度着手》，载《中国妇女报》，2008-05-29。

② 朱晓征：《金色年华——记十周岁的〈中国妇女报〉》，载《新闻爱好者》，1994(3)。

用女性的容貌、身体来赚钱，把女性作为商品来刺激经济甚至到低俗的地步，是值得忧虑的"美女经济"，其背后是男权眼光的审视与市场经济的结合。

《中国妇女报》组织策划的一批有影响的报道如"男女同龄退休""农村妇女土地权益问题""美女经济批判系列"等，均引起社会舆论的广泛关注，其中农村妇女土地权益问题和美女经济批判等报道策划，先后获得中国新闻奖二等奖。

其次，坚持在国内外新闻中发现女性，传播健康女性形象。

当市场经济对媒介的影响逐渐加大时，市场的局限性在女性报道中也体现出来。在追逐利润、吸引受众注意力的同时，媒介的女性报道呈现出社会责任的缺失，这在全国妇联的有关调查中表现明显。2001 年 10 月，全国妇联在天津、黑龙江等七省（区、市）对 600 名女性进行了"大众传媒对妇女的影响"问卷调查，被调查者多为在机关学校企事业单位工作、文化程度较高的中青年女性。被调查者反映，媒体存在歧视女性的现象，常把女性当作卖点，热衷于性描写、绯闻炒作。不少媒体存在性别盲点，缺乏女性意识。在许多媒体的报道中，女性不是有个性、有思想的完整的个体，而是一种被观赏的对象……把女性的外在因素作为衡量女性价值的重要标志，而不是强调女性的独立人格和创造性。在以女性为主要受众的报纸杂志中，妇女往往以弱者的形象出现。[①]

作为严肃权威的主流媒体代表，《中国妇女报》以综合性、

---

① 朱晓征：《妇女需要什么样的传媒——"大众传媒对妇女的影响"问卷调查报告》，载《新闻记者》，2002(3)。

权威性、思想性和社会性在众多女性报纸中独树一帜。它没有商业化地表现有关女性的信息在媒介市场中的卖点，而是以独特的眼光和浓厚的女性意识在各类新闻中发现女性。报纸坚持树立女性楷模、引导和教育女性发挥自尊、自信、自强、自立的"四自"精神，表现女性的主人翁姿态；大量报道女性先进人物典型，其中多是各个行业的佼佼者。在国际新闻报道领域，报纸注重挖掘女性，发现女性存在，其国际版块"国际纵横"充分发掘女性在政治、经济、社会管理等领域的表现，揭示女性在不断变革的世界中的价值。

这些策划报道表明《中国妇女报》努力履行推动妇女进步、维护妇女权益的职能。它设置了影响女性发展的政治、经济和社会方面的重大话题，影响到绝大多数的女性，力图用社会性别意识影响和促进国家政策的制定、执行，尽力扭转"男女平等"的国策下存在的两性不平等现象，抵制消费主义对女性的物化倾向，体现出权威、主流的女报传播社会性别意识的典范。

通过关注和参与现实来发现问题，并在社会大背景下放大个案，从社会结构、资源分配、性别制度、文化传统中发现女性问题的根本原因，以社会性别意识分析问题，维护女性的根本权益，以舆论的力量推动两性平等，是《中国妇女报》最为鲜明的特色。纵观《中国妇女报》多年来的报道，在社会转型期，妇女问题不仅仅被视为个人问题，而是逐渐被建构成公共领域中的性别平等问题或平等权利问题①，《中国妇女报》始终坚定

---

① 王春霞：《卜卫：我和妇女报是相互"利用"的》，载《中国妇女报》，2009-12-09。

地为妇女维权和性别平等发声。

二、发现经济中的女性：《中国妇女报·经济女性》的媒介示范意义

经济领域一向被视为是男性的传统领域，尽管女性在经济领域也做出了突出成就，但在很多媒介的经济类报道中，女性是缺席的，经济女性很少被媒体发现和呈现。《中国妇女报》的《经济女性》周刊在这方面做出了质的突破。

2003 年 1 月，《中国妇女报》创办《经济女性》周刊，每周五出版，后改为周六出版，是该报六大周刊之一。与其他女性报刊不同的是，《经济女性》以传播经济内容为主。随着市场经济的发展，女性报刊大多进入市场化轨道，其内容和风格逐渐向服务型和市场型转变，以迎合读者需要，获得二次售卖的注意力，但其中经济女性是缺席的。《中国妇女报》在妇女问题上独具权威性，是各级妇联工作人员的必读物之一，但其之前对经济领域中的女性并没有经常性的给予关注。因此，作为全国唯一一份以女企业家、女经理人为读者对象的女性高端周刊，《经济女性》周刊专为女性提供经济资讯，其独特的内容和风格为女性媒介注入了生机，由此带来的媒介示范意义不容忽视。

1.《经济女性》周刊的创新

首先，受众定位方面的创新。《经济女性》周刊以"满足经济女性的职场资讯需求，以女专家、女学者、女企业家、女经理人等为读者对象，满足她们在职场上的资讯需求"为办刊理念，"关注经济圈中的女人和女人眼中的经济"，吸引城市中等以上高层次妇女和从事经济工作的女性受众。这些女性也是时尚女性杂志的读者，但杂志并没有满足女性的经济资讯需求。

具体而言，《经济女性》的受众主要包括：一是女性经济管

理者，主要是在各级政府职能部门从事经济管理的女性，她们往往是某领域的专家，不仅了解相关经济资讯，在分析、解决问题方面也有相当丰富的经验，如曾任央行副行长的吴晓灵精通金融知识，胡晓栋凭借自己的努力为中国应对经济危机提供坚实的金融后盾。二是女性经济学者，包括活跃在高校和经济研究机构的女研究者，她们对经济活动和经济问题的理论和实践有深刻认知，许多人还是政府机构、大型企业、投资机构的智囊人物，如打破"蓝田神话"的女学者、中国企业研究中心主任刘姝威，以及社科院财贸所研究员江小涓等。三是女性创业者。创业领域风险很大，资金、市场、竞争等创业必须考虑的因素考验着女性的智慧和自我突破，也挖掘着女性在创业方面的优势。《经济女性》对此做了大量报道，如 eBay 掌门人梅格·惠特曼以聪明睿智将 eBay 从小网站发展成为全球家喻户晓的大公司；宁波视窗眼镜公司总经理王萍用法律武器击败微软，赢得"WINDOWS"商标使用权；女海归王笑寅在创办杭州策兰企业管理咨询有限公司的过程中发现女性的语言沟通优势，以及女性在能力和情绪方面的突破；出身贫寒的陆亚萍凭勇气和才气，在商海中打造出集布艺、家纺、零售为一体的商业巨舰，获得"中国家纺先锋人物"称号；格力电器总裁董明珠以专业创新保持中国空调的龙头地位。

其次，内容定位方面的创新。《经济女性》摒除复制传统社会性别角色的旧规，以崭新的性别期待——女性以独立人格主体参与社会，这决定其主要内容是为经济女性提供最广泛的经济资讯需求。

提供以"经济女性"为焦点的新闻舆论导向。在大多报刊为女性提供软性信息时，《经济女性》积极为经济女性创造出"半边天"相应的话语空间。周刊的《论与谈》栏目通常关注社会热点话题，邀请女专家、女企业家对社会热点话题畅所欲言，如时任中国女企业家协会常务副会长、原国家计委产业发展研究所所长史清琪解析中国女企业家群体面临的挑战与机遇，前美国劳工部长赵小兰谈结构因素导致美中贸易不平衡等。她们畅谈自己对人生和领导艺术的独特见解，有更多自身的感悟和经验。

在多数媒介的同类议题中，通常以采访男性专家作为信源，但《经济女性》增加了女性在媒体上发声的机会，这与采编人员苦心孤诣地去发现严肃话题里的女性行动者、增加女性在媒体上的可见性分不开。周刊策略性地保证了以"经济女性"为焦点的新闻导向，使女性在"男性议题"的领域内发出声音。

关注女性创业与商机。在大多数女性媒介里，智慧属于男性，浪漫属于女性，但在《经济女性》中，"专家""新政""观察""消费""投资"等财政资讯俯拾皆是，这有助于改变以往女性不问政经的刻板印象，周刊内部有性别意识的编辑和记者在财政资讯方面勇敢地抹掉了性别界限。创业一般很难与女性联系起来，但《经济女性》不定期推出创业板，从女性生理和心理出发，提出创业建议以及创业中需了解的知识、需警惕的"浅滩暗流"，对于计划创业和正在创业的女性不无裨益。

关注公益与慈善。情感类女性媒介通常塑造女性忍辱负重、以德报怨的真善美形象，但《经济女性》认为"搞经济与做公益都是经济人的天职"。在公益慈善版，周刊并非一味宣传女强人的公益与慈善事业，树立女企业家如男人般慷慨的形象，而是通过女性特有的细腻和爱心，指出中国公益与慈善事业存在的不足。《高校助学捐赠"贫富"两重天》一文指出："助学金、奖学金体系在名校越完善，相比之下名不见经传的学校设立奖学金、助学金的就越少。上名校的人数只有那么多，并非所有考生都能考进去，为什么其他学校的奖助学金那么少?"①这种细腻的反思对于公益的健康发展相当有益。汶川地震后，《经济女性》周刊报道女性积极参与救灾，如 2007 年度的经济女性获奖者唐蓉、雷建英等积极参与抗震救灾，时任济源市市长赵素萍积极组织本地援建工作队参与灾后重建；在公益方面，"感恩祖国——绿色行动"发起人孙丽萍为环保呐喊16 年，义无反顾，不仅将环保作为自己的追求，还积极大胆地进行探索实践。

刊登经济女性的广告。学者普遍认为，绝大多数广告将女性表现为拜物与肤浅的结合体，或将女性塑造成安心服侍男性的辅助角色，社会性别意识缺失。媒介广告中传播失实的女性性别形象会对公众产生消极的影响，《经济女性》试图改变这种现状，其刊登的一则酒广告令人难以忘怀。"'半边天'酒——自信女人之酒。受封建思想的影响，各种筵席均不主张女性饮酒，女性均以矿泉水、果汁作为酒的替代品。然而随着中国经济的飞速增长，女性在经济发展中的作用有目共睹，成功自信的女性比比皆是。她们拥有事业、智慧、自信，但她们还没有属于女性自己的酒"。② 这则广告与《经济女性》的内容浑然天成，广告文案不仅贯彻了该报的编辑方针，更重要的是它不同于以往游走于摩登与传统之间的、让学者们

①　涂超华：《高校助学捐赠"贫富"两重天》，载《中国妇女报》，2006-06-16。

②　《广告："半边天"酒——自信女人之酒》，载《中国妇女报》，2004-01-09。

诟病的女性广告。

《经济女性》的受众与内容定位决定其编辑方针是弘扬女性在社会经济话题中的影响力，试图从崭新的角度在女性媒介生态中建立支点，增进女性在媒介严肃问题上的可见性。

2.《经济女性》的媒介示范意义

《经济女性》的媒介示范意义不可忽视。大多数媒体的经济资讯为男性读者所办，但《经济女性》的特点是为女性提供经济资讯。"女性创业者的创业过程十分艰难，她们所受到的挫折，遇到的困难比男性多得多，她们应该得到社会的广泛关注。经济女性独特的职场资讯需求能否在其他不分性别的经济传媒中得到满足呢？经调查研究是不能的。经济女性和经济男性的思维心理、行为特点有很大不同，国内外对此已有很多研究成果出来，普通媒体对女性独特的需求尚不能满足，满足这种需求就是我们独特的竞争力。"[1]因此，周刊为女性媒介生态注入了新鲜血液，使媒介内容从软性趋向平衡发展。

媒介示范的表现之一是重构新女性形象，消除女性报刊的弱视偏见。

女性意识的缺失、对女性的定型化描述是女性媒介生态失衡的症结，而这并非编辑、记者的故意，而是传统男权社会的"集体无意识"对女性媒介从业者的麻痹导致其对两性媒介生态不平衡状态毫无批判力，甚至还起到维护的作用。

女性媒介生态的软性内容使媒介无法对女性进行全面反映，但《经济女性》发出"女性也问经济问题"的声音，打通了

---

[1]　云梦泽、富东燕：《我们的办刊理念：满足经济女性的职场资讯追求》，载《中国妇女报》，2004-01-30。

女性报刊在复制软性内容方面形成的"死胡同"，打破了女性媒介的弱视偏见，塑造出新颖的女性形象。与痴女怨妇、浪漫温婉、性感尤物的女性形象不同，经济女性因在工作领域的杰出成就而具有发言权和话语权，《经济女性》报道其业绩、观点，彰显其智慧、能力和价值，由此，女性在事业发展和处理公共事务方面的能力被表现和认同，女性作为有思想、有个性、有追求的主体被还原与再现。《经济女性》以性别平等视角看待女性，张扬女性意识，使女性作为主体对自己在客观世界中的地位、作用和价值有自觉意识。女性承载着两重责任，多数媒介看到女性对家庭的责任与义务，忽视女性对社会的贡献与承担，使大众认为"肉体的、非理性的、温柔的、母性的、依赖的、感情型、主观的、缺乏抽象思维能力"①是女性属性，漠视经济女性所兼备的自信、坚强、进取、理智、干练等品质。《经济女性》以"经济女性"为焦点的新闻舆论导向，走出了集体无意识和刻板印象的藩篱，树立了女性坚强和敢担当的新形象。

媒介示范的表现之二是有助于促进传媒工作者树立全面的媒介生态观。

女性媒介在采写编的过程中，宣传政策、法律法规、商业利益等规范和要素被优先考虑，但性别意识没有成为媒介产品制作的主要规范，这使媒介难免形成对女性的刻板成见。《经济女性》在此做出了宝贵的尝试。作为首份为女性提供经济资讯的周刊，《经济女性》给女性媒介生态增添了新的色彩。它不

---

① 李银河：《女性权利的崛起》，187页，北京，中国社会科学出版社，1997。

再只谈情感与性感，而是报道经济中的女性，谈公益与慈善的公正与和谐，试图改变媒介工作者对女性的价值评判视角，促进媒介更加真实、均衡地表现女性形象。

媒介示范的表现之三是促进媒介生态和谐发展与良性循环。

以软性内容为主的女性报刊在特定情况下可满足读者需要，但随着女性在社会领域中的作用和地位的凸显，需要更多新的媒介内容来呈现女性的社会存在。传播软性内容的女性媒介将女性局限在婚姻家庭、美容娱乐中，禁锢在妻子、母亲的角色上，《经济女性》将女性意识注入其中，从女性的角度去理解经济和社会，这无疑是对女性媒介生态发展与良性循环的新解。今天的女性媒介虽然前所未有地丰富和发展，但缺少严肃的财经议题。虽然情感与时尚内容不应一概抹杀，但《经济女性》的理性和严肃应受到鼓励、受到关注。

三、《中国妇女报》女性新闻碎片化及对碎片化的建议

《中国妇女报》的媒介特色与它作为国家权威主流女报的身份，是与其对妇联工作的配合分不开的。但其为女性权益鼓与呼的报道并非持续存在，同时，在新闻的行动者中，官方是主要行动者，普通女性不可见，女性 NGO 的声音更弱小，她们并未进入该报的议题。因此，报纸的女性新闻呈现碎片化的特征。

陈阳博士对女性新闻的碎片化进行了专门研究，她分析了1990—2002 年《中国妇女报》的传播内容，发现其女性新闻存

在碎片化倾向。① 她认为《中国妇女报》并未提供对真实世界整合的、一致的再现，其女性议题报道充满了来自不同立场的碎片化新闻。

陈阳博士关于女性新闻碎片化的发现具有很强的针对性和指导作用，同时，也应看到碎片化特征是女性媒介在中国社会转型过程中综合几种话语之后出现的。国家话语是媒介必须承担的话语内容，商业话语是媒介在面临新闻出版体制改革的背景下渗透的，女性主义话语是女性媒介义不容辞的内容。在任何社会，社会转型期都是一个时期而非一个时刻，因此，女性新闻的碎片化需要一个持续的整合过程：一方面继续传播国家关于女性的政策话语、社会性别意识和女性声音，另一方面，逐渐加大对普通女性的发现，发现女性新闻中的多种行动者，

---

① 女性新闻碎片化的六种表现：一是女性新闻不是一个单一的整体，而是由国家议程、商业化要求和女性主义关怀等多种声音构成的复合体；二是相比与女性无关的新闻和没有提到女性的新闻，报纸上提到女性的新闻、与女性有关的新闻、女性主义新闻三者在数量上逐渐递减；三是女性新闻增长或减少的趋势不呈线性，而是呈现出锯齿状，说明影响女性新闻的国家、市场、女性主义等要素之间的不协调；四是女性主义在新闻里地位的上升不是全面的。女干部是前三种女性新闻中最重要的女性行动者群体，但由于其传递的信息与国家方针吻合，因此在女性主义新闻中的地位不明显。五是新闻报道之间的联系被打断。女性主义议题主要表现为散文、诗歌和新闻，但女性主义新闻数量少，不规则地出现且彼此毫无联系。同时，女性主义新闻很少被再现为评论、新闻分析和调查性报道等深度报道形式。六是报纸对女性主义议题缺乏全面的、连贯的反思。新闻很少关注女性的"双重负担"，也很少讨论性别抹杀政策引起的问题，同时对性感女性形象的传播缺乏足够的批评，女性主义在新闻里并没有得到全面的可见性。陈阳：《协商女性新闻的碎片：20世纪90年代以来中国媒体里的国家、市场和女性主义》，"第五章"，西安，陕西人民出版社，2006。

尽可能避免商业话语对女性新闻的影响。

第一，在"5W"之外发出女性声音，将性别意识渗透到每篇新闻报道中。女报的女性新闻报道一般都突出"5W"，相对于女性行动者的立场和观点，这更易引起传者重视。事实上，女性新闻的意义和内涵主要体现在新闻事件中行动者的立场和观点上，而"5W"无法涵盖这些内容。因此，女性新闻报道除了传统的"5W"之外，还要体现出新闻的女性主义立场，使新闻报道中不仅有女性的影子，还有女性的声音。

第二，保持传播者的社会性别意识。在传统媒体的信息传播中，严格的把关标准使把关人在内容选择中占绝对优势，传播内容的取舍取决于把关标准。《中国妇女报》女性新闻的把关标准应既有共性也有个性：共性是新闻的专业标准要求如客观与真实、新闻写作的标准规范、新闻传播的法律和道德等；个性是女报不同于其他媒介的特点，即突出社会性别意识。在新闻传播教育中，社会性别意识不是新闻理论的主要内容，也不是媒介伦理的主要内容；它既不像新闻的专业标准那样被强调，也不像政治标准那样受重视。因此，欲在新闻报道中听到女性的声音，新闻传播者是否具有性别意识非常重要。

对于高举维护女性权益旗帜的《中国妇女报》来说，其社会性别意识较高，报道中的社会性别意识相对充分，同时还利用自己的影响力激励同行关注性别议题，提高报道水准。1996年3月，该报与首都女记协联合创办中国第一家妇女传媒监测网络，其内容工作之一就是以评论的方式监督传媒出现的歧视女性和忽视女性权益的报道。2006年，该报与首都女新闻工作者协会等发起的"促进性别平等"颁奖仪式在中国青年政治学院举行，为那些在促进性别平等方面表现突出的大众媒体颁奖。

但是，该报的身份与中国社会转型的现实使它不能不在国家议题的主导之下受市场因素的影响，碎片化是媒介随着社会变迁而变化的表现。由于媒介市场向传统男权文化的迎合，许多媒介在报道女性话题时出现刻板印象，但《中国妇女报》国家女性主义的存在反而保证该报传播较多的女性议题，因为"在政治和经济资源方面，国家和市场都远比女性主义有权力的多"①。鲜明的社会性别意识是《中国妇女报》最突出的特色，这一点不应随社会转型而有所削弱。

在国家、市场和女性主义的博弈中，女性主义如何与二者结合，同时又体现自己的特色？陈阳博士认为，女性主义可利用与一方的合作来反对另一方。其实，女性主义无论与谁结盟，都不存在与另一方对抗的可能性，因为国家为女性媒介提供制度保证，媒介需在充分利用国家话语的同时，增加女性主义话题；市场话语是女性主义改造的对象，如何把女性主义话语和市场影响相结合是女性媒介面临的现实问题。因此，三者之间是合作与改造的关系，而非合作与对抗的关系。媒介市场化的巨大力量使传播者很难忽视其作用，《中国妇女报》应利用自身的特殊性和优势地位推进女性主义传播。

第三，继续发挥喉舌和环境监测作用，推动媒体对女性的报道。在发挥喉舌作用方面，报纸需继续推行促进性别平等的媒介激励行动。性别平等是对两性不平等的反思，是符合世界

---

① 陈阳：《协商女性新闻的碎片：20 世纪 90 年代以来中国媒体里的国家、市场和女性主义》，185 页，西安，陕西人民出版社，2006。

潮流和人类文明发展的一种观点。《中国妇女报》利用国家主流媒体的身份，联合学术和研究团体推进性别平等，对在新闻报道中突出女性、以性别平等视角关注女性的新闻媒体给予激励和表彰，会使这些媒体因积极推进性别平等而获得良好声誉。"媒介作为社会分工的重要部门，自身存在的价值以整个社会的收益为比较坐标，而不是以媒介自身收益为单一的比较坐标，不能简单地与其他商品相提并论。"①对于被表彰的媒体来说，这种良好的声誉是媒介在竞争中赢得女性注意力的一个条件。在 2006 年的"促进性别平等"颁奖仪式上，受表彰的媒体多是在女性新闻报道方面表现突出的都市报、晚报，相对于《中国妇女报》的宣传和指导功能，这些媒体所做的发现女性的报道，受众面更广，而社会性别意识的传播只有调动全社会的媒体参与才能形成合力。因此，《中国妇女报》在这方面的推动与激励应继续加大力度。

及时监测环境，推进性别平等主流化是《中国妇女报》的重要职责。男女平等虽受我国法律保护，但对歧视女性的行为缺乏明确的惩治性规定，现实中女性仍处于不平等地位，性别平等观念的普及度和现实支持度不同步。对此，《中国妇女报》可发挥机关报的权威优势，根据国家的两性平等政策，及时报道新闻，发挥报纸监测环境的职能；同时，设置议题促使决策者把性别平等纳入政府关注和社会发展宏观政策，贯穿社会发展全过程，营造符合两性平等要求的政策和法律环境，将两性平等的观念逐渐落在实处。

---

① 曾革南、包东喜：《责任是实现媒介公信力的根本——江作苏谈媒介公信论》，载《中国新闻出版广电报》，2010-04-14。

在具体操作层面，《中国妇女报》需要发现更多新闻行动者：一方面充分利用新媒体发现女性的自发话题。若这些议题具有普遍性，能反映女性的现实不平等，则可以自上而下的方式，将这些个人话题上升为媒介话题，通过报道和讨论推动女性权益的发展。另一方面，要在考虑两性平等、承认两性差异的前提下倡导社会公平。改革开放以来随着女性受教育程度的提高，参与公共领域的女性越来越多，一些新问题开始凸显，如传统的"男主外、女主内"的传统观念开始变化，但女性仍面临如何在平等工作机会与传统角色与职责之间取得平衡的问题。[1] 对这个具有重大影响和意义的话题，女报如何报道、如何征集舆论展开讨论，不仅关系报纸的亲和力，也关系职业女性的可持续发展。

四、探索市场化发展的路径：《中国妇女报》的集群化发展和手机报尝试

在鲜明地体现社会性别意识的同时，《中国妇女报》还创办一系列子报子刊如《家庭周末报》等，随着网络传播技术的发展，《中国妇女报》率先试水手机报，这些可看作是该报的市场化探索。

1. 在同质化竞争中失利的《家庭周末报》

《家庭周末报》是《中国妇女报》社主办的家庭生活服务类报纸，其前身是 2001 年创刊的《中国妇女报·伴你》周刊。[2]

---

[1] 李银河：《女性主义》，32 页，济南，山东人民出版社，2005。

[2] 2001 年 1 月 4 日《中国妇女报·伴你》独立创刊，4 开 36 版，豪华铜版纸封面，彩色印刷，内容包括领家·新闻、家·娱乐、家·情感、家·太太、家·孩子、家·先生、家·健康、家·时尚、家·消费九大"报中报"。

2007 年，该报进行改版，改变传统版面，加入潮流时尚类信息，并以封面女郎突出视觉效果。但改版效果并不理想，原有读者不认可这种信息，而其潮流时尚类信息又无法与时尚类杂志竞争，加上其他都市报及生活服务类女性报纸的竞争，该报在 2009 年停刊。

2. 尝试新媒体，试水手机报

2004 年 7 月 1 日早 8 点，中国新闻史上第一份手机报《中国妇女报·彩信版》开始到达订阅者手中。该手机报的运营商、技术开发公司、信息提供商和消费者分别是中国移动、北京好易时空网络科技有限公司、《中国妇女报》和手机用户。手机报内容包括浓缩了《中国妇女报》当日精华的精粹版和一个提供短信点播服务的全文版，用户可随时随地获取信息。

随着主创人对手机报认识的深化，《中国妇女报·彩信版》的传播特点也不断变化。卢小飞最初把手机报特点概括为"原汁原味，资讯全面；先知先决，时效第一；随身保存，信手查阅；随时随地，尽在掌握。"但作为终端的手机限制着信息的形式和内容，它无法像报纸那样讲究新闻的过程和细节，屏幕大小有限和传播的即时性决定其适合传播短小精悍的信息，因此，手机报的新闻应有独特的编辑模式，以保证信息的及时和精炼。经过实践，《中国妇女报·彩信版》摸索出符合手机传播特点的新闻选择和编辑模式，"在有限的空间里给用户提供最精粹的新闻信息"，内容要"沙里淘金"，语言要"千锤百炼"，长度要"字字计较"。2007 年，《中国妇女报·彩信版》实现了手机报内容与母报内容分离，每天发布 20 多条当天最重要、最精华的国际新闻、国内新闻、文化新闻、最新发现等。①

为何要试水手机报？主创人卢小飞认为这既有偶然也有必然。在必然性上，新媒体和传统媒体是竞争和互补的关系，传统媒体只有和数字媒体互动才会获得新的生命力，它会让一些无缘接触传统媒体的人通过数字媒体来了解传统媒体，而传统媒体也能通过数字媒体的互动创造新的赢利模式。偶然性则是2004年4月北京好易时空网络科技有限公司希望找一家传统媒体将数字技术与传统媒体结合起来，而当时《中国妇女报》正处于发展困境之中，二者一拍即合，很快就推出了手机报。通过无线技术平台，以彩信形式将报纸新闻发至用户手机，使用户在第一时间读到当天报纸的精华内容。《中国妇女报》的创新成为业界热点，也引起学术界高度关注，并以它为样本来研究手机报的生存模式。② 虽然手机报最后因赢利模式不理想而中途夭折，但《中国妇女报》对新媒体的尝试表现出它对创新办报模式的探索，以及为增加女性媒介的影响力所做的努力。

五、对机关女报创新的思考

一份彰显权威性的机关女报欲通过创办子报来扩大自身影响力，需处理好主报和子报的关系、子报与同类报刊的竞争。

第一，主报要高扬社会性别意识。针对现实中的男女不平等、大众媒介中存在的对女性的贬抑现象，以及文化和意识层

---

① 参见岳彩周：《手机报：小荷才露尖尖角——访〈中国妇女报〉总编卢小飞》，载《通信世界》，2007(31)。

② 匡文波、高岩：《基于彩信技术的手机报业务分析——对〈中国妇女报·彩信版〉的个案研究》，载《传媒》，2006(5)。

面存在的男女不平等认识，女性媒介需发挥自身影响力，"帮助妇女认识到自身独立存在的价值，赋权妇女；通过媒介宣传影响社会意识和舆论，建立性别平等的文化；影响决策者，将社会性别意识纳入主流，以促进社会的性别平等"①。

第二，处理好主报和子报的关系，选择符合自身特色的新闻报道。主报和子报在读者定位、内容定位、市场定位上有区别，这种区别类似于其他的党报和子报的区别：一是共性和个性的关系，党报的庄重严肃和子报的通俗活泼的关系，以及二者在"二为"方针上的一致性；二是对党负责和对人民负责的关系，三是主旋律和多样化的关系，四是导向和市场的关系。②作为老牌女报，《中国妇女报》在社会上有良好的口碑，这是它创办子报子刊的信誉保证。但子报还需体现出与母报不同的特色，内容通俗、语言生动、报道方式灵活、版面活泼，以满足读者需要。

在事关女性权益的严肃新闻面前，机关女报和市场化女报都应发声，但市场化女报却对这类事件保持不该有的沉默。2010年9月4日，前往凤凰游玩的少女阿红不堪当地个别交警、辅警及公交司机的猥亵强奸而跳楼身亡。在案件侦查阶段，从9月13日到20日，凤凰县警方遮遮掩掩，向律师和家属通报的案情扑朔迷离，阿红在跳楼前被强奸还是被猥亵，一直都没有调查清楚。2010年10月5日，《中国妇女报》记者前

---

① 王春霞：《卜卫：我和妇女报是相互"利用"的》，载《中国妇女报》，2009-12-09。

② 黄京生、宋春阳：《党报与子报的关系》，载《新闻采编》，2002（2）。

往凤凰县采访并发表五篇调查性报道。[①] 作为全国妇联机关报，该报的报道重心是女性权利、社会正义、地方形象、事实真相，这种议程设置迅速引起舆论广泛关注，各大门户网站纷纷转载。截至当月14日18时，在谷歌、搜狗、百度搜索中，分别有48000、38000、26000多条关于此报道的搜索结果；在搜狐网"我来说两句"论坛，针对《中国妇女报》报道的评论就达7500多条；在天涯社区，网友发出了专门关注和支持《中国妇女报》系列报道的帖子。令人遗憾的是，这种严重伤害女性权益的恶性事件，并没有被当地的市场化女报报道，市场化女报失去了应有的声音，这一点是面向市场的子报需要注意的。

第三，子报要处理好自身与媒介环境的关系，突出特色。作为全国妇联的机关报，《中国妇女报》在发展中积累了良好的声誉，强烈的女性意识是其创办子报的有利条件。此外，还需明确子报的媒介定位，做出特色。子报以特定大众为传播对象，在媒介市场上通过竞争求得生存，因此，子报须在研究目标受众的基础上，确定传播内容，满足受众的信息需求，形成媒介风格，在细分的媒介市场上占领一席之地。

媒体经营的优劣并不一定取决于规模的大小，而在于其是否真正建立了市场机制，形成了特定的市场，并被媒介大市场

---

① 这五篇报道是：《凤凰"少女跳楼事件"调查》，2010-10-08；《凤凰"少女跳楼事件"调查之二：真相正在一步步接近》，2010-10-11；《凤凰"少女跳楼事件"调查之三：最善良的少女，却遭受最惨绝的厄运》，2010-10-12；《凤凰"少女跳楼事件"调查之四：另一受害少女讲述：那是噩梦般的回忆》，2010-10-13；《凤凰"少女跳楼事件"调查之五："K粉"背后是否还有隐情？》，2010-10-14。

所接纳。① 女性媒介需立足于细分化的媒介市场，反映女性读者的现实存在，满足读者的阅读需求。从阅读心理上看，女性读者与男性读者的阅读需要不同；从两性地位上看，女性的社会地位低于男性，这要求女报向大众传播女性意识，呼吁两性平等；从女性的消费能力上看，"女性经济"概念的出现为女性媒介进行广告经营奠定了基础；从媒介竞争的角度来看，市场化女报以女性视角看待问题，与都市报之间形成了错位竞争的关系，这是面向市场的女性媒介存在的基础。

第三节　市场化女报的转型与经营

随着社会主义市场经济体制的确立和媒介市场细分化发展，个别由妇联主办的女报开始逐渐面向市场竞争，呈现出鲜明的市场化特色，同时还出现面向市场的新型女报。前者以湖南省妇联主办的《今日女报》为代表，后者以重庆报业集团的《新女报》为代表。由此，我国女报的结构发展为机关女报和市场化女报并存的报业结构。本节关于市场化女报的转型与经营，以《今日女报》为个案。

一、从机关女报到市场化女报：《今日女报》的转型

《今日女报》是以本地发行为重点而获得成功的女报，它原名《湖南妇女报》，1956年创刊，两年后休刊，1982年复刊，到1995年还是四开八版的周报。1995年，该报这样介绍自己："以独特的视角关注今日世界，以诚挚的努力奉献至真至爱，以极大的热情弹奏女性'进步、发展、解放'的主旋律"，

---

① 程士安：《怎样经营媒介——从媒介市场的定位谈起》，载《新闻实践》，2002(3)。

主要栏目有今日论坛、七日聚焦、独家专访、午夜倾诉、爱情热线、夫妻之间、消费指南、社会热点；定价低廉，订阅年价是 18.72 元。① 从广告词可以看出，该报在复刊十多年后规模发展不大，内容走情感路线，满足城镇女性在情感信息方面的需求。1993 年《今日女报》开始市场化探索，成为较早面向市场的女性报纸，在激烈的竞争中树立了自己的品牌，并实现跨行业经营，形成了业界关注的"今日女报现象"。②《今日女报》的转型，主要表现有三：

第一，媒介内容从情感类向兼顾生活服务类转变

在市场探索过程中，《今日女报》的版式和内容逐渐转变。1993 年 1 月，报纸推出月末版，面向全国大中城市出售；1998 年，在月末版基础上向生活服务类报纸转变。在当地激烈的媒介竞争③中，《今日女报》敏锐地发现自己的生存空间，从情感类女报转变为生活服务类报纸，报道范围和版面扩大，出版周期缩短，售价提高④，并提出"凤眼看世界　见证她时代"的口号。

---

① 《今日女报：女士的知音　男士的挚友》，载《文学自由谈》，1995(2)。

② 报社先后两次被新闻出版总署评为"全国地方报社管理先进单位"，多次被评为"湖南省十佳报社"，2006 年 3 月还被评为"中国最具潜力创新传媒"。数据来自《今日女报》社长、总编辑王伏虎：《〈今日女报〉品牌价值的商业化深掘》，载《传媒》，2006(8)。

③ 2001 年，湖南报业重新洗牌，长沙是报业竞争的中心，湖南日报报业集团、长沙晚报报业集团、潇湘晨报社是三大板块，其他专业性周刊也归属于两大报业集团，《今日女报》面临的生存形势严峻。参见黄枫：《〈今日女报〉现象》，载《今传媒》，2005(9s)。

④ 2001—2002 年，报纸从 8 版扩展到 16 版、28 版，从周一刊发展到周二刊，年定价涨至 99.6 元。

为了分析《今日女报》的内容及其特色，笔者选取了该报2010年6月－12月的封面内容，以隔期抽一份报纸的方法统计其封面报道和标题新闻，共获得249条相关信息。其内容可分为女性新闻类、情感婚姻家庭类、法治故事类、健康养生类、美容健身类、明星娱乐类、理财类、职场类、育儿类及其他信息；信息的表现形式有文字类信息和图片类信息。上述信息的分析数据如下：女性新闻84条，占比例34％，婚姻家庭爱情类信息69条，占28％，明星娱乐类信息23条，占9％，法治类信息15条，占6％，育儿类信息12条，占5％，健康类信息9条，占比例4％，美容类信息9条，占3％，职场类信息8条，占3％，典型女性报道7篇，占3％，其他信息13条(包括购物、文化、广告性新闻等)，占5％。

这种版面内容融合了传统女性期刊的情感信息优势，嫁接了都市报的生活服务和明星娱乐信息特色，并体现出自己的独特性，即女性新闻占据较大比例，这些女性新闻包括给女性看的新闻、提到女性的新闻、与女性有关的新闻和体现社会性别意识的女性新闻。其中，与妇联宣传指导有关的内容，均在该报内页出现，不像机关女报的传统做法那样将其置于头版。《今日女报》的内容不同于机关女报和都市生活服务类报纸，其保持传统的情感婚姻家庭类信息，兼顾妇联机关报的身份，涉及较多职场、时尚和消费等方面的服务信息。

第二，在媒介经营方式上，以本地发行为重点，重点开发本地市场，并围绕现代女性消费来扩大广告范围。

20世纪90年代，《今日女报》采取全国发行策略。1995年的《文学自由谈》(天津市文联主办)第2期刊登了该报的全国发行广告："女士的知音，男士的挚友：'以独特的视角关注今日世界，以诚挚的努力奉献至真至爱，以极大的热情弹奏女性'进步、发展、解放'的主旋律'，全国各地邮局均可订阅。"

转型时期的《今日女报》为占领湖南尤其是长沙本地市场，开始收缩发行范围，重点开发本地市场。首先占领长沙市报摊，其次自己组建发行部和高密度的本地发行网络，调查市场，争取覆盖都市不同阶层的女性。2005年，《今日女报》的发行量、广告收入、经营总收入位居全国女报第一位。

《今日女报》营销创新的背景是都市女性消费能力的升级和扩大。随着都市职业女性阶层的形成，女性消费的内容包括传统的家庭消费和新兴的奢侈消费。[1] 女性的休闲文化类消费旺盛，消费在城市女性的可支配收入中占绝对优势。

针对目标读者传播信息，以独特的女性视角看世界，围绕女性需要组织内容，这使《今日女报》的女性读者比例达61.1%。[2] 在此基础上，《今日女报》开展多种形式的广告活动，包括无痛流产、育儿、儿童娱乐、体育彩票、美容养生、

---

[1] 据2010年8月24日公布的《2009—2010年中国城市女性消费状况调查报告》，女性消费在全部可支配收入中的比例很大。在城市女性2009年个人年度消费中，服装、数码产品和旅游居前三名；在月消费中，80%以上的城市女性都有品牌化妆品、通讯费（电话费、上网费），62.1%的城市女性有休闲文化类消费，39.4%的城市女性花钱"充电"学习。在城市女性可支配收入中，用于储蓄、消费和投资理财的比例是24：63：13，消费的比例最大。参见常红：《城市女性消费状况调查报告——服装消费位居第一》，http://news.163.com/10/0824/16/6ES7AE4A000146BC.html，2018-08-31。

[2] 杜介眉：《在"她"时代做足"女性"文章——解读〈今日女报〉贴近受众的特色办报思路》，载《中国报业》，2006(8)。

整形医院、保健品、锁具、小型创业、人防安全知识短信普及大赛等。

《今日女报》还在行业内外输出影响力。2003 年初，为培育房地产广告，《今日女报》创办地产周刊《新家周刊》，涉足房地产业；2005 年，创办面向房地产、汽车等高端产业的直投杂志《顶级 TOP》。《今日女报》还开展出租车运营、化妆品销售和房地产销售。20 世纪 90 年代起，成立了"丽荣"出租车公司；2004 年，成立了由报社控股的"湖南她时代女性用品有限公司"，主营各种中、高档女性化妆品；2004 年，《今日女报》开始与某房产公司共同开发楼盘。①

第三，设置特色鲜明的媒介识别标志（LOGO）。标志是一种特定的视觉表达符号，它便于识别，可表达情感和反映公司产品的独特形象。但中国绝大多数女报都没有 LOGO 标志，只有书法作品式的报头。《今日女报》以独具特色的 LOGO，展现其办报宗旨和媒介形象。依据现代女性、关注世界、女性符号"凤"、报纸、传递信息等符号特征，设计出 LOGO 图案：一只经过色彩渐变处理、富有立体感的飞舞的凤，象征着女性；中间蓝色的地球象征着世界眼光。二者密切配合，表达现代女性、世界眼光、女性视角等理念，报纸同时打出广告语"凤眼看世界，见证她时代"。至此，《今日女报》有了鲜明的视觉标志和识别符号。

二、新锐女报《新女报》的市场化经营

2001 年 12 月 13 日，《新女报》在重庆出版，其前身是重

---

① 王伏虎：《〈今日女报〉品牌价值的商业化深掘》，载《传媒》，2006
（8）。

庆市计委主管的《西南经济日报》。在被划归重庆日报报业集团之后，该报开始向休闲、娱乐的都市女性生活服务类周报转变，并实现经营上的突破：报纸创办时从集团借款197万元，9个月后实现收支平衡；发行到第4期时，发行量突破10万份；两年半实现跨地域经营，三年实现跨媒体经营。这些业绩得益于其面向市场的特色化经营。

围绕女性做内容是报纸的特色。在内容上，《新女报》设置了新闻、娱乐、情感、时尚四大版块，力图使"新闻展现女性、娱乐愉悦女性、情感关爱女性、时尚扮美女性"[①]。在内容的生产上，报纸提出"女性化"以突出女性特色、"大众化"以满足读者需要，以"地域化"体现重庆地域特色，以内容的深度和广度以体现"期刊化"的目标。[②]

注重营销，特色办报是报纸的突围之道。在媒介细分时代，特色是媒介生存的基础。《新女报》创刊之初提出"特色办报"理念，走"女性化、地域化、周刊化"办报之路，在具体操作中确立读者定位、风格定位和版面功能定位。其读者定位于25—40岁、既有阅读欲望又有消费能力的都市知识女性；报纸立足于生活服务类女性周刊的定位，版式和语言风格接近女性阅读习惯和审美习惯；版面功能区分明显，设置吸附广告类的版面、拉动发行类的版面和提高社会影响力的版面，前者以广告客户为中心，后两者以读者为中心。

在经营上，《新女报》围绕女性需要做广告并丰富广告结

---

① 王浩：《努力描绘"她世纪"的精彩——〈新女报〉发展轨迹解读》，载《新闻导刊》，2004(5)。

② 王利明：《细分为王：小报做出大市场——解析〈新女报〉超常发展的内在成因》，载《传媒》，2006(1)。

构，注重概念经营和形象推广。在广告经营方面，逐步优化广告结构，提高广告的抗风险能力：《新女报》以都市知识女性为主，吸附了与女性密切相关的产品广告，如整形美容、医疗（女性药品和妇科医院）、商场、珠宝等，逐步成为重庆地区美容产品发布的首选广告媒体；在品牌广告吸引上，每期《新女报》的品牌广告数量在 35—50 个之间；在广告范围上，逐步向服饰、汽车、房产、通讯等领域延伸。① 在概念经营和形象推广方面，随着女性消费市场和为女性提供美丽消费的产业越来越大，《新女报》在创刊周年时举办"中国·重庆首届美丽经济论坛"，推广"美丽经济"概念，借此扩大自身影响力；同时，在重庆巴士车身喷印"别看我，看《新女报》"的形象广告以吸引读者的注意。② 在品牌经营上，《新女报》还专门成立了品牌发展部。

　　跨地域发展和跨媒介发展是报纸市场化经营的另一面。随着办报经验和办报理念的丰富发展，《新女报》开始跨地域发展。2004 年 9 月，《新女报》与《陕西日报》合作出版西安《当代女报》，成为国内第一家跨地域经营的周报，一年后即宣告赢利。2005 年 6 月 20 日，《新女报》社与重庆出版社合作出版《假日时尚》杂志，还开通了门户网站"女网"。经过跨越式发展和面向市场的特色化经营，《新女报》已形成两报一刊一网的传媒格局。

---

① 　王浩：《努力描绘"她世纪"的精彩——〈新女报〉发展轨迹解读》，载《新闻导刊》，2004(5)。

② 　不过，这种广告以衣着简单的辣妹为形象，有消费女性形象之嫌。

第四节　面向市场的女报：市场 意识和女性意识的协调

在内容设置和经营行为方面，面向市场的女报力图以受众需要为指向，有强烈的市场意识，在市场上具有一定竞争优势，但这类女报在运行中存在角色错位、女性生存环境监测失灵等不足之处。

一、优势：强烈的市场意识

市场化女报的优势是强烈的市场意识，报纸围绕女性想什么、做什么、用什么来传播信息，走特色化发展道路，有明确的市场定位。

市场化女报的定位明确。在读者定位上，以城市中具有一定文化水平和消费能力的女性为目标读者；在内容定位上，围绕女性选择信息，选择与女性有关的信息，以女性的角度来选择信息；在市场定位上，以鲜明的女性特色与众多生活服务类都市报竞争。《今日女报》有鲜明的市场定位和强烈的经营意识，在媒介竞争中以差异化求生存。在竞争策略上，开创新的竞争空间，再次实践媒介竞争细分市场的理念。长沙市有多份日报在争夺市场，但《今日女报》以特色开拓空间，在开发女性读者市场的过程中形成品牌。在经营媒介和品牌的过程中逐步在行业内外扩展影响力，使媒介呈现出多种经营的优势，[①] 并表现出不凡的经营业绩。从 2001 至 2007 年，《今日女报》发行

---

① 《今日女报》重视广告，广告额逐年上升，但广告在《今日女报》的经营总收入中占 50％的份额。王伏虎：《差异化生存：我的报业思考与〈今日女报〉的实践》，长沙，湖南文艺出版社，2007。

量保持在 30 万份以上，年广告收入从 2001 年的 400 万元上升到 2006 年的近 2000 万元，报社和下属公司经营总收入 5000 万元。①《中国新闻出版报》于 2004 年 10 月 27 日以万字长篇通讯向全国媒体推介《今日女报》的成功办报经验，中宣部、新闻出版总署也充分肯定《今日女报》。2006 年 3 月，《今日女报》被评为"中国最具潜力创新传媒"。

二、市场化女报的不足

以《今日女报》为代表的市场化女报，走出了一条比较成功的特色经营之路。此类报纸既需在激烈的媒介市场竞争中生存，女报的特征又决定其需承担传播社会性别意识的社会责任。这就要求市场化女报需要协调市场意识和社会性别意识之间的关系。但实际上，女报在激烈的市场竞争中表现出比较明显的不足。

1. 角色错位

以《今日女报》为例，其作为湖南省妇联主管的报纸，承担着宣传妇联工作的任务，其在表现出鲜明的市场化特色的同时，内页版面中经常可以发现小篇幅的妇联活动信息。作为以女性为目标读者的女报，其承担着传播社会性别意识的责任，同时不能不重视媒介经营和经济效益。因此，《今日女报》身负政治、专业和市场三重角色。如何协调此三种角色，极大地考验着报人的智慧。在《今日女报》的文本中，既有以女性主义视角批评歧视女性的文章，也以漂亮、性感的女明星为封面女郎来吸引读者注意力；既会为女性遭遇身体歧视而振臂高呼，也

---

① 王伏虎：《差异化生存：我的报业思考与〈今日女报〉的实践》，长沙，湖南文艺出版社，2007。

会有大量的减肥瘦身美容广告来让女性成为消费主义的践行者。在评论版"凤眼时评"中，在分析腐败大案时表现出"红颜祸水"的归因分析，也为女性在求职中遭遇的性别歧视大声疾呼。① 在报纸文本中，宣传者、社会性别意识传播者和经营者三种角色之间表现出矛盾和错位。

2. 追求市场占有率而出现内容偏向

市场化女报的经营动因是特色竞争的需要，而非女性主义传播的需要，因此，其将女性读者看作消费者。女报特色化经营的重要背景是女性消费的崛起，进而带动女性消费市场的扩大和消费的升级，② 这带动了相关产业的发展，为市场化女报的诞生和发展提供了强大的经济基础。女报的办报思路都以此为出发点，以都市女性为目标读者，以满足女性需要为目的，通过特色办报与当地都市报实施差异化竞争。《今日女报》《新女报》都以女性视角面向市场，向都市女性提供信息，以差异化竞争实现良好的经济效益。但是，市场化女报的内容存在偏向，这是女报忽视女性读者的实际信息需求，片面追求市场占有率的表现，其具体表现有三：

---

① 李琦：《女性媒介的文本冲突：角色冲突的表征——以〈今日女报〉为例》，载《湖南师范大学社会科学学报》，2009(6)。

② 根据中国第五次人口普查统计，女性占中国人口的48.37%，其中在消费活动中有较大影响的中青年女性，即20—50岁这一年龄段的女性，约占人口总数的21.3%。随着女性消费能力的增强，女性的消费领域不断扩展。女性不仅是家庭传统消费的主要操作者，在以男性为消费主体的领域，如汽车、房产等，也出现女性的身影，女性还是服饰、皮包、化妆品等个人用品的消费主力军；女性的消费除了传统的物质型消费之外，也出现了旅游、健身、休闲娱乐等高端消费。姚金武：《当代女性消费的新特征与女性市场营销策略》，载《消费经济》，2010(4)。

　　表现之一是舆论监督乏力，在重要问题上失音，这集中表现在女报对凤凰"少女跳楼事件"的报道失声。2010 年 9 月 4 日发生的凤凰"少女跳楼事件"，不是一起普通的女性新闻，而是女性权益遭到侵犯的恶性事件，理应成为女报的关注点。但是，市场化女报对此失声。尤其值得注意的是，该案发生在湖南省，理应成为《今日女报》的关注点，但该报却没有报道，而《中国妇女报》积极参与报道此事，发出了维护女性权益的强烈呼声。从 2010 年 10 月 5 日到 14 日，《中国妇女报》连续发表调查性报道，力图还原事件真相，各大门户网站纷纷转载，引起网络舆论的极大关注。① 而市场化女报却在关乎女性根本权益的重大问题上失声，除报道该事件的审判结果之外，没有及时跟踪报道该事件的调查过程并进行舆论监督，版面上依然是

───────────────

　　① 2010 年 10 月 9 日，在新华网社区、人民网强国论坛、天涯社区，以及包括湖南红网在内的十多家网站都出现名为"秀才江湖"的网友发布的同一个帖子：《呼吁成立"网友调查团"，调查凤凰县少女跳楼真相》。他在帖子中引用了《中国妇女报》10 月 8 日第一篇调查报道中关于记者采访凤凰官方受阻的部分，向网友呼吁：我们网民必须发挥监督作用，我呼吁成立一个"网友调查团"。

　　10 月 13 日，天涯社区的"百姓声音"里，网友"27 楼的阳光"发出了"请关注《中国妇女报》凤凰'跳楼少女事件'调查系列"的帖子，"强烈支持《中国妇女报》带来细致而深入的后续报道。"

　　截至 2010 年 10 月 14 日 18 时，在腾讯网新闻 24 小时排行中，"少女凤凰受辱坠楼追踪"连续几天都排在国内新闻的前 4 名，53000 多人次（点击率）参与，评论 1300 多条；在新华网，《中国妇女报》的系列调查被链接到在一起；在天涯社区，网友发出专门关注和支持该报系列报道的帖子。

　　以上内容，参见邓小波：《网友热议凤凰"少女跳楼事件"呼吁调查真相》，载《中国妇女报》，2010-10-15。

美容、健康、恋爱、娱乐等软性信息。

表现之二是女性主义新闻匮乏。陈阳博士认为，学术界讨论的四种女性新闻①并不能涵盖中国女性媒介新闻的全部，因为在机关女报和市场化女报并存的女报结构中，女性新闻更多的体现为适合女报的目标读者阅读的新闻，因此，"女性新闻"在中国的内涵更加复杂。为此，陈阳区分了四种女性新闻：女性报刊的报道，包括新闻与非新闻，即它想传达什么内容给女性受众；提到女性的新闻，即出现"女性"或"妇女"字眼的新闻；关于女性议题的新闻，即报道女性关心的话题的新闻，如抚养孩子、家务劳动和家庭暴力，此时，新闻里可能没有直接出现女性；女性主义视角的新闻，即提到任何女性运动组织或其活动家对社会生活任何领域的观点的新闻，即新闻是否从女性立场进行报道，而非新闻里是否提到了女性。② 依照陈阳博士对女性新闻的区分，笔者对《今日女报》2010 年 6 月 29 日—2010 年 12 月的第 1 版进行统计，共获得有效统计样本 249 条信息，包括新闻 84 条，其中给女性看的新闻 39 条，提到女性

---

① 这四种女性新闻分别是：一是女性作为新闻的行动者（news actor）出现的新闻；二是某些被认为与女性相关的特殊议题的新闻，其中，有些新闻涉及了女性的特殊经验（如生孩子和性工作），有些则不一定是只有女性才会经历的体验，但是传统上被认为（应该）由女性承担的事务（如养育孩子和家务劳动）；三是由女记者所报道的新闻；四是从女性立场出发进行的新闻报道。陈阳：《碎片化的女性新闻：对〈中国妇女报〉的内容分析（1990—2002）》，载《妇女研究论丛》，2006(4)。

② 陈阳：《碎片化的女性新闻：对〈中国妇女报〉的内容分析（1990—2002）》，载《妇女研究论丛》，2006(4)。

的新闻 8 条，与女性有关的新闻 20 条，具有女性主义的新闻① 17 条。(见图 2-1)具有女性主义视角的新闻所占的比例仅为 20％，这与女性报纸的本质功能很不协调。

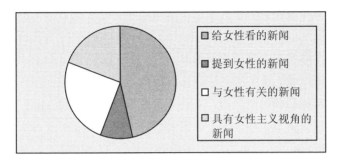

图 2-1　《今日女报》女性新闻类别比例

　　表现之三是新闻评论分量不足。新闻报导事实，评论反映意见性信息，二者一实一虚，构成媒介的两大支柱性内容。随着媒介竞争激烈，新闻评论已成为媒介摆脱同质化竞争的核心竞争力。《今日女报》头版有大幅图片、几则新闻和大量标题新闻，力图在有限而重要的头版空间呈现尽量多的信息。评论性信息散见于内页的女性新闻和典型女性人物的"编后"，以及偶尔出现在头版的"娇点关注"。与其他以标题提示读者阅读的新

---

　　①　在统计中，具有女性主义视角的新闻不包括掺杂女性主义和传统两性观，或性别意识不明确的新闻。例如，在该报第 2047 期报道的《"80 后"售楼美女考上副局长不是传说》中，女主人公 2004 年毕业于西南财经大学经济法律系，做过招投标代理、建筑质量监督等行业，2006 年成为一名置业顾问。文章只是陈述了一个事实，《今日女报》这样解释这则新闻：这反映出四川省眉山市打破体制限制选拔人才，符合中央提出的"人才强国"战略。这种解释不是从女性的职场努力出发，而是从国家政策出发，因此，其女性主义视角不明显。

闻信息相比，观点性信息量很少。在笔者统计的 249 条头版信息中，观点性信息仅有 7 条，所占比例不足 3%。

头版是报纸的"脸面"，是陈列报纸内容的窗口，是传播者最想传递给读者的信息的展示地，也是一张报纸的水平和风格的体现。《今日女报》的头版信息丰富多样，但观点性信息缺乏，这降低了报纸引导舆论的功能和影响力，也会限制报纸的进一步发展。事实上，《今日女报》虽是一份地方性女报，但其关注本地和全国范围内与女性有关的信息，新闻关注面广。因此，它完全有条件立足于有影响的新闻报道发布评论，表达观点。(见图 2-2)但就头版内容而言，《今日女报》并没有着力传达观点性信息。

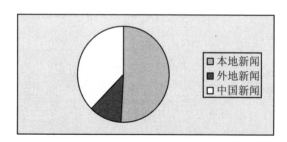

图 2-2 《今日女报》女性新闻的关注范围分类

三、市场化女报的主流化：传播性别意识，尊重新闻规律，发出独家声音

从事物发展的层面上看，主流是代表事物发展主要的、基本的前进趋势，是事物本质的和必然性的表现，是事物发展的规律性特征的重要表现；从认识论的层面看，主流是人们从事物发展的趋势、方向、道路的层面认识事物的本质，判断事物

的性质，掌握事物运动的规律，以指导实践活动的客观基础。① 因此，主流代表事物发展的主要方面，代表事物的本质、性质和规律。据此定义，主流媒体不是简单的媒体规模大小，还须有一定的影响力和权威性：一是须反映重要的国内外大事；二是既有新闻报道，又有见解独到的评论；三是报道以独家新闻、深度报道、宏观分析和科学预测取胜，不能停留在浅层次的动态报道上；四是报道和评论较多地为其他媒体所转载、转摘和引用；五是在读者心目中已形成一定的权威性。读者碰到什么重要事情，想看看某某媒体是怎么报道和评论的；六是报道和文章对决策者有影响；七是由地区性媒体成为更大范围的以至全国性的媒体。② 主流化是报纸发展到一定阶段、获得一定市场占有率之后的必然追求，这在都市报的发展中有明确表现。20 世纪 90 年代以来，都市报以其售价低廉、市场定位准确、姿态平民化、倡导服务意识和关注社会热点赢得了读者。但是，都市报的市民报属性导致它适应并迁就读者的审美趣味和审美文化，使都市报出现高发行量与低信息质之间的错位，这制约着都市报的发展。《华西都市报》经过长足发展后提出"迈向主流化"的口号，都市报在发行量扩大的基础上提升内容质量，我国都市报进入"后都市报时代"。市场化女报在达到一定发展规模之后，也要考虑主流化发展。

1. 传播社会性别意识是市场化女性报纸走向主流的基础

传播社会性别意识，促进两性平等是中国女性媒介发展的历史经验。在近代中国救亡图存的历史语境里，女性逐渐成为

---

① 曹维源：《论主流》，载《东岳论丛》，1981(2)。
② 周胜林：《论主流媒体》，载《新闻界》，2001(6)。

传播者重视的动员对象，女性的觉醒也使其急需表达平台，近代女性媒介应运而生。无论是政治性鲜明的女性媒介还是商办女性媒介，都从女性启蒙和解放入手，传播有利于女性自由和发展的信息来满足女性需求。中国首份女报《女学报》虽是中国女学会机关报，但大量讨论男女平等，提倡女学；中国首份商办女性杂志《妇女时报》虽是商办性质，但其"介绍知识，开通风气"，站在女性立场，真实反映女性生活，引导女性走出家庭，支持女子参政，呼吁男女平等，由此走出一条比较成功的商业化道路，成为民国前后出版时间最长①的女性刊物。紧扣女性的时代需要，发出女性的声音，促进女性进步和发展，是女性报刊发展史留给后来者的经验。

传播性别意识，促进性别平等，是满足女性对全方位信息需要的基础。从读者需要看，女性媒介需满足女性的多样化信息需求。2001、2004 年全国妇联分别开展两次针对女性读者的全国性阅读调查，发现女性读者的需要是多层次的：在信息需要的类型方面，她们最需要新闻事实；② 在媒介的报道框架上，她们最需要积极向上的题材、期待传媒能帮助自己、为女

---

① 《妇女时报》出版长达六年之久。

② 全国妇联于 2001 年就"妇女需要什么样的传媒"和女性的阅读习惯进行调查，调查对象基本上是 40 岁以下、文化程度较高的中青年女性。调查结果显示：55.4％的女性关注新闻时事，15.6％的女性关注综艺类信息，14.2％的女性最关注生活时尚，15.6％关注影视剧；在最喜欢的报道中，42％的女性最喜欢创业类，23.6％的女性最喜欢生活类，11.4％的女性最喜欢反映下岗的报道，0.8％的女性最喜欢时尚类。调查数据转引自朱晓征：《妇女需要什么样的传媒——"大众传媒对妇女的影响"问卷调查报告》，载《新闻记者》，2002(3)。

性权益呼吁，她们最重视传媒的知识性，其次是趣味性。①
2007 年 7 月 4 日，网易女性频道联合华坤女性生活调查中心发布第一份女网民内容偏好在线调查，结果显示："独立""自我""智慧"是女网民心目中理想的女性形象；性别歧视降低了女性的社会价值和工作机会，女网民认同两性平等的价值观，女人应该做独立自主的人；女网民对大众媒介中贬低和歧视女性的内容表示出明显的不适和反感，不喜欢大众传媒中被表现为被动的、可怜可笑的、坏女人和悲惨的女性形象；女网民认为：与女性贞操或性行为有关系的词汇、将女性作为附属物和性对象的词汇以及与女性人格特质或身材体貌有关的词汇侵犯了女性。② 女网民的内容偏好与女性读者的内容偏好高度一致。

　　无论是女性读者还是女性网民，其信息需求是多样化的——相对于时尚娱乐和实用的资讯，她们更关注反映社会发

---

　　① 　全国妇联于 2004 年就"妇女需要什么样的传媒"和女性的阅读习惯进行调查，调查对象基本上是 40 岁以下、文化程度较高的中青年女性。调查结果显示：大多数女性不喜欢格调和立意低下的题材，她们更趋向于选择积极、向上的题材；约 82％的女性认为"大众传媒存在对女性的偏见"，最主要体现在"对女生的宣传报道，娱乐性、生活性居多，而事业性少"，另外，"妇女处于弱者地位的题材多，强者形象少"；"有关妇女的新闻报道很难摆在国内重大媒体的显要位置"以及"女性作为配角的题材多、作为主角的题材少"。从调查结果来看，绝大部分人首选"新闻时事"，其次是"生活和娱乐"类节目。女性希望传媒帮助自己提高竞争能力和生存技能，以平等的眼光看待女性，帮助女性进一步树立自强自立精神，增加为女性服务的信息，多为女性的权益呼吁。在知识性、信息量、趣味性和价格这四个影响读者购买杂志的主要因素中，女性读者最看重知识性，其次是趣味性，价格和信息量。《女性阅读习惯调查报告》，载《光明日报》，2004-10-28。

　　② 　《"女性互联网民性别观念与内容偏好"调查出炉》，http://news.163.com/07/0704/02/3IHAPDDH00011229.html，2018-08-30。

展的时事新闻，以提高女性竞争能力和改善生存环境。这要求女性媒介提供内容丰富的信息，将女性议题融入社会发展的大格局中；女性对媒介的期待多样化——既要体现女性处于弱势地位的现状，更要反映女性整体发展的水平，希望媒体抛弃对女性的传统刻板印象，准确表达女性形象。

女性媒介的发展历史、针对女性信息需要的大型调查都表明：满足女性的多样化信息需要，将女性议题纳入社会发展的大格局中，将女性的平等和发展作为媒介的价值取向，女性媒介才能对女性产生持续吸引力。

市场化女性报纸应女性需要而产生，也须靠满足女性的多层次信息需要而发展。如今，面向市场的女性报纸侧重情感、时尚类内容和实用性资讯，对于女性的生存环境缺乏监测，在涉及女性权益的重大新闻报道中失声，缺乏具有鲜明的社会性别意识及真正有影响力的内容，这是女性媒介进一步发展的瓶颈，而发现女性、以鲜明的社会性别意识监测女性的生存环境，是其形成差异化竞争的基础。

当前女性媒介的市场竞争呈现明显的地域性，女性媒介可在特定地域内进行同质化发展，但《新女报》的跨地域发展已使女性媒介的跨地域竞争成为可能，同质化发展必然让位于差异化竞争，而谁能提前实现，谁就是市场的胜出者。

2. 尊重新闻规律，密切监测环境是市场化女报主流化的保证

市场化女报在拥有一定的市场占有率之后，需进一步优化传播内容，向主流化迈进。要扩大新闻报道面，遵循新闻规律，按照新闻规律进行传播，及时广泛地报道具有女性主义视角的新闻，真正担负起媒介的环境监测职能。

女性媒介是对象性媒体，也是受众细分化的媒体，它需结合目标受众的信息需求来选择新闻。现代女性的活动空间是社会和家庭，女性肩负职场和家庭双重任务。女性活动空间的扩大使女性的社会角色越来越突出，但社会对女性的传统认识依然不容忽视。为此，女性媒介需要优化传播内容，以女性的实际信息需要为出发点，围绕促进女性发展和社会平等的目的来制作内容，不仅做女性生存环境的监测者，还要做女性发展的引导者和社会舆论的影响者。

女性报纸需要密切而及时地监测环境，提供全方位信息，为女性的正确判断提供参考。新闻媒介通过报道最新变化和公众最关注的社会现象来提供信息，实现媒介监测环境的基本功能。女性媒介监测环境应围绕女性作为一个立体的、具有社会性的主体来展开，反映女性的生存现实，关心女性的多层次信息需要，为女性提供多方面的信息。

新闻的本源是社会的最新变动，这种变动离不开女性的参与，这是女性媒介面临的现实环境。在社会转型期，社会的剧烈变动和女性的广泛社会参与为女性媒介提供了大量信息，这是女性媒介选择信息的基础。作为拟态环境的建构者，女性媒介要立足于广阔而丰富的社会生活，以社会性别视角来关注女性的生存和发展，提供准确的环境监测信息。同时，女性是承担多种角色的、具有多种信息需要的主体，其在社会中既是信息和物质消费者，也是具有主动性和发展诉求的个体，其信息需要是多方面的，这一点也是女性报纸应考虑到的。

由于长期受男女不平等的传统文化影响，女性心理中有积极心理，也有消极心理。"男主外，女主内"是传统的两性分工观念，在此观念的影响下，女性的家庭角色得以强化，女性在生活上要依靠男性，进而养成女性的依赖心理和对自身的低目标预期，这是女性在传统观念影响下形成的弱势心理。社会环境的变化要求女性积极参与社会，全国妇联也提出了"四自"价值观，为女性独立发展提供支持，但女性的传统角色并未分离，这使当代女性处于传统角色和现代角色的夹缝之中，面临更大的压力。现代女性的压力来自社会环境、传统观念和家庭，女性媒介在女性的双重负担方面，需要更加敏锐地发现和不懈的呼吁。

市场化女报需要密切关注女性的需求，满足女性了解环境和决策判断的需要，为女性提供健全的"信息营养"，关注女性生存，促进女性发展。市场化女报除利用传统的信息渠道、由记者采访获得新闻之外，还可拓展信息来源渠道，如热线爆料、官方微博爆料等，还应密切关注新媒体上网民设置的与两性关系或女性权益相关的议题，重视网民自下而上设置的、具有普遍性的议题，将市场化女报的新闻内容和社会变化、女性权益密切结合起来。同时，在新闻报道的视角方面，市场化女报还需加大具有社会性别视角的新闻比例，从女性立场进行报道，而非只在新闻里提到女性，或只关注提到女性的新闻。

3. 增加新闻评论的分量，发出独家声音，体现媒介立场，提升女性报纸的舆论影响力

媒介的评论性观点是媒介竞争的重要手段之一，这在都市报的竞争中尤为明显。1998年3月，《华西都市报》明确提出"迈向主流媒体"的观点，强化时政报道的力度，引导社会舆论，掌握社会舆论的话语权。① 女性报纸的内容优化需增加新

---

① 方汉奇主编：《中国新闻传播史》，397页，北京，中国人民大学出版社，2009。

闻评论的分量，在评论中体现鲜明立场，利用新闻评论发出独家声音，发挥社会舆论的引导作用，形成女性报纸的影响力。

从提供事实到提供独家观点，从满足受众了解环境的需要到引导女性认识和引导社会舆论，这都需要女性报纸增加新闻评论的分量，以社会性别意识来解读新闻，从促进女性平等和发展的视角来引导读者，在新闻中发出女性的声音，体现出媒体的社会责任，在媒介市场竞争中做女性的"良师益友"。市场化女报在此还有很大的发展空间。从信息传播规律和女性受众的内容偏好来看，新闻信息能够最大地吸引公众关注，热点新闻甚至能引起全社会的关注。相对于机关女报内容的指导性，市场化女报与女性生活的关系更加密切，其传播的女性主义新闻、具有性别意识的独家观点更容易接近读者。因此，市场化女报可利用新闻报道，发布新闻评论，传播体现社会性别意识的独家观点，这是其产生影响力的重要途径。

由于性别不平等和传统的性别分工是在长期的历史过程中形成的，因此从性别的生理差异发展成为社会差异，再到社会性不平等，是一个长期的历史建构过程。再加上中国的历史文化中包含着浓厚的传统性别气质，[①] 其中有相当浓厚的女性歧视的传统。媒介虽有文化传承功能，但媒介也可通过新闻报

---

① 这种传统性别气质包括：儒家文化中的关系秩序与性别气质，如三纲五常、三从四德；家国同构的男性家长气质。在中国传统文化里，家庭被视为社会的最基本单位，家国同构是儒家文化的核心观点。在家庭内部，男性家长权力是最高的统治权力；历史文化的实践方面包括：对女性身体的控制，如对缠足和烈女的歌颂；"男性偏好"的生育文化，这种文化强化了女性的生育功能。佟新：《社会性别研究导论——两性不平等的社会机制分析》，3页，北京：北京大学出版社，2005。

道和新闻评论来推动传统性别文化发生嬗变，逐渐形成新的女性文化。文化是一点点积淀的，构建新的女性文化是个长期的过程，但这是女性报纸义不容辞的责任，以社会性别意识来建构新的女性文化是一个必然的途径。

小　结

新形势下的女性报纸面临着在转型中如何协调市场竞争和传播社会性别意识的问题。以《中国妇女报》为代表的机关女报高扬社会性别意识的鲜明旗帜，探索多元化发展，并创办《经济女性》周刊以发现女性在经济领域的存在和贡献，丰富了女性的形象。以《今日女报》为代表的市场化女性报纸，围绕女性传播信息，在媒介市场上占据一定地位。《中国妇女报》需在传播社会性别意识的基础上，增加女性话题，密切监测环境，发挥自身优势，逐渐消除女性新闻的碎片化。市场化女报遵循新闻规律，增加新闻评论，灵活生动地传播社会性别意识，是其赢得市场的必然路径。

第三章 女性期刊：
复兴、转型与发展

本章讨论的女性期刊包含传统女性期刊和时尚女性期刊。传统女性期刊是以妇联为主办单位、内容以指导妇联工作和提供知识为主的期刊。它在新中国成立初期创刊，在改革开放以来形成创办热潮，在内容上逐渐从工作指导转向服务大众，注重经营管理。这类刊物以内容通俗、定价低廉（一般在5元左右）、发行量大（发行量在百万份以上）等为特征，成为期刊市场上不可忽视的一部分。20世纪80年代末出现的时尚女性期刊的发展历史很短，但其发展迅速，市场影响不可小视。本章分析了传统女性期刊的转型、转型中的问题和应对建议，以及时尚女性期刊的发展历程，论证了其时尚和消费主义内容的传播。

第一节 传统妇女期刊的创立和独立生长
（1949—改革开放前）

在中国媒介发展史上，最初是报刊不分的，许多名为报的媒介，在形式上和期刊几无二致，刊期长，书本式装订。女性媒介亦不例外。1898年7月，中国第一本女性期刊《女学报》创办于上海，这是中国女性媒介诞生的标志。至今，女性期刊在中国已有一百多年历史。传统女性期刊的出版可追溯至1939年。是年6月1日，中共中央妇女运动委员会在延安创办一份专门以妇女工作为对象的月刊《中国妇女》，以宣传党的妇女政策，提高妇女觉悟和文化水平，动员女性参与革命斗争为主要内容。毛泽东题写刊名并赋诗祝贺："妇女解放，突起异军，两万万众，奋发为雄。男女并驾，如日方东，以此制敌，何敌不倾。到之之法，艰苦斗争，世无难事，有志竟成。有妇人焉，如旱望云，此编之作，伫看风行"。贺词不仅强调妇女在抗战中的作用，还对《中国妇女》杂志寄予厚望。随着抗战进入相持阶段以及中央决定集中力量办《解放日报》，《中国妇女》于1941年3月8日停刊，共出版2卷22期（第1卷12期，第2卷10期）。

一、全国妇联机关刊《中国妇女》的创立

1949年7月，全国妇联成立不久就决定复刊《中国妇女》，并将其作为机关刊物，更名为《新中国妇女》。新中国成立后，妇联作为负责妇女工作的重要部门，其主要任务是宣传和发动妇女参加社会主义建设，《新中国妇女》因此成为完成此任务的重要平台。

该刊在《见面话》中申明了办刊宗旨，即"帮助读者学习如何运用马列主义毛泽东思想分析中国当前的妇女问题及妇女解放的途径，从妇女运动的理论和实践中，从社会科学、自然科学、文艺创作等方面来研究妇女问题和妇女运动，帮助读者正确地全面地认识新中国妇女解放的途径，并循着这条大道前进，同时也将更进一步帮助各地读者了解妇女生活和妇女工作情况，交流妇女工作经验，供给妇女工作资料，指导妇女运动的发展。为此，《新中国妇女》月刊，将是一个以妇女问题为中心的综合性刊物。"①1956年该刊更名为《中国妇女》，1959年改为半月刊。1966年，应蔡畅的请求，毛泽东再次为《中国妇

---

① 中华全国妇女联合会妇女运动历史研究室编：《中国妇女运动历史资料(1945—1949)》，419—420页，北京，中国妇女出版社，1991。

女》题写刊名，沿用至今，1967 年因"文化大革命"而停刊，1978 年复刊。

二、地方妇联机关刊创办

随着新中国成立初期《中国妇女》的出版，地方妇联也相继创办一批女性期刊，如《西北妇女》《北京妇女》《现代妇女》等，还有一些为少数民族妇女创办的妇联刊物，如内蒙古妇联于 1950 年创办蒙文刊物《内蒙古妇女》。这一时期的女性期刊都是妇联机关刊物，其主要任务是宣传党的中心任务和妇女工作方针，引导新中国妇女运动，塑造新时代妇女形象，传播科学文化知识。刊物以群众性、政治性为主要特点，是妇女解放运动登上中国历史舞台的重要标志。因此，在《中国出版年鉴》《中国出版发行机构和报刊名录》等年鉴和历史资料中，上述期刊均被归为政治、法律类期刊，或哲学、社会科学类期刊。

20 世纪 50 年代末，除全国妇联主办的刊物之外，绝大多数女性期刊相继停刊。直到 20 世纪 80 年代初，各省妇联的机关刊才开始复刊，并在内容上向情感、婚姻故事类转变。

三、新中国成立初期的传统女性期刊：强调宣教

由于新中国成立初期的国内外形势和新闻管理体制等原因，此时的女性期刊与改革开放后复兴的女性期刊相比，内容偏重直接宣传国家意识形态。

在新中国成立初期特殊的历史环境中，媒介承担着传达政府精神、配合政府落实各种政策、发动民众的宣传职能，号召全民参加保家卫国、生产建设运动。随着 20 世纪 50 年代初对私营报纸进行的公私合营，媒介管理体制发生变化，到 1952 年年底，全国所有原为私营性质的报社都实现公私合营。随后，报纸逐渐被纳入社会主义公有制经济体系，原来非私营媒

介中的经营因素也完全消失，媒介完全成为意识形态的媒介。在上述背景下，新中国成立初期创办的、以《中国妇女》为代表的妇女期刊，作为妇联机关刊物，以宣传党和国家政策、提高妇女地位为办刊宗旨，其内容、形式及办刊理念与时代特定的政治背景相一致。

以《中国妇女》为例，1956 年的《中国妇女》仅有 32 页，封面多反映新中国妇女热火朝天的劳动场面，以及新中国成立后妇女幸福的新生活，或先进妇女的代表。以该刊 1956 年的封面为例，3 月的封面是梁玉龙的油画"各界妇女欢庆'三八'国际妇女节"；4 月的封面是出席全国人民政协会议的政协委员龙冬花给毛主席敬酒；5 月的封面是天津拖拉机制造厂先进女工李金钟正在教徒弟刘锡珍操纵苏联的新式镗床。杂志带有鲜明的政治烙印，很多杂志的页眉页脚都有宣传劳动口号或社会主义改造的标语。

从内容上看，每期《中国妇女》的开篇都是重要的社论或领导讲话、指示，刊物在很大程度上承担了向全国妇女通报国家新近大事，进行政治宣传和思想教化的功能。

首先是报道妇联新闻及党和国家领导人关于妇女的指示和讲话。以 1956 年为例，1 月是《全国规划，加强妇女儿童福利工作——章蕴副主席在全国妇联第二次妇女儿童福利工作会议上的发言摘要》；2 月开篇是毛泽东的《"中国农村的社会主义高潮"的序言》；3 月有《毛主席关于发动广大妇女群众参加社会主义建设的指示》，还有社论《争取作社会主义建设积极分子》；5 月，刊发邓颖超在全国工商业者家属和女工商业者代表会议上的报告《跟着祖国前进，为社会主义贡献力量》。

《中国妇女》还关注国际社会现实和理论的发展状况。以

1956 年为例，1 月有《越南妇女为和平建设和统一祖国而斗争》《各国女工积极筹备国际女工会议》；2 月有周修庆的《美国劳动妇女的悲惨生活》；3 月有宛隆的《在美国铁蹄下的日本劳动妇女》；4 月有舒适、张光华的《宏伟的苏联第六个五年计划（图解）》。

《中国妇女》还承担着意识形态教化的功能，这体现在它的"辩证唯物主义讲话"栏目。例如，1956 年 1 月发表了《实践在认识过程中的作用》。杂志还发起了与时代背景密切相关的、有关个人对社会主义改造的思考，如 1956 年 2 月陈毓蕙的《社会主义改造带给我的好处》，徐景淑的《诚诚恳恳地接受社会主义改造》。宣传先进妇女也是意识形态宣传的一个重要方式，1956 年 3 月的《中国妇女》"三八节特辑"宣传了奋斗在各条战线上的先进妇女，如谭芳叶的《坚持产品质量的女检查员》，徐芳的《炼焦车间女主任》等。

《中国妇女》上有关女性生活的内容表现为婚姻家庭问题的讨论和育儿、家务等问题。关于婚姻家庭问题的大讨论，如 1956 年 1 月的《我们夫妇关系为什么破裂》，参与讨论的文章有《罗抱一的行为是剥削阶级思想的具体体现》《谈谈刘、罗夫妇的婚姻基础》《在家庭生活中应该坚持什么》《我们夫妇和好了》等，讨论的核心是应树立怎样的婚姻观。《中国妇女》还有关于少量女性健康与家庭育儿、家务、服装样式、文学和书籍等方面的内容。例如，1956 年 1 月有《节日的菜和点心》；2 月有《注意孩子的语言发展》，严文井的小说《小云的歌》；4 月有《服装样式》和《怎样选择服装的色彩》等。

总体上看，新中国成立初期的《中国妇女》以马克思主义和辩证唯物主义为指导，通过知晓国内外形势以及改进生活观念和把握生活细节，来培育新中国妇女的主人翁意识和生活幸福感。在新中国的妇女期刊从无到有的发展过程中，《中国妇女》作为全国妇联机关刊物走在了最前面，成为被其他妇联机关刊物效仿的楷模。

当时的女性媒介以各级妇联主办的期刊为主，深受计划经济体制的影响，强调媒介的意识形态和宣教功能，媒介的商品属性没有凸显，女性媒介的话语与国家政治话语高度一致。在当时的媒介环境中，女性期刊以面向精英女性为主，而面向普通女性、具有商品意识和服务意识的女性期刊还没有诞生的条件。

第二节　新时期女性期刊的复兴

新时期女性期刊的复兴紧贴着中国改革开放的脉搏和社会主义市场经济的律动。20世纪80年代初，随着改革开放政策的确立，大众文化开始发展，港台流行歌曲、通俗小说、电视剧、商业广告大量涌入。在大众文化氛围的形成中，女性期刊以复刊和新办两种方式悄然登场。

一、《中国妇女》复刊与多元化发展

1978年复刊的《中国妇女》开始革新内容，体现出"忠于妇女生活，忠于妇女解放，格调高雅，内容精练，文笔流畅，时代气息浓厚，贴近读者等特点。"[1]同时，在广告和发行方面进行革新。1981年起，杂志开放发行，开始承接广告业务，读者群也逐渐扩展。1999年，《中国妇女》改为半月刊，彩色印刷。

---

① 宋应离主编：《中国期刊发展史》，256页，开封，河南大学出版社，2000。

通过对女性生活变化和阅读需求的研究，深入读者市场调研，并结合社会转型期女性对法律援助的需要，《中国妇女》从原先的宣传中发展出维权业务，并把原有的维权工作延伸为女性专刊，创办《中国妇女/法律帮助》专刊。杂志从读者和市场的反馈中不断改刊、改版，面向公费、自费、广告三个市场，并在2001年开始每年推出"海内外有影响力的《中国妇女》时代人物"等大型读者活动，由知名社会活动家陈香梅担任评选顾问，扩大杂志自身的社会影响力。

在细分化发展方面，《中国妇女》按照细分读者和细分广告市场的原则，创办了《好主妇》《悦己》《爱女生》等系列女性杂志，逐渐形成了包括《中国妇女》《中国妇女/法律帮助》《好主妇》《爱女生》《悦己SELF》在内的期刊群。

除发展期刊之外，杂志社还开设其他业务，促进自身发展。1998年经国家广电总局批准，成立妇联系统首家影视机构——北京华坤影视有限公司；2002年经国家民政部注册，成立华坤女性生活调查中心，开展女性生活调查；2004年经国家民政部注册批准，成立华坤女性消费指导中心，打造中国女性消费高层论坛和大型活动平台。复刊后的《中国妇女》在坚持宣传党的妇女政策的前提下，开始凸显服务功能和多元化发展的特征，这与之前的刊物明显不同。

二、地方妇联刊物的创刊

从20世纪80年代中后期开始，各级妇联兴起创办女性期刊的热潮。除个别地方妇联出版用于交流工作的内部刊物和公开出版的女性报纸之外，大部分地方妇联都出版发行婚姻家庭情感类女性期刊(见表3-1)。20世纪90年代初，妇联系统的女性期刊已发展到36种，月发行总量已经达到1200万册，约占全国期刊发行总量的 5％。① 此时的女性期刊大致可分为两种类型：一是继续发挥宣传职能的妇联系统刊物，主要是一些内部刊物，如《青海妇工》《吉林妇运》《辽宁妇运》等；二是面向女性大众、以情感婚姻家庭和生活服务类信息为内容的刊物，如《家庭》《知音》《女友》等。这类刊物参与文化市场竞争，以丰富读者的精神文化生活、吸引读者注意力来实现期刊的经济效益。

表 3-1　妇联主办期刊一览表②

主办单位	名称	刊期	创刊时间	其他
四川妇联	分忧	月刊	1981 年	社会文化生活类刊物
新疆妇联	伴侣	月刊	1985 年	综合性女性刊物
河南妇联	妇女生活	月刊，2002 年改为半月刊	1982 年	上半月为家庭生活版，下半月为家教版
广东妇联	家庭	月刊，1999 年改为半月刊	1982 年	原名《广东妇女》，1983 年更名为《家庭》
河北妇联	女子世界	月刊	1983 年	面向 30－40 岁女性的生活期刊
浙江妇联	家庭教育	月刊，2003 年改为半月刊	1983 年	浙江省妇联和浙江省家庭教育学会合办
武汉妇联	幸福	半月刊	1984 年	武汉妇联和武汉出版社合办

---

① 张伯海、田胜立主编：《中国期刊年鉴 2002—2003》。
② 资料来源：各省妇联网站、各女性杂志相关网站及各省年鉴。

续表

主办单位	名称	刊期	创刊时间	其他
湖北妇联	知音	月刊，1999 年改为半月刊	1985	家庭生活类期刊。围绕《知音》创办系列刊物，进行多元经营
上海妇联	现代家庭	半月刊	1985 年	杂志社现有《现代家庭》（上下半月版）、《为了孩子》（1982 年 1 月创刊，面向 0－7 岁孩子）、《你》（2002 年 7 月创刊）杂志，形成一个有关家庭文化、亲子教育、女性时尚健康生活的期刊群。2004 年 5 月，《你》与新加坡报业控股集团旗下的《Her World》开始版权合作
安徽妇联	恋爱、婚姻、家庭	月刊，2000 年改为半月刊	1985 年	上半月版以婚恋、家庭为主要视角，下半月版反映青年的情感、生活、学习、工作中奋斗和成败的故事
黑龙江妇联	妇女之友	月刊	1982 年	杂志引进日本杂志《baby-mo》的中文版，出版《好妈咪》（每册 15 元），适合 0－3 岁婴童的父母和准父母

续表

主办单位	名称	刊期	创刊时间	其他
全国妇联	婚姻与家庭	半月刊	1985 年	全国妇联主管、中国婚姻家庭研究会主办
山东妇联	祝你幸福	月刊	1985 年	分午后版和综合版：前者关注女性的爱情、婚姻、家庭等内容，面向普通读者；后者是中国第一份面向成熟女性的读者文摘
甘肃妇联	现代妇女	月刊，2010 年改为旬刊	1985 年	其中《现代妇女·理论前沿》（下旬）由甘肃妇联和中国传媒大学媒介研究中心合办
北京妇联	女性月刊	月刊，1999 年改为半月版	1992 年	2001 年，两个半月版相继独立。上半月版为职业女性，下半月版为妈咪宝贝
江苏妇联	莫愁	月刊，2000 年改为半月刊	1985 年	目前发展为系列刊：上旬版智慧女性，中旬版天下男人，下旬版家教与成才。2004 年创刊《莫愁·天下男人》

续表

主办单位	名称	刊期	创刊时间	其他
陕西妇联	《女友》	月刊	1988 年	后发展为一个系列三个版本
	女友·校园（cute）	月刊		每月 1 号上市，倡导独立、自信、关爱、乐观、积极的理念。目标读者：18－25 岁的在校女生、刚进入社会的女青年
	女友·家园（love）	月刊		每月 15 日上市，关注城市女性的生活休闲、婚姻家庭关系、时尚消费等。目标读者：25－40 岁的职业女性和家庭主妇
	女友·花园（style）	月刊		每月 25 日上市，关注职场智慧、生涯规划和格调生活，倡导自信优雅、成熟及品位。目标读者：25－40 岁的城市职业女性
福建妇联	海峡姐妹	月刊	20 世纪90 年代初	每月 1 日出版，妇女家庭生活类期刊
天津妇联	女士	月刊	1993 年	关注女性生活、倾听女性心声的综合性文化期刊
云南妇联	女性大世界	半月刊	2001 年	大众时尚类媒体，精美铜版纸印刷

第三节　传统女性期刊的转型

改革开放初期，妇联主管或主办的女性期刊多为由国家出资建立、受国家行政机关领导的事业单位，享受上级财政拨款，不以赢利为目的，不以经济收入为回报，因此，此时的女性期刊是服务国家政治和文化生活的非营利性社会组织。作为沟通妇联工作的桥梁和纽带，女性期刊以宣传妇联工作为主，行政性内容多，领导活动多，舆情性内容少，群众活动少，公费订阅，实行"我说你听"的说教式宣传。

在世界范围内，新闻传播业是在商品经济环境中发展、在媒介竞争的背景下壮大的，其存在投入产出、生产消费、成本收益等经济关系；在中国新闻传播史上，机关报作为舆论工具，是党的事业的重要组成部分，对革命战争的胜利贡献巨大。改革开放和大众文化的发展，推动了与文化生产和消费有关的市场的形成，文化开始以商品的形式向人们提供精神产品和各种文化娱乐服务。在此背景下，复刊之后的女性期刊蓬勃发展。

随着经济体制改革的进行，文化事业体制的变革之一是拨款体制的逐步瓦解。1984年12月29日，国务院出台关于对期刊出版实行自负盈亏的通知，除了国家机关和事业单位主办的、以指导工作和发表科研文章为目的的期刊、作协和省（自治区、直辖市）一级的文艺期刊、以外文和少数民族文字出版的期刊仍给予必要补贴之外，其他期刊要独立核算，自负盈亏，一律不再给予补贴。在该政策指导下，女性期刊开始考虑市场定位，改变刊物名称，调整刊物内容，争取市场份额。社会主义市场经济体制确立后，为迎接市场机制和商业化的挑战，女性期刊逐步引入市场观念，从政治意识形态和政策宣传转变为平易近人的风格，以满足读者需要。

一、女性媒介市场细分的基础

市场细分强调从消费者需要出发，按一定标准辨别具有不同欲望和需求的消费者群体，将某一整体市场划分为若干分市场，从中选择一个或几个分市场作为经营对象。市场细分的客观基础在于市场的差别化倾向。现代市场学认为，市场是由具有支付能力、期望通过商品交换来满足自己需要的人或组织构成的。这些人或组织具有需求的个体差异性，这种差异包括纵向和横向两个方面，表现出需求的层次性和多样性。从纵向来看，人的需求分为三个层次，即生活需要、社会性需要和精神需要；从横向方面来看，人的需要的个体差异主要是个体需要的多样性。消费者在心理、生理、地理、经济、文化、风俗习惯、社会地位等方面都有所不同。需求的层次性和多样性紧密地联系在一起，构成需求的差异性。市场细分理论以消费者为出发点、按消费需求的差异性来划分市场，把自己的利益和消费者的需要相结合，把外部客观环境和企业经营结合起来。①

媒介市场细分建立在对受众不同身份和多种需要的认识和分析的基础上。经济体制改革带来所有制结构和分配形式的多样化，推动中国社会的多阶层分化，其中包括新职业群体中的女性，她们是女性媒介发展的受众基础。社会主义市场经济体制的确立加强了社会各部门、行业间的联系，为市场而生产使社会分工越来越细，生产的各个方面都日益职业化和专业化。

---

① 以上关于市场细分的理论，转引自励瑞云、邵崇：《市场细分的理论研究》，载《社会科学战线》，1985(3)。

社会变迁、对知识和信息的强调以及细致的社会分工，尤其是第三产业的发展，导致大量新职业出现，"创意族""科技族""顾问族""保健族"中有大量女性从业者。进入 21 世纪，女性最热门的职业是精算师、保险经纪人、律师、风险投资家、传媒业主、媒体编辑、公关经理、时装买办、职业化妆师。[①] 外企白领、私企和国企女职工、女个体户等，也在不同经济领域展现自己的价值。新职业对从业者的教育背景、知识技能的要求较高，这是女性接触媒介、成为媒介消费者的客观基础。

新时期女性的多样化消费为女性媒介提供了坚实的市场基础。人作为社会性的存在，有物质需要和精神文化需要，后者包括基础型精神文化需要、享受型精神文化需要和发展型精神文化需要。[②] 女性的物质需要通过相应的消费来满足，这会带动相关产品市场的兴起。"2009'中国城市女性消费调查"显示：在女性的可支配收入中，用于消费的比例达 63%，而该数据在 2007 年是 26%，服装服饰、数码产品、旅游及美丽、健康消费位居女性消费前 5 位；有 42.3% 的人在网上购买过商品和服务，而这一比例在 2008 年是 20.09%。[③] 随着社会政治、文化环境的变化和女性解放进程的发展，女性的精神文化需求呈现出多样性、多功能性、多因素性、差异性、开放性、自主

[①] 《21世纪女性最热门的9种职业》，http://www.360doc.com/content/13/0218/00/9863648_266250551.shtml，2018-08-30。

[②] 基础型精神文化需要包括求知需要、归属需要、交际需要、道德需要，享受型精神文化需要包括娱乐需要、审美需要，发展型精神文化需要包括发展需要、理想需要、信念需要。参见刘锋：《现阶段我国人的精神文化需要研究》，中共中央党校，博士学位论文，2010。

[③] 《第五届中国女性消费高层论坛在京举行》，http://www.cnr.cn/gundong/200910/t20091028_505549214_2.html，2018-08-30。

性、商品性等特征。① 女性的精神文化需要导致信息消费需求，进而产生接触媒介的动力，成为女性媒介的潜在受众，奠定女性媒介存在和发展的基础，而女性精神文化消费的新特征扩大了女性媒介可供传播的信息范围。经济收入的增加也使女性具备信息消费能力。上述调查中，99％的被访者每月都有通讯费用支出，其中59.8％的被访者每月支出在51－200元之间；62.1％的被访者每月有休闲文化类消费，其中支出在51－200元之间的达31.4％。这种信息支付能力也可转化为对女性媒介的购买能力。

总之，社会分层的加速发展、女性职业范围的扩大、女性消费能力的增加以及女性日益增长的物质和精神文化需要，为以满足女性信息需要为目的的女性媒介的发展和转型提供了基础。

二、女性期刊的转型途径

改革开放初期，妇联系统女性期刊的读者面和内容面都比较狭窄。随着新闻出版体制的改革和社会主义市场经济体制的确立，女性期刊根据实际情况，走上不同形式的改革与转型发展之路。女性期刊的转型立足于满足女性读者的多样化需要，围绕对内容和读者市场的细分，加强经营管理。期刊的转型途径有二：一是围绕出版进行转型，二是围绕期刊品牌进行集团化发展。

1. 围绕期刊出版进行转型

第一种方式是改变期刊名称，以《广东妇女》和《女性研究》

---

① 柳思维：《市场经济条件下精神文化消费的特征》，载《消费经济》，1994(3)。

为代表。

刊名是期刊的眼睛，它最先进入读者视野，代表着期刊的特色。作为期刊的一种特殊符号，刊名可分为具实性刊名、象征性刊名。前者直指事物之本，内容确定而单一；后者采用比喻、象征、借代、暗示等形象思维手段来为刊物命名，内容范围较广。[①]女性期刊刊名改变的趋势有二：一是从具实性刊名转向象征性刊名，并淡化地域色彩。1982年4月创刊的《广东妇女》，于1983年改名为《家庭》。刊名的变化导致刊物的栏目、内容和读者层面发生根本性变化。以《广东妇女》为例，有些男人为了看《广东妇女》不至于遭人取笑，甚至偷偷地把封面撕掉；年轻姑娘也不订阅，因为妙龄少女认为"妇女"应当是那种生了孩子的女人。更名为《家庭》后，刊物以倡导家庭文明、促进现代家庭生活方式变革、帮助读者营造幸福家庭为办刊宗旨。地域性的淡化有助于吸引更多外地读者。刊物发行量一路上升，短期内突破百万大关。二是刊名体现刊物的时尚性，这以《职业女性》最为明显。1992年由北京市妇联主办的《女性研究》，在几年后引入市场化概念，并于1997年办成《女性月刊》，将读者从女教师、女性研究者转移到普通女性。"研究"色彩的淡化体现出创办者对读者的信息需要的关心和市场经济对期刊的影响，但该刊名的内容定位和读者定位仍然比较模糊，没有对女性大众中的不同群体进行细分。1999年，《女性月刊》改为半月刊，上半月为《职业女性》(2001年7月取得正式出版刊号)，下半月为全彩育儿杂志《妈咪宝贝》，打出"0—3岁"定位，以年轻父母为目标读者。这两份刊物关注新时代中

---

① 刘远翔等：《小议期刊刊名》，载《消费导刊》，2009(1)。

青年职业女性的职业、生活、情感，以独特的读者定位和内容定位避开竞争激烈的纯时尚化杂志。

从《女性研究》《女性月刊》到《职业女性》《妈咪宝贝》，期刊名称的变化体现出办刊者经营思路的变化。读者对象从女性研究者、女性大众发展到职业女性，体现出期刊对读者群体的细分。目标读者和期刊内容的变化，离不开办刊人对读者市场的预测和把握。随着市场经济的发展，出版者考虑到女性的作用越来越大，并预计会产生一个很大的职业女性群体。《女性月刊》原先定位的 22 岁和 42 岁的女性读者不符合市场细分理念。根据对市场细分的判断，把年龄压缩到从 22 岁到 30 岁的职业女性。30 岁的职业女性差不多该结婚生子时，又有《妈咪宝贝》来为她们服务。"妈咪"是英语 mammy 的中文翻译，带点洋味儿，以"妈咪宝贝"做期刊名字，虽然同是育儿类期刊，但比"育儿指南"等刊物富有时尚气息，再加上该刊出版时，国内母婴市场非常薄弱，创办者敏锐地抓住了市场机会。《妈咪宝贝》是市场进一步细分的结果，它满足了初为人母的女性在育儿方面的信息需要。

第二种方式是通过创办子刊向分众化和多元化发展，以陕西省妇联主办的《女友》最具代表性。

《女友》于 1988 年创刊以来，发行量每年递增 30 万，到 1993 年 10 月，发行量高达 153 万。有研究认为，《女友》最显著的特点是"多变"，年年有一变，三年一大变。《女友》的变，一是针对市场针对竞争对手的变；二是针对读者受众的阅读趣味阅读需求的变。《女友》在国内已发展成为《女友·校园》CUTE、《女友·家园》LOVE、《女友·花园》STYLE 一个系列三个版本。

在出版规模上，《女友》不断创办子刊以扩大办刊规模。1994年7月，子刊《文友》正式出版；2001年元旦后，杂志借新闻出版总署新政策风气之先，在澳大利亚创办一本面向澳洲与美洲、东南亚各国的杂志《朋友》，这是大陆第一家杂志社在国外编辑出版的正式刊物。① 2003年11月，《女友》北美版在温哥华正式出版。2000年1月，《女友》改为半月刊。2005年，《女友》进行了分众化的刊物定位，将《女友》分为校园、家园和花园三个版本，② 以不同个性风采来陪伴不同人生阶段的女性。

第三种方式是利用现有品牌进行拓展，创办其他刊物，以《莫愁》《祝你幸福》等为代表。

由江苏省妇联主办的《莫愁》创刊于1985年7月，是以女性为目标读者的文化期刊，从"品位生活，化解忧愁"，到"有困难，读《莫愁》"，再到"把《莫愁》办成人生智慧型期刊"，刊物的定位不断明确。刊物立足于满足读者在社会转型期对生存智慧的需要，设置"生存的智慧"专栏，着重表现智慧给人们带来新的人生和境界，在此基础上，围绕"智慧需求"全面更新，形成系列专栏：《名人与智慧》《从业智谋》《爱的智慧》《智者的

---

① 曹鹏：《媒介经营：市场的力量最强大》，载《新闻记者》，2001(5)。

② 《女友·校园》CUTE——青春新力量快乐读本，目标读者是都市女性、女生、职场新人，风格定位是成长、先锋、梦想，每月1号上市；编辑部留守西安。《女友·家园》LOVE——现代女性生活读本，目标读者是注重生活质量和生活细节的都市女性，风格定位是爱、创意生活、美好关系，每月15号上市；编辑部设在上海。《女友·花园》STYLE——精英女性出彩读本，目标读者是渴望人生成功的都市职业女性，风格定位是职场、优雅、风尚，每月25号上市；编辑部设在深圳。

脚印》《悟者心语》《处世之道》《养生千金方》等，力求在不同层次体现"智慧型"特色。① 创刊 20 多年后，《莫愁》从月刊转为旬刊，并围绕莫愁智慧主题，创办《莫愁·智慧女性》《莫愁·天下男人》《莫愁·家教与成才》，还有《玫瑰空间》手机杂志、莫愁网等媒体。

利用现有期刊品牌进行业务扩展的女性期刊还有 1985 年 5 月创刊、由山东省妇联主办的《祝你幸福》。创刊当年起，刊物在山东省文化生活类期刊中发行量连年第一，市场占有率达 90% 以上，② 逐渐成为山东省知名期刊品牌，现发展成为《祝你幸福·知心版》《祝你幸福·午后版》和《祝你幸福·最家长》。在创刊 20 周年之际，杂志社还开展"有奖征集《祝你幸福》刊徽"的活动，并于 2005 年 5 月 28 日正式启用刊徽。

第四种方式是向外寻求合作伙伴和发展机会，或依靠自身品牌等无形资产，借助强大的资本或成熟的管理经验，合作出版杂志。以《现代家庭》和《祝你幸福》杂志为代表。

上海市妇联在 1985 年出版的《现代家庭》月刊（2000 年改为半月刊），分别在 2001、2005、2007 年被列为"上海市著名商标"。《现代家庭》利用自身影响力，与期刊社之外的社会力量合作求发展。2006 年，杂志与盛大互动娱乐有限公司合作，成为该公司唯一合作平面媒体。同年 2 月，上海盛大家庭文化传播有限公司正式启动，整体经营《现代家庭》品牌。同时，杂志还积极与国外同类杂志进行版权合作出版新杂志。

①　苏萱：《〈莫愁〉探索特色　锻造品牌》，载《传媒》，2001(9)。

②　数据转引自吴淑娟：《文化产权交易将破题　〈祝你幸福〉挂牌山东文交所》，载《经济导报》，2011-03-24。

2002 年 7 月，《现代家庭》杂志社创刊一份服务于都市成熟知识女性的健康生活类杂志《你》月刊，并在两年后与新加坡报业控股集团旗下的《Her World》开始版权合作。

山东妇联主办的《祝你幸福》杂志则通过向资本市场融资来谋求新的发展。2011 年 3 月 21 日起，该杂志在山东产权交易中心下属的文化产权交易所挂牌，成为山东文化产权交易所成立后首个签约入场项目。杂志社提出两种合作方式：一是投资方与融资方共同成立公司，投资方以现金方式出资，融资方以其无形资产方式出资，投资方总投资比例不得超过 49%，可派员参与新设合作公司的经营管理。二是企业冠名赞助，双方联合办刊。投资企业在杂志上进行冠名宣传；杂志每期以一定版面宣传企业形象、企业文化及产品；共同开展有助于提高企业和杂志社知名度、影响力的各种活动；封面加印企业标识，杂志版权页刊登"××企业联合办刊"字样；企业法人可担任杂志社名誉社长。①

第五种方式是利用原有品牌细分刊物和新办刊物，细分市场和新拓市场并重。细分刊物是期刊在原有基础上细分内容和市场的刊物，新办刊物是杂志社借助原有期刊品牌新拓内容和市场，创办出与原有刊物读者相关的期刊。这方面以《妇女生活》《现代家庭》《家庭》等为代表。

2002 年，河南妇联主办的《妇女生活》由月刊改为半月刊，即《妇女生活》（上半月）、《现代家长》（下半月），其中后者以 18 岁以下的学生及学生家长为读者对象。上海妇联主管的《现

---

① 吴淑娟：《文化产权交易将破题 〈祝你幸福〉挂牌山东文交所》，载《经济导报》，2011-03-24。

代家庭》杂志在缩短刊期的同时，围绕家庭、教育创办一系列新刊，包括《为了孩子》（0－3岁）、《为了孩子》（3－7岁）、《你》杂志，形成一个有关家庭文化、亲子教育、女性时尚健康生活的期刊群。1999年1月，《家庭》由月刊分为上半月版、下半月版和月末版。① 进一步细分读者市场，并围绕婚姻、家庭、孩子、时尚等话题，创办一系列刊物。②

2. 利用期刊品牌进行多元化经营

媒介品牌是在媒介传播或营销中形成的、用以将媒介产品、媒介组织或个人与媒介消费者等关系利益人联系起来，并能带来新价值的一种物质和信息存在。③ 根据基本属性和资源补偿方式的不同，媒介品牌主要有两种：公共事业性媒介品牌和商业性媒介品牌。前者以公共服务为基本特征，资源补偿主要依靠国家拨款、政策优惠或公民所缴纳的收视费等；后者以

---

① 上半月版侧重捕捉社会热点、关注家庭生活情感和婚恋伦理道德；下半月版的读者平均年龄比上半月版的读者平均年龄低2.5岁，在关注家庭情感婚姻，传递家庭生活观念的同时，增加了时尚、心理健康、营养保健和居家实用诀窍等内容，实用性更强；2004年9月创刊《家庭》月末版，读者定位于25－35岁的城市青年女性，内容以关注爱情故事为主。

② 2000年4月，家庭创办系列刊《家庭博览》（从2001年起更名为《风韵》），成为引领知性女士生活时尚的新潮资讯刊物，走全新的办刊模式及经营管理模式；2001年7月，杂志还推出配合21世纪素质教育、倡导亲子文化的《孩子》，以营造现代亲子关系，促进亲子交流。在婚姻家庭孩子等主题之外，《家庭》还创办了旅游休闲消费杂志《旅游界》，围绕观光、探秘、休闲、度假、美食及旅游娱乐、旅游购物等主题，满足对国内外风光、历史、人文之旅等有体验激情和消费实力的旅游者。

③ 宋祖华：《媒介品牌战略研究——理论分析与中国实证》，复旦大学，博士学位论文，2005。

获取商业利润为基本特征，资源补偿主要通过市场系统获取。① 女性期刊的品牌是其在事业属性和市场化经营的基础上形成的，且具有女性媒介的特色。传统女性期刊依托各地妇联，以建设家庭领域内的社会主义精神文明为宗旨，传播爱情、婚姻、家庭等信息。在信息短缺的时代，通过满足读者的情感需要，吸引注意力，加上女性期刊具有较长的发展历史，这使其品牌比其他类型的女性媒介更具影响力。婚姻、家庭和情感优势是女性期刊的品牌特色，女性期刊在转型中逐渐重视对品牌的培育、推广、经营和利用。

期刊的品牌立足于其能提供满足读者需要的优质内容，并能根据实际变化适时调整内容，使内容和读者需要一致，以保持期刊品牌。以《知音》为例，其品牌的创建与主创人胡勋璧分不开，而《知音》品牌的维护和发展，与期刊内容和编辑目标的不断调整分不开。在此基础上，《知音》的发行量不断攀升，品牌影响力不断扩大。

胡勋璧曾在《湖北青年》主持深受读者欢迎的"分忧解愁"栏目，他了解到读者"希望在生活、工作、学习、恋爱、婚姻当中遇到很多难题的时候能找寻答案，这样使我们逐步形成了一种观念，读者在人生道路上很需要一种精神、心灵的帮助"②。这是他创办《知音》的思想基础。《知音》创刊于1985年1月，恰逢国家财政部门对报刊经费管理实行改革，新办期刊一律实行企业化管理，自负盈亏。面对仅有三万元开办经费的生

① 宋祖华：《媒介品牌战略研究——理论分析与中国实证》，复旦大学，博士学位论文，2005。
② 《〈知音〉杂志社社长胡勋璧聊天实录》，http://news.sohu.com/11/16/subject215241611.shtml，2018-09-01。

存压力，《知音》率先提出"人情美、人性美"的办刊宗旨，并确立"深入社会、深入生活、深入心灵"的编辑方针，创造了中国期刊史上的发行奇迹。1989 年，《知音》发行量曾略有下滑，编辑适时提出"篇篇可读，期期精彩"的质量标准和质量目标，实现月发行量再次攀升。20 世纪 90 年代，很多都市报相继开辟生活纪实类报道版面，面对竞争的《知音》果断采取措施，缩短出版周期，同类内容提前面向读者，实现月发行量第三次攀升。

　　杂志的管理制度也不断创新。1992 年杂志对领导班子实行经营目标承包责任制，业绩与主要领导人的个人收入挂钩；为适应产业规模化发展，杂志社将集团的"塔形"管理改为"扁平式"管理，由总经理和副总经理组成的总经理办公会直接管理编辑部和行政经营部门，减少管理渠道的沟通障碍，加强集体管理的宏观调控能力。在薪金分配改革中，从编辑工作的创造性属性出发，改变原来按版面数量对编辑进行考核管理的方式，实行编辑的创造性和版面数量兼顾的考核方式，既尊重编辑工作的属性又发挥编辑的积极性，提高了编辑的组稿水平。管理制度的创新，实现了《知音》发行量的第四次攀升。① 通过不断调整内容与优化管理，《知音》形成了鲜明的期刊品牌：全国读者最喜爱的十大名刊、双十佳期刊、中国期刊方阵"双高期刊"，曾三次荣获全国优秀社科期刊奖和国家期刊奖。

　　在期刊品牌的培育和发展过程中，杂志社进行"一体两翼"

---

　　①　关于《知音》的改革及其发行量的数据，参见胡勋璧：《品牌资源延伸与规模化经营——解读"知音"发展之路》，载《出版发行研究》，2004(10)。

式发展，以《知音》为主体带动传媒产业群和其他产业群的发展，前者包括期刊业、报纸业与电子网络媒体业，后者包括广告业、发行业、印刷业、影视制作业、教育、房地产业，为期刊走向集团化发展奠定基础。2006 年 8 月，湖北知音传媒集团成立。

《职业女性》也是利用期刊品牌做系列推广活动的典型。为扩大《妈咪宝贝》的影响和美誉度，《职业女性》杂志社成立推广部，与全国各地几百家"亲子园""早教中心""儿童娱乐机构"等建立联系以扩大杂志影响，同时与企业合作开展活动。2002 年，杂志推广部与一家企业联手在全国五大城市举办有关儿童营养保健、疾病防治、智力开发等方面的专家讲座。杂志社还与广州某公司合作成立主营婴幼儿用品的连锁店，计划三年内在全国主要大城市办 100 家连锁店。2002 年 12 月，第一家连锁店已在深圳开业。①

此外，女性期刊界还尝试媒体联合，联手打造女性期刊婚姻情感品牌，这也是值得关注的新动向。在市场竞争激烈的情况下，女性媒介各自为战的状态不利于媒介的发展壮大。为提升女性期刊的品牌形象，促进期刊的可持续发展，2006 年 11 月 15 日，《祝你幸福》会同《家庭》《现代家庭》《家庭生活指南》《爱情婚姻家庭》《家庭教育》《恋爱婚姻家庭》《爱人》8 家期刊负责人在上海共同发起组建"和谐家庭论坛"。论坛决定利用媒体优势，集合各期刊所拥有的影响力和优势，联手打造新型媒体联合体，并利用该平台开展理论研讨、调查评选、公众讨论、

---

① 李晓晔：《成功青睐有准备的头脑——访〈职业女性〉〈妈咪宝贝〉杂志社社长刘今秀》，载《传媒》，2003(2)。

专题培训等公益性活动，促进自身可持续性发展，为提升期刊品牌形象起到积极作用。① 女性期刊界共同发力在媒介市场上竞争是一种新的尝试，但其能否坚持，取决于合作者彼此的利益协商。从这种尝试中，可看出女性期刊利用品牌谋求进一步发展的市场追求。

三、女性期刊转型的实质

女性期刊的转型是从计划经济时代的出版产供销向市场经济时代的出版产供销转型。计划经济时代的期刊编辑由杂志社承担，发行依靠邮局的发行网络，读者以订阅为主，读者面小，读者与期刊之间缺乏联系。由于办刊费用由财政拨款，杂志缺乏生存压力和竞争意识；在刊物发展理念上，缺乏战略眼光和可持续发展的理念，媒介的生存发展缺乏开拓创新的空间。

随着出版管理体制改革和媒介之间竞争加剧，女性期刊开始告别计划经济时代的办刊思维方式。在坚持"出版业作为党和人民喉舌的性质不能变，党管出版不能变，党管干部不能变，出版业坚持正确的舆论导向不能变"②的前提下，女性媒介开始转型和改革，其实质是办刊观念、出版与管理机制的转变。

1. 办刊观念：从以期刊为中心向以读者为中心的转变

读者的支持和喜爱是刊物生存的基础，编辑通过生产活

---

① 《8 家婚姻家庭生活类期刊商定：携手打造"和谐家庭论坛"》，载《爱情婚姻家庭(生活纪实)》，2007(1)。

② 沈建英：《计划经济出版体制与"小农情结"——出版体制改革初探》，载《当代经济》，2002(7)。

动不断满足读者的精神文化需要，因此办刊要有读者观念，满足读者不同层次的需要。作为党领导下的群众组织和女性期刊的主管或主办单位，妇联是党联系女性的桥梁和纽带，具有重视与女性沟通和联系的传统。但由于办刊观念落后，女性期刊依靠财政拨款，内容上着重报道党的妇女政策、妇联会议及领导人的活动，传播方式侧重说服和教育。随着女性期刊的转型和媒介竞争的激烈，期刊需明确自己的服务对象、重视读者需要和读者参与，在传播方式上注重沟通和对话。

《家庭》《知音》等传统女性期刊在转型过程中确立了以读者为中心的市场观念，还有一些女性刊物的内容根据社会发展的趋势来预测读者的需要，并提前做出应对。《职业女性》在出版之初，曾开设一个征文栏目"女人闯世界"来满足女性的职业和社会需要。当时恰逢市场经济在中国刚刚开始，该栏目满足了许多闯市场而又充满了惶惑不安的女性的需要。该栏目在三年期间收到无数篇投稿。栏目停办以后，杂志又开设"白领江湖"征文栏目，专门刊登职业女性在市场奋斗中的甜酸苦辣。[①] 这两个栏目结合时代和社会的变化及女性的需要，所以能得到受众的欢迎。

《职业女性》的子刊《妈咪宝贝》则更进一步，将读者当作杂志的重要资源库，专门建立读者数据库，既可利用数据库的读者信息来赢利，又可对读者进行人性化关怀。其数据库内有几万份读者数据，杂志可利用数据库做读者调查，也可利用数据

---

① 李晓晔：《成功青睐有准备的头脑——访〈职业女性〉〈妈咪宝贝〉杂志社社长刘今秀》，载《传媒》，2003(2)。

库为相关企业服务。《妈咪宝贝》曾受一家奶粉企业委托，向有关读者寄送调查表，做 0－6 个月婴儿的市场调查。在为数据库配上相应的软件后，杂志还可通过电脑向读者的孩子发送生日贺卡，体现杂志的人性化关怀。

女性期刊为了增加对市场的敏感度，还实行发行改革。《职业女性》创刊伊始就自办发行，这一方面解决了邮发回款慢的问题，还可了解发行市场的反馈，并根据发行商提供的销售信息来调整封面设计和内容。

2. 办刊体制：从事业体制、事业单位企业化管理向企业单位的转变

事业单位是政府部门领导的一个社会组织，其经费由国家财政拨款，不以赢利为目的。作为事业单位的女性期刊社是计划经济条件下的产物，其资产归国家所有，政府对出版单位进行直接组织和管理，出版单位具有典型的行政性特征，其员工具有国家干部身份，出版所需经费由财政拨款。20 世纪 80 年代以来，随着出版体制的改革，期刊社在机构设置、分配方式、人事制度和业务经营方面的自主权扩大，并开始实行事业单位企业化管理，一方面享受事业单位的优惠政策，同时以企业方式进行经营，经费自收自支。21 世纪以后，出版改革的步伐进一步加快。2002 年中共十六大报告提出积极发展"文化事业和文化产业"的决定；2003 年 10 月 14 日十六届三中全会通过了《中共中央关于完善社会主义市场经济体制若干问题的决定》，提出"促进文化事业和文化产业协调发展"以及"公益性文化事业"和"经营性文化"分类指导的原则，① 国家在健全文化市场体系和完善文化产业政策的前提下，鼓励各类文化产业共同发展，形成一批大型文化企业集团，增强文化产业的整体实力和国际竞争力。在此背景下，女性期刊社纷纷向企业化、集团化方向发展，家庭期刊集团、知音期刊集团先后组建。

3. 管理机制：从事业单位向企业单位管理体制转变

事业单位管理体制下的人事制度、财务制度、工资福利制度均参照政府系列执行，事业单位在上述制度中没有自主权。随着女性期刊从事业单位向企业化方向转变，期刊社在上述管理制度中逐渐获得自主权。随着产业的扩张，《知音》杂志社在管理制度上向"扁平式"管理转变，保证管理机制反应能力和管理的效率；建立适应规模化管理的财务管理制度，建立人才引进培养、选拔使用和员工培训制度等；薪金分配改革考虑奖惩激励制度等。② 这些转变赋予期刊社更大的经营管理自主权。

新形势下女性期刊的转型反映了中国改革开放以来的时代变迁和文化体制改革的进程。女性期刊在生存压力之下纷纷旧貌换新颜，为读者提供了丰富多彩的选择空间。但随着时代变化，读者需要也会发生变化，这是女性期刊发展的机遇，也是面临的挑战。读者需要对于期刊的重要性犹如脉搏之于人体，都需要细腻而贴心的把握方能感触，这要求女性期刊的出版者

---

① 公益性文化事业单位要深化劳动人事、收入分配和社会保障制度改革，加大国家投入，增强活力，改善服务；经营性文化产业单位要创新体制，转换机制，面向市场，壮大实力。

② 参见胡勋璧：《品牌资源延伸与规模化经营——解读"知音"发展之路》，载《出版发行研究》，2004(10)。

不断贴近社会现实、敏锐发掘读者需要。

第四节 女性期刊集团化分析

集团化发展是 20 世纪 90 年代中期以来中国传媒业出现的显著现象。截至 2011 年 7 月 7 日，中国的期刊集团主要有五家：时尚传媒集团、知音期刊集团、家庭期刊集团、读者期刊集团和女友传媒集团。女性期刊集团是期刊集团的主流。传统女性期刊在创刊或复刊初期，恰逢国家对出版拨款体制进行改革，接着女性期刊又经历了文化体制改革，因此，女性期刊较早地具备了市场意识和竞争观念，在期刊出版市场上有较大的发行份额，发行量超过百万份，这是女性期刊集团化发展的基础和背景。

一、《家庭》期刊集团的成长路径

期刊集团是传媒集团的一种。中国的传媒集团是一种特殊企业，其绩效评价兼顾经济效益和社会效益，传媒业的增长不仅对国民经济增长、就业和国家财政收入有直接贡献，同时，传媒集团的业务活动对社会、政治、文化、道德、法律、国际关系等也会产生重要影响。[1] 期刊集团主要通过资产等联系纽带，以具有影响力的期刊为核心，组建以期刊业及带有期刊业外延性质的实业为主体，兼容非期刊业经营实体的产业联合体。[2] 女性期刊集团是以有影响的女性期刊为核心组建的、以

---

[1] 傅平：《中国传媒集团组织转型研究》，博士学位论文，复旦大学，2005。

[2] 陆丹：《中国期刊集团化发展研究》，10 页，硕士学位论文，华中科技大学，2006。

期刊出版为主兼具其他行业经营的产业联合体。

准确的内容定位、强烈的读者意识、全面的改革创新及巨大的发行量成就了女性期刊的品牌，这在《家庭》身上表现明显。围绕《家庭》这一核心期刊的品牌进行多元化发展，是《家庭》期刊集团的发展之路。

《家庭》诞生在中国改革开放的最前沿。广东是 20 世纪 80 年代中国改革的前沿，而《家庭》的创刊与时任广东省委书记任仲夷的建议分不开。1980 年 10 月，中央调派任仲夷到广东主持改革工作。到任后的任仲夷在对广东省妇联工作人员谈话时提出，辽宁有本《妇女》杂志，广东也可以办一本。当时的女性期刊阵营成员寥寥，除《妇女》杂志之外，还有全国妇联主办的《中国妇女》和内蒙古妇联的《内蒙古妇女》。在任仲夷的建议下，1981 年 6 月妇联正式筹备成立《广东妇女》杂志社，① 1982 年 4 月，《广东妇女》创刊。由于刊名的地域局限和性别限制，创办一年多，杂志的月发行量不过 3 万。

1. 紧扣时代潮流，满足社会需要，回应时代冲突，是《家庭》发展的基础

（1）改革开放后中国婚姻观念的变化。

改革开放后，中国的爱情婚姻和家庭观念发生重大变化，传统和现代观念之间难免会产生冲突。《家庭》的突破在于其对这种观念转变的把握和回应。

婚姻观念与社会之间具有动态互动关系。它是支配人们处理婚姻关系的一种社会意识，其形成与社会经济的发展密切相

---

① 李频主编：《共和国期刊 60 年：1949—2009》，188 页，北京，中国大百科全书出版社，2010。

关，也会随着社会经济条件的变化而变化。随着改革开放和社会发展，包括结婚动机、择偶标准、婚姻媒介、结婚仪式和离婚观念等在内的婚姻观念开始发生变化。

在结婚动机方面，传统的"门当户对"、延续后代的动机，转变为爱情第一、子女第二、经济第三的结婚动机；在择偶标准方面，从以经济为主逐渐向以爱情为主转变；在婚姻媒介方面，从"父母之命，媒妁之言"向自由恋爱等强调自由和自主选择的新式婚姻转变；在结婚仪式方面，从传统的拜天地、讲究聘礼、选黄道吉日、掐八字向集体婚礼、旅游结婚等新式婚姻转变；在离婚观念方面，从传统的白头到老、从一而终向婚姻自由转变。这种婚姻观念的变化在改革开放初期有关部门的调查中得到证实。1986 年 3 月，武汉大学人口研究所、丹江口市计生委和丹江口市水利工程局计生办联合进行了丹江口市千户婚姻、家庭、生育调查。调查表明：把感情因素作为第一标准的占 39％，把经济条件作为第一标准的只占 10％；从婚姻媒介上看，亲友介绍和自己认识的共占 95％，父母包办只占 5％；在结婚仪式上，拜天地只占 6％，摆阔气、讲排场的婚宴方式占 25％，有一定仪式但不铺张浪费的文明结婚仪式占 34％，旅行结婚、集体结婚等新式婚礼占 21％，尤其是旅行结婚在城市所占比重将近一半。① 当然，随着思想的解放，婚前同居、未婚先孕、婚外恋、"第三者"插足等以前少有的情感现象也开始出现。调查结果在总体上表明，随着改革开放和物质文化水平的提高，新式婚姻家庭观念已占据婚姻观念的

---

① 关于婚姻观念的论述和观念变化的数据，转引自徐云鹏：《浅析婚姻观念的转变》，载《人口学刊》，1988(2)。

主流。

（2）改革开放后中国婚姻家庭领域发生的变革。

改革开放以来婚姻家庭领域发生的变革以经济改革和社会生产力的发展为基础，具体体现在思想观念的启蒙和实际行动两方面。

在农业社会中，婚姻遵守四条共同准则：婚姻首先是对财产的占有，其次是性关系；婚姻神圣，不可离异；男权统治女性；婚姻不仅严禁婚前与婚外性行为，也降低或贬斥婚内性生活。[1] 这种观念随着改革开放而发生深刻变化。随着社会生产力发展以及人们物质生活水平的提高，[2] 人们对情感和家庭生活的要求也相应提高，开始认识到婚姻是感情、性关系和物质生活的统一，传统婚姻遭遇前所未有的考验。同时，随着女性的社会就业率逐渐上升，[3] 两性在工资收入、文化水准等方面的差距逐渐缩小，女性在婚姻、家庭中的自主性逐渐增强。经济独立使女性在婚姻和家庭中的自主成为可能，也使女性的婚姻观发生变化。统计表明，近来在诉讼离婚案件中，60％－70％的离婚案件是由妇女作为原告起诉

---

[1] 潘绥铭：《中国性现状》，39 页，北京，光明日报出版社，1995。

[2] 以人均国内生产总值（元）GDP 水平的变化为例，1978 年到 2000 年，人均国内生产总值（元）GDP 水平逐年上升，从 379 元上升为 7078 元。参见中华人民共和国国家统计局编：《中国统计年鉴：2001》，北京，中国统计出版社，2001。

[3] 改革开放初期，女性就业数量一直处于稳步增长的态势。从 1982 年到 1992 年，城镇女性就业人数由 4093 万人增至 5586 万人，增幅达 36.5％。转引自王兆萍、李旭：《改革开放以来我国女性就业发展态势与路径选择》，载《中华女子学院学报》，2010(5)。

离婚的。[①] 此外，在 1980 年 9 月 10 日第五届全国人大第三次会议修改通过的《中华人民共和国婚姻法》，关于"离婚"的条款被修改为感情破裂、调解无效，中国一跃成为世界上奉行离婚自由的领先国家。这一时期离婚的主体是"上山下乡"后返城工作的知识青年。[②] 在婚姻家庭领域，一些没有爱情基础的凑合婚姻、性格爱好不同导致情感差距大的婚姻，不再因为孩子或其他因素而选择继续保持，而是选择离婚。

在此背景下，实践中开始出现婚姻新现象，包括征婚启事、婚介所、婚庆公司、"丁克家庭"等。1981 年 1 月 8 日，《市场报》刊登了新中国第一则征婚启事；[③] 1982 年，中国第一家婚介所——广州市青年婚姻介绍所成立；1990 年 8 月 1 日，中国首家婚庆公司迎来开业后第一对佳偶；"丁克潮"自 20 世纪 80 年代开始在中国登陆。同时，"傍大款"、"包二奶"、"第三者插足"、婚外恋、试婚、婚前同居等新的情感婚姻现象也开始出现。

这些新现象的出现反映着人们婚姻家庭观念的变迁：结婚目的从生育、性和生存的需要变成寻求爱或情感的满足；择偶标准从"门当户对"转变为道德、文化、经济、外表等因素的综合考虑；家庭观念从传统的男权主导、女性依附发展为女性独立意识的增强；在性观念上，从传统的禁欲到承认性欲是自然需要。总之，改革开放以来婚姻观念和实践领域

---

①　田岚：《中国改革开放后的离婚率与离婚方式探析》，载《比较法研究》，2004(6)。

②　罗雪挥、李楠：《我们的婚姻飘荡在秋千上》，载《中国新闻周刊》，2008-01-21。

③　通过这则征婚启事，四川 40 岁的丁乃钧与吉林的张姓姑娘结婚。

内发生了巨变。面对这种变革，大众产生了了解变迁、解读变化的欲望，这为婚姻家庭类女性期刊的出现提供了社会基础。

2. 家庭期刊市场的空白和大众对婚姻家庭问题的关注，是《家庭》发展的机遇

随着婚姻观的变化，大众对婚姻生活领域的变化空前关注，而当时期刊市场上却没有以恋爱、婚姻、家庭为内容的综合性月刊。"谁没有家庭，谁不爱家庭"？在广泛征集各方意见后，编辑部最后选定"家庭"作为新的刊名。从《广东妇女》到《家庭》，刊名的改变显示出编辑思路的变化，刊物把内容定位和读者的情感需要联系在一起。1983 年 1 月，国内第一份以恋爱、婚姻、家庭为报道对象的文化综合类期刊《家庭》开始面向全国发行。围绕亲情、爱情展现家庭生活情感，从个人情感婚恋、家庭教育、保健到家庭与社会的关系，杂志记录了具有不同时代特征的家庭故事，反映婚姻家庭观念的变革，并对这种变革进行分析。

婚姻观的变化会影响到每一个成年人，读者希望了解新形势下有关情感、婚姻、家庭的报道和分析，这为婚姻家庭类女性期刊提供了内容和忠实读者。《家庭》抓住了改革开放和社会转型带来的婚姻观念变化，推出了一系列有深度、有影响的报道。

20 世纪 80 年代，《家庭》组织的关于择偶标准的讨论，深受社会的欢迎。1984 年 12 月《家庭》报道了《什么在阻挠大龄青年的婚姻》，1986 年 11 期刊登作家柯云路的《爱情、婚姻、家庭问题上的反传统》，1991 年发表了统计报告《今日妇女看传统妇女角色》等。另外，从 1985 年开始，《家庭》几乎每年都要推出一次大讨论，① 引发读者关注。在第一次讨论展开后，一个月内收到读者来信 500 多封，编辑部有选择地刊登来信，使新旧思想得到充分碰撞。当时，《家庭》发行量已达 109 万份，这种讨论在很大程度上起到了传播新风气、新价值观的作用。进入 21 世纪之后，《家庭》结合社会形势的变化及时推出新话题，如 2011 年推出"和谐家庭"论坛。②

《家庭》对家庭情感话题的报道和分析确立了杂志的市场影响力。在改版后的两年时间内，《家庭》迅速赢得较高的市场渗透率，并在全国报刊界形成一股强劲的"家庭"冲击波，带动期刊、报纸副刊纷纷改名。

3.《家庭》期刊集团：中国期刊集团化的领先者

中国期刊集团化始于女性期刊，女性期刊集团化始于《家庭》杂志。《家庭》期刊集团组建的基础是《家庭》的高发行量、对家庭婚姻情感问题的报道而形成的品牌以及由此积累的巨大无形资产。

1999 年《家庭》改为半月刊后，月发行量迅速上升，并获得"首届全国优秀社会科学期刊奖"等 10 余项大奖，被评为全国青少年最喜爱阅读的十种杂志之一，连续两届荣获国家新闻出版署授予的"全国百种重点社科期刊"称号。媒介内容的准确定位能让其受众在心目中产生稳定的认同，为形成媒介品牌打下基础，《家庭》立足于特定领域，在稳定发展的过

---

① 1985 年关于某女青年向考上大学的恋人提出分手是否明智的讨论；1986 年由《我为何放弃读研》和《女研究生谈自身的爱》两篇文章引发的"80 年代择偶标准"的讨论；1987 年的"关于婚姻稳定性"的讨论等。

② 上述数据，见李淑媛：《从〈家庭〉创刊二十年看期刊的品牌经营》，载《中国出版》，2003(5)。

程中形成了自己的品牌，这是期刊的一笔巨大的无形资产。在此基础上，2002 年 1 月 25 日，经中宣部、国家新闻出版总署批准，由《家庭》杂志组建的家庭期刊集团在广州正式挂牌成立。

为实施品牌战略，《家庭》在组建期刊集团之后，继续发展以家庭为主题的系列期刊，还关注新的领域并创办新期刊。2004 年 1 月，家庭期刊集团出版中国第一本生活化实用型的中产阶层个人财经杂志《私人理财》，为中产阶层介绍财经知识、实用理财方法和精明消费方式，该刊物扩展了家庭领域的内容。同时，《家庭》敏锐地观察到社会变化为家庭之外的期刊提供的新发展空间。随着生活水平的提高，旅游成为人们的一种重要的休闲娱乐方式，旅游业在国民经济中所占的比例越来越大。家庭期刊集团敏锐地看到了这一点，在 2006 年 6 月创办面向旅游行业的综合杂志《旅游界》，反映旅游行业的生存状态。

二、《家庭》集团化的启示

《家庭》初创时仅有 13 万元开办费，但 20 年后却成为中国女性期刊中的品牌期刊，并走上集团化发展的道路。探索《家庭》集团化发展的缘由，对于中国女性期刊的发展不无借鉴意义。

从一本杂志到一个期刊集团，家庭期刊集团发展的根本原因还是《家庭》杂志的龙头作用。杂志拥有的广泛发行范围、庞大发行量和读者群、期刊品牌的强大社会影响力等因素，是集团大平台的基础。市场意识主导下的国内外发行是杂志扩大影响力的另一个重要途径。20 世纪 80 年代的中国，进入市场的杂志相对较少，但《家庭》的市场意识已贯穿期刊的生产、销售过程之中，通过扩大发行获得了巨大的市场回报。《家庭》期刊的集团化发展，给女性期刊的启示有以下五方面：

一是刊社的市场意识和开放意识。它是全国最早开始建设全国性报刊发行网络的媒体之一，也是较早开展广告经营活动的刊社之一，较早将市场意识和开放意识渗透在杂志的生产和销售过程。1983年，《家庭》创刊当年即开始刊登广告，虽然当年的广告总收入不足五万元，但其超前的广告经营意识是其他刊社所不具备的，这是推动杂志朝着集团化方向发展的动力。

二是抓住读者需求，注重品牌营销。改名《家庭》之后，杂志紧抓改革开放初期社会婚姻家庭观念的转变和读者对情感类内容的需要，加上杂志的采编运作机制保证为读者提供精品刊物，杂志发行量快速上升。杂志除了提供信息，还通过事件分析提出可资借鉴的观点和理念，渐渐在家庭主题方面打造出无可超越的品牌。在女性期刊市场上，以"家庭"命名的刊物，还有《恋爱·婚姻·家庭》《爱情婚姻家庭》《现代家庭》《婚姻和家庭》等，其刊名都包含"家庭"，这意味着其与《家庭》的读者定位相似，但在影响力方面都一直没有超越《家庭》。

《家庭》还借助各种活动加强自身宣传以加大杂志的影响力。① 杂志在创办之初即举办以家庭为主题的征文评比和"可爱的家庭"摄影比赛。1985年编辑部与广东省妇联合作，设立

---

① 李淑媛：《从〈家庭〉创刊二十年看期刊的品牌经营》，载《中国出版》，2003(5)。

"家庭杂志奖",先后向读者颁发"女学生高考成绩优秀奖""五好家庭奖"和"妇女自学成才奖"。尤为可贵的是,1986 年《家庭》开展了一次"假如我办《家庭》"有奖活动,就如何办好期刊向读者征询建议,体现出鲜明的读者意识。

三是多元化的赢利模式。与单纯卖内容的赢利模式相比,传媒更大的经济回报来自二次售卖——将凝聚在版面上的受众注意力出售给广告商,这是传媒经济的重要价值所在,其价值大小在于它通过受众产生的影响力。国际通行的杂志盈利模式一般是进行二次到三次售卖,即卖杂志、卖广告、卖品牌,但这种运作模式在 20 世纪 80 年代尚未引进,国内多数杂志黑白印刷,低成本、低定价,靠单纯卖杂志赢利。《家庭》有鲜明的经营观念,在创刊之初即开始售卖广告,还举办多种评选活动拓展杂志的品牌知名度,这些评选活动包括"全国美好家庭""全国优秀教育世家""优秀体育明星家长"等。在此基础上,杂志还投资经营其他产业来扩大收入来源。灵活多元的盈利模式带来较为丰厚的利润回报,增强了刊社的经济实力,为杂志的进一步发展奠定基础。

四是围绕《家庭》进行跨行业经营。得风气之先的《家庭》杂志较早尝试多种经营,以办好杂志为核心,兼顾经济效益和社会效益。20 世纪 80 年代中期,杂志社在东莞投资建造厂房供外商租用,结果很快收回成本并不断盈利,这是《家庭》在集团化道路上迈出的第一步;杂志社还在珠海投资建造集餐饮、娱乐、住宿于一体的家庭大厦;1992 年上半年,杂志社出资成立家庭实业公司,半年后联合省内外十几家企业成立大家庭实业股份有限公司,这是国内首家横跨数省的股份有限公司,也是全国第一家由新闻单位牵头的规范化股份制企业；2001 年，杂志社首期投入 2500 万元参与联办广东省唯一的女子高等学府——广东女子职业技术学院；此外，杂志社还投资兴建写字楼。开展多种经营活动是《家庭》多元经营的主要形式。

《家庭》的跨行业扩张主要围绕期刊的优势展开。20 世纪 80 年代初，许多期刊社进行多元经营的尝试，但由于涉足不熟悉的领域，大多以失败告终。《家庭》的多元经营没经历太大挫折，主要是因为它一方面采取了股份制经营模式，作为投资方之一的杂志社并不直接介入其他产业的经营，而是聘请相关领域有经验的专业人士负责经营管理；另一方面，杂志社开展的经营活动符合稳健而进取的经营风格。时任《家庭》副总编辑的郑谦说："我们会选择与集团核心优势相关的项目进行投资，围绕《家庭》品牌，做相关产业的投资与拓展。"

五是分众传播与品牌经营也是《家庭》集团化经营的制胜法宝。《家庭》在发展过程中一直走低成本低定价的路线，其主要赢利来源是发行收入。相对于后起的时尚类女性杂志，《家庭》的广告量并不多。20 世纪 90 年代末，《家庭》在分众传播方面迈出步伐。2000 年 4 月，《家庭博览》问世，但以失败告终，因为它与《家庭》的受众几乎相同，没有能够发挥杂志的分众传播和差异化优势。2001 年 7 月，刊社发现 30 岁以上白领女性时尚杂志的市场空白，以"30 岁知识女子的时尚文化月刊"为特色，创办《风韵》杂志。同年，在《家庭》的"家庭教育"栏目基础上延伸出家教类杂志《孩子》。杂志社总结了办刊失败的经验教训，根据市场反应适时调整政策，在《家庭》的品牌基础上合理延伸出其他相关品类的杂志，延续了品牌的生命力。

第五节　传统女性期刊的问题分析和建议

20 世纪八九十年代，以"家庭"为主题的女性期刊在当时的历史条件下，满足了受众在情感家庭方面的信息需要。2005 年，《婚姻与家庭》举办创刊 20 周年庆典活动，北京朝阳区机场街道的一位潘姓读者表达了阅读《家庭与婚姻》的收获，"我在结婚前，就十分喜欢这本杂志，其中的《点击名人》《生活悟语》等栏目就像磁石一样深深地吸引着我，使我从中体会到做人，尤其是做丈夫和父亲的责任和艰辛。结婚后，《家庭风暴》《家庭医生》《老公老婆》等栏目又成了我关注的对象，这些内容给我婚后的生活给予了极大的帮助。女儿出生后，育儿教子的任务又摆在了我的面前，这时，《家教智慧》栏目又给了我许多启迪……《婚姻与家庭》成为我家搜集信息知识的重要来源，家中的每个成员都能从中找到解决问题的秘诀。"①在社会主义市场经济条件下，有品牌效应的传统女性期刊面临前所未有的发展机遇，但同时也受到较多批评。

一、问题：内容的虚假、低俗和煽情

传统女性期刊最主要的问题就是内容介于真实和虚构之间，写作介于文学创作和新闻报道之间，常有内容造假和侵权问题出现。

内容的虚假低俗和煽情，以《知音》杂志所受的批判最为尖锐。它常用新闻纪实和文学虚构的手法，内容多有杜撰的成分。仅在 2009—2011 年，《知音》就发生数起因内容虚假而被

---

① 刘萍：《20 岁，我们正年轻——〈婚姻与家庭〉杂志创刊 20 周年庆典侧记》，载《婚姻与家庭（社会纪实）》，2006(1)。

迫向读者道歉的事例，①《女友》杂志则出现图文不一致、引发诉讼的情况。② 学术界还批判情感婚姻家庭类杂志内容的低俗

① 2009年5月，《知音》（上半月刊）发表《舞者刘岩：爱情为你抚平"飞天之伤"》，披露郎昆与刘岩已步入婚姻殿堂的信息，而实际上两人从未结婚。《知音》事后承认杂志所登消息不实，并在同年6月上半月刊发表文章向郎昆致歉。同年7月21日，中国作协替毕淑敏、史铁生、周国平三作家向《知音》杂志社发出维权通告，原因是杂志发表不实报道及其他方面的瑕疵。7月27日，《知音》杂志在《文艺报》刊登《致歉启事》，向三位作家公开道歉。作家毕淑敏表示，自己已经看到《知音》的道歉声明，能道歉并承诺以后严格把关，不犯同类错误是一个进步。"但是，对我的道歉只是避重就轻，这篇文章不是'不恰当地署名毕淑敏'，而是一篇不折不扣的伪作，里面至少有十几处是我400多万字作品里从来没有的，而且对我和我的家人造成了很坏的社会影响。所以，我还是要起诉《知音》。"张弘：《〈知音〉公开向三作家道歉，毕淑敏表示仍将起诉》，载《新京报》，2009-07-30。

2011年1月，《知音》刊登《京城硕博夫妻双双陨灭：围城疯狂知多少》，文中夫妻的名字和案情都与2010年11月21日晚发生于北京的一件家庭凶杀案情况吻合。文章称，丈夫段某有严重的恋母情结，家庭内存在婆媳矛盾。综合警方判定和目击者描述，长期的积怨使段某万念俱灰，和妻子王某同归于尽求得解脱。文章刊出后，王某的妹妹认为，王某是家庭暴力的受害者，《知音》的报道存在捏造事实。文章在网上传播后，引发网友对王某的指责或辱骂，给王某家属在精神上造成严重打击。王某父母以侵犯王某名誉权为由，起诉《知音》。陈博：《〈知音〉曝"男子为母杀妻"遭女方起诉》，载《新京报》，2011-03-01。

② 《女友》1993年第2期刊登的三位女性的合影引发名誉权和肖像权诉讼。照片中的王某认为，该刊未经她同意便配文刊登她的照片，文章以第一人称描写手法对其形象和心理活动做了不恰当的刻画，从而给她造成精神损害。要求停止损害，公开道歉，赔偿损失一万元。照片中的柴某、李某也随后在同一法院起诉，理由是未经本人同意便将照片配文刊登，其行为侵害了她们的肖像权。为此，她们要求停止侵害，公开道歉，赔偿损失一万元。最后，法院判决侵权成立。参见漳笑：《"三个女人"告〈女友〉》，载《报刊之友》，1995（Z1）。

煽情成分，以《知音》最为典型。《知音》善于利用夸张的标题，以抒情和纪实的手法讲述兼具新闻性和故事型的话题，"其结果导致读者将虚构故事当成真实故事，将真实的故事当成虚构的。这样就可以顺理成章地将各种欲望故事、人间悲剧、成功和失败的经验，转化为可消费的文化商品"。这种文化商品将道德训诫和谴责等"意义生产"与"商品生产"结合在一起，有效控制了以中小城镇中年妇女为主的读者群，"这种带有农业文明趣味的叙事，塑造了大批消费者。生活平淡无奇、毫无起落的中小城镇的女性，靠阅读别人的悲欢离合的故事度日"①。这种以情感内容和煽情标题为特点的叙事被称为"知音体"。作为一种带有文化性质的商品，这类杂志从发行量上看无疑是成功的，但其低俗成分明显，引发一些网友以"知音体"来解构文学名著。《知音》内容的煽情和控诉，② 让读者有理由质疑其内容是否能够成为读者的知音。因此，以《知音》为代表的传统女性期刊在一定程度上存在着文化上的低俗性。

二、提升文化层次，引导和启发读者

期刊是一种特殊的文化商品，市场是其获得回报的基础，对其生产具有决定性作用。文化商品必须考虑社会需求和市场取向，因此，其会在一定程度上表现出通俗和商业性。当市场化媒介以自身生存为要务时，它会首先考虑市场，迎合受众的

---

① 张柠：《知音体与低端文化商品的生产和消费》，载《新京报》，2007-09-13。

② 例如，《知音》2007 年 9 月（上半月版）封面上有 6 个醒目的标题，其中 4 个是：《姐姐悲愤跳楼背后：房产大亨"通吃"孪生姐妹》《驴友混居奸杀案，暧昧背后多少危险涌动》《眼泪与斧头问你：恩人大哥为何要占小弟妻》《中学生"卖淫"大案：谁将 51 名少女推向深渊》。

需要，这难免出现文化层次不高的情况。但当读者和学界对此多有批评时，就说明传统女性期刊以商品生产附加低端文化生产的做法到了应改变和提升的地步，这就涉及女性期刊如何对待受众的阅读趣味：是迎合还是引导？

"使用与满足理论"认为，受众总是基于特定的需求动机来接触媒介，并从中得到满足。受众使用媒介有五大需求：认知需求——获得信息、知识和理解，情感需求——情绪的、愉悦的或美感体验，个人整合需求——加强信心，稳固身份地位，社会整合需求——加强与家人、朋友等的接触，舒解压力需要——逃避或转移注意力。E·罗森格伦依据马斯洛需求层次论，认为与低层次需求（心理与安全需求）相比，高层次需求（交往、爱、被承认及自我实现）与"使用与满足"模式关系最大。满足读者需要是女性期刊吸引读者的基础，但如果一个刊物不能提升受众的品位、见解和文化内涵，就缺乏发展潜力。好的刊物总能在满足读者需要的基础上，坚持自己的风格和品位，给读者以引导和启发，与读者形成平等亲切而又比读者"高半拍"①的关系，以达到有效地吸引读者的目的。

传统女性期刊应立足于自身传统优势，紧紧抓住社会变动对读者心理的影响，及时了解读者在新环境下的实际阅读需要和自身发展的需要，紧跟时代热点问题，报道当代女性面临的共同问题。在刊物选题上，以真实性为基础，选择符合刊物特色的报道角度；在内容制作上，以记者采访为主，尽量少用来稿。如果使用来稿，严格进行核实，保证内容的真实性。

---

① 李淑媛：《从〈家庭〉创刊二十年看期刊的品牌经营》，载《中国出版》，2003(5)。

传统女性期刊售价低廉，在低层读者市场拥有大批读者，这一点与时尚女性杂志的受众定位不同。其在向市场提供文化商品的同时，可利用自身在读者中的影响力，将积极的意义生产和商品生产结合起来，在趣味性中陶冶读者，充分发挥商品的文化属性。

首先，明确期刊的信息属性。信息是事物最新变动的反映，其传播价值的大小取决于其能够消除或减少不确定性的量的大小。但信息的本质是立足于事物的真实变动。传统女性期刊遭遇的侵权诉讼主要因内容虚假而引起，其根本原因在于办刊者对期刊内容属性是信息属性或文学属性的模糊认识，进而导致在真实性和文学性之间打擦边球。传统女性期刊需在明确信息属性的基础上，以多种方式及时发现由社会发展所促进的情感领域的最新变动，包括跟踪和挖掘新闻媒体的相关报道，也可利用新媒体发现相关线索，并以专业的方式核实相关信息。

其次，增强法律意识。随着我国法律制度的完善和公民法律意识的增强，公民起诉媒介侵权的情况越来越多，被诉的媒体有报纸电视，也有传统女性期刊，而这类诉讼中媒介的败诉率较高。传统女性期刊因内容虚假而成为被告，这对办刊人和刊物形象都是一种拖累，因此，期刊需要提高自身的法律意识，在规范的标准下制作内容。

最后，以社会性别意识深度剖析社会问题。社会性别意识传播是传统女性期刊提升文化层次的基础，是其在信息传播中应渗透的意义。大众媒介在信息传播中，通过对象征性事实的选择性再现来建构环境，因此，信息传播虽立足于社会真实变动，但会在真实的基础上嵌入意义传播。目前，传统女性期刊上的内容，关于情感、家庭和关于女人的报道占大多数，并存在着明显的性别歧视现象，强化传统女性的特质，强调家庭内女人的牺牲。这表明传统女性期刊在建构环境时具有性别意义的偏向以及社会性别意识的不足。女性期刊若只定位于给女性看的期刊，其在市场的压力下就很容易走向学界批评的低端文化产品。加强社会性别意识的培养，并把这种意识渗透在传统女性期刊选择事实、建构环境的过程中，是传统女性期刊进一步发展的基础。

第六节　时尚女性杂志研究

时尚女性杂志最早诞生于资本主义经济发达的西方国家，其倡导的时尚消费被认为是身份和地位的象征。改革开放初期，时尚女性杂志作为一种舶来品开始进入中国，其办刊方式和运作模式被国内杂志借鉴，并发展成今天较流行的以版权合作模式运作的时尚女性杂志。时尚女性杂志突出视觉因素，擅长受众细分和市场经营，这不同于以情感内容取胜的传统女性期刊；同时，时尚杂志强调消费，传播着一种不同于传统期刊的新式消费文化。

学术界对时尚女性杂志的研究呈现强批判和弱反批判的不对等的对立状态：批判的观点主要体现在对杂志传播的意识形态、男权文化、伪中产阶级身份及媒介定位的同质化倾向，反批判研究主要是肯定杂志独特的文化价值、时尚的语言和经营管理的成功等方面。① 本部分在梳理时尚杂志发展历史的基础上，立足于学术界对时尚女性杂志的研究，探寻时尚女性杂志

---

① 宋素红：《女性时尚传播的批判与反批判——时尚女性杂志研究十年》，载《中华女子学院学报》，2009(4)。

的办刊特色与发展空间。

一、西方时尚女性杂志的发展历程

1. 时尚杂志产生的社会基础

传播时尚是时尚杂志的特征。广义的时尚是指某一社会或团体在某些时期的生活习尚或习俗，其通常是为这一社会或团体所遵循、追求和崇尚的，其涵盖的领域包括社会文化生活的各个方面；狭义的时尚是人们狂热一时的爱好，一种时髦，一种独特而新潮的生活方式，甚至只是一些服饰的最新式样。①在《辞海》的解释中，时尚是"一种外表行为模式的流传现象。如在服饰、语言、文艺、宗教等方面的新奇事物往往迅速被人们采用、模仿和推广。表达人们对美的爱好和欣赏，或借此发泄个人内心被压抑的情绪。属于人类行为的文化模式的范畴。时尚可看作习俗的变动形态，习俗可看作时尚的固定形态"②。按字面意思解释，时尚就是在短时间内一些人崇尚的生活，是社会上一时的风尚，是社会生活中非常规的、行为模式的流传现象。

西方时尚杂志的产生与资本主义经济的发展和崇尚奢靡之风的形成有密切关系。封建时代的服饰和享受具有明等级、辨尊卑的政治作用，封建王室因奉行奢侈消费而成为时尚消费的领导者。中世纪后期，宫廷因汇聚大量物质财富，其饮食、服饰、建筑等消费均超越维持生存的基本条件而呈奢华之风。处于传统向近代转型时期的英国都铎王朝(1485－1603 年)，国王

---

① 康民军、刘金洁编著：《欧美时尚 100 年》，2 页，济南，山东画报出版社，2009。

② 《辞海》，2058 页，上海，上海辞书出版社，2010。

为炫耀权威、招抚地方贵族，宫廷的仪式和宴会增多，使饮食、服饰、建筑等炫耀式消费增长。① 对于王室来说，炫耀式消费不仅是维持生存的手段，更是加强王权的一种手段。随着资本主义的发展，新的社会财富急剧增长，这些财富打着中产阶级的印记，并导致新富人阶层的出现——处于王公和平民之间的新的社会财富拥有者。16—17 世纪，法国的制造商、金融业的富裕人员通过被加封爵位、购买爵位等方式成为贵族，他们是富有、志得意满、穿着奢华、拥有财产的第三等级。宫廷用以显示地位和雍容华贵的奢靡之风也渐渐蔓延到以宫廷生活为榜样的财富新贵们，他们成为宫廷时尚的追逐者。随着财富新贵对奢侈生活的追逐，他们开始向旧有的贵族家庭传播他们那种物质主义的、富豪的世界观，并将旧贵族家庭拖入奢侈的漩涡，每当资产阶级财富突然增长，在各国随时都可以发现贵族在追求奢侈上仿效新的暴发户这一有害的倾向。就这样，新旧贵族一起推动着奢侈风尚的发展。文艺复兴时期，服装上出现大量装饰；到巴洛克时期，服饰变得更加精巧；在洛可可时期，更是极尽精美；到 18 世纪，服装变得过分雅致。② 除以上领域外，奢侈还涉及餐桌、家居等领域。对佳肴的优雅享受、对食

---

① 张殿清：《英国都铎宫廷炫耀式消费的政治意蕴》，载《史学集刊》，2010(5)。

② 当时，丝毫不顾忌面子的男子至少也有 6 套夏装、6 套冬装。一套男士时装的平均价格是 1200—1500 里弗尔，相当于一个贵族年收入的八分之一，而一个法国贵族的年收入是 12000 里弗尔。[德]维尔纳·桑巴特：《奢侈与资本主义》，126 页，上海，上海人民出版社，2005。

品的精加工和口味官能化，导致烹饪技术的大幅提高；① 在家居方面，奢侈在 18 世纪空前发展，家装成了最奢侈的事。②

新的快乐富足生活使富裕阶层能享受到此前只有统治阶层才有权享受的欢乐。

除奢侈的个人模式之外，奢侈发展为集体模式，并成为下个经济时代特有的公共生活模式。城市的奢侈体现在雅致的歌剧院、大众音乐厅和舞厅、高档餐馆、小酒馆、饭店、商店。从 1200—1800 年，奢侈在西方的发展趋势呈现以下趋势：③一是家庭化，它使奢侈失去短暂易逝的特征，呈现持久性；二是客观化和有形的奢侈，奢侈体现在物品的量的积累。华丽的服饰、舒适的住宅、珍奇的珠宝更是有形的奢侈。在资本主义意义上，这种奢侈是生产性的，它使资本主义企业中的雇佣人员成为生产性的工人，因此，奢侈的客观化对资本主义的产生

---

① 在 16 世纪的英国，如果宴会上没有糖点、果冻、果子酱、糖化柠檬和糖化橘子皮、糖衣姜片以及用糖丝精心仿制的城堡、船、小人，那么它就不算完美。［德］维尔纳·桑巴特：《奢侈与资本主义》，138 页，上海，上海人民出版社，2005。

② 在当时英国富人的宅第里，楼梯上铺着最昂贵的地毯，栏杆以上用印度木料制成，水晶瓶座的壁灯照亮整个楼梯。楼梯平台装饰着半身雕像、绘画、大圆雕；房间的护墙板和天花板漆着上好的清漆，装着金色的浅浮雕和充满欢快喜庆色彩的绘画和雕塑。壁炉用意大利花岗岩建成，式样雅致，其上摆放着鲜花和塑像。房间的锁是嵌着金丝花纹的铜锁。每个房间都铺着地毯，它们每块价值 300 英镑，让人不忍踏足。亚洲出产的最昂贵的织品被用作窗帘，房间里摆放的钟表以其华丽的外表和结构巧妙复杂的机械装置让人惊叹不已。［德］维尔纳·桑巴特：《奢侈与资本主义》，145 页，上海，上海人民出版社，2005。

③ 参见［德］维尔纳·桑巴特：《奢侈与资本主义》，148—152 页，上海，上海人民出版社，2005。

具有重要意义；三是官能化和精致。奢侈从追求精神价值越来越多地转移到追求更低的、人类的动物本能上。精致并不只是使用昂贵的材料，还意味着花费大量劳动力，其结果是资本主义工业生产的扩展和海外贸易的发展。四是奢侈频率的提高。表现为某一时间内大量奢侈现象的集中，包括使用各种各样的物品，或满足许多需求和愿望，生命的长短成为衡量享受尘世欢乐的尺度。

2. 西方时尚杂志的出现

奢侈的发展所推动的消费社会是时尚女性杂志出现的基础，18 世纪后期时尚女性杂志开始出现。1784 年，世界上第一份妇女杂志《珀莫娜》在法国诞生，这是一份定价昂贵、针对少数富有女性的杂志，通过预定来发行；① 法国著名报业企业家埃米尔·德·吉拉尔丹在 1829 年创办的、专门给女性看的《时尚》杂志，被看作是女性报刊飞跃发展的开端，它"以优雅品味的评判者自居，并由驿车一直送往最遥远的地方，给德·雷纳尔夫人们讲述在首都发生的事、人们的穿戴或是低声谈论的话题"②。时尚女性杂志涉及时尚、服装、异性交际、旅行、文学、情报等，常以女性喜爱的憧憬对象为内容。

随后，现代时尚女性杂志在美国和欧洲蔓延。这些时尚杂志不同于以前针对少数人定制发行的杂志，而是面向社会传播，印刷精美，能够连续传播时尚信息。1867 年在美国问世的时尚杂志 *harper's BAZAAR* 开创了现代时尚杂志的先河，

---

① 刘芳：《时尚杂志与中产阶级女性身份——以〈世界时装之苑——ELLE〉为个案》，博士学位论文，上海大学，2006。

② ［法］让-诺埃尔·让纳内：《西方媒介史》，84 页，桂林，广西师范大学出版社，2005。

它以知识女性为读者对象，标榜自己是一本"具有思辨、反省能力的刊物，在传播时尚美学的同时，旨在提高衣着文化的深度和高度"①。1886 年美国又诞生了 *COSMOPOLITAN* 杂志，取法语"时尚"之意。1921 年，欧洲第一本全球范围流行的时尚杂志 *L'OFFICIEL* 诞生。

二、中国时尚女性杂志的发展历程

在以意识形态为中心的高度政治化年代，以彰显个性为特征的时尚女性杂志没有立足的社会基础。改革开放和中外文化交流打破了封闭的文化环境，一些带有业务指导性质的专业时装杂志开始在北京、上海等大城市出现。1980 年，《时装》杂志在北京创刊，接着，《现代服装》《流行色》《上海服饰》分别在 1981、1982、1985 年创刊。其中，《时装》和《上海服饰》的内容定位较为通俗，受较多读者的欢迎，《现代服装》带有专业色彩，《流行色》主要面对色彩研究者、设计人员及科技工作者。但总体上看，这些杂志还停留在时尚传播的初级阶段，有些杂志存在专业化倾向，也没有进入市场化阶段，对普通读者的服务意识还不强。② 但是，饱受时尚饥渴的读者对这些杂志极为热衷，据统计，在 20 世纪 80 年代，《时装》的最高销售额曾达每月 80 万册。这为市场化时尚杂志的传播起到了投石问路的作用。

---

① 转引自赵云泽：《中国时尚杂志的历史衍变》，9 页，福州，福建人民出版社，2010。

② 赵云泽：《中国时尚杂志的历史衍变》，124 页，福州，福建人民出版社，2010。

1988 年时尚女性杂志《ELLE 世界时装之苑》[①]半年刊登陆中国，拉开了时尚女性杂志在中国发展的序幕，并开启版权合作的办刊模式，"在与中国合作办刊时，外方对合作期刊一般都要求有明确的内容定位和确定的读者对象。因此，合作期刊多舍弃大而全、小而全的杂志模式"[②]。《ELLE 世界时装之苑》最初是半年刊，1994 年改为双月刊，1997 年改为月刊。刊期不断缩短，发行量却不断上升，从 80 年代末的每期 3～4 万册上升到近 30 万册。[③] 在这种新颖的版权合作模式下，中国出现了一批版权合作的时尚女性杂志。目前，中国时尚女性杂志市场有四大刊物[④]，加上其余风格雷同的刊物，大约有 50 余种女性时尚杂志。

三、女性时尚杂志的办刊模式及经验

1. 版权合作模式下的时尚女性杂志

时尚女性杂志主要传播女性时尚资讯，侧重服装、美容、情感、健康、美食、旅游等内容，印刷精美，定价 20 元左右，以具有一定教育水平和经济实力的女性为目标读者。时尚女性杂志以版权合作的方式进入中国，其外观和内容均不同于当时的专业时装杂志，外观华丽，以 16 开铜板全彩印刷，图片精

---

① 《ELLE 世界时装之苑》1988 年由法国桦榭·菲力柏契集团与上海译文出版社合作出版。

② 李频主编：《中国期刊产业发展报告 No.1：市场分析与方法求索》，67 页，北京，社会科学文献出版社，2005。

③ 数据转引自赵云泽：《中国时尚杂志的历史衍变》，145 页，福州，福建人民出版社，2010。

④ 这四大刊物分别是：《ELLE 世界时装之苑》(1988 年创办)，《时尚》(1993 年创办)，《瑞丽》(1995 年创办)，《VOGUE》(2005 年创办)。

美，讲究视觉冲击力；内容以时装潮流、美容产品及美容趋势为主，向女性提供流行时尚资讯。

《ELLE 世界时装之苑》是世界著名时尚杂志 ELLE 的中文版，由上海译文出版社和法国桦榭·菲利柏契出版社合办，也是第一份版权合作的时尚期刊。在合作初期，桦榭负责杂志的海外广告销售和海外内容提供，中方负责内容过滤、编辑、发行及广告内容审查等。随着外方注册了自己的广告和发行公司，合作方式也发生变化，在形式上由中方负责编辑，所有编辑人员都由桦榭招聘和支付报酬，中方只负责对内容和广告的终审。

2. 本土化基础上的国际化、集团化：从《时尚》女性杂志到时尚传媒集团

在版权合作的女性时尚杂志投石问路并取得成功的情况下，中国本土的女性时尚杂志也开始酝酿。1993 年 8 月 8 日，《时尚》杂志在北京一个小四合院里创刊，以 20 万元经费支撑的杂志在外观华丽程度上不如 ELLE 等国际大刊，但其以半彩印刷、10 元定价的特点与当时中国传统女性杂志构成明显区别，成为当时中国传媒界屈指可数的、能够让国外高档耐用消费品品牌在中国落地的平面媒体。

《时尚》杂志诞生于一个市场空间相对较大的有利时期，杂志充满变革和创新的动力为其发展提供了良机。作为本土生长的时尚女性杂志，《时尚》在发展中逐渐开始与境外时尚女性杂志进行版权合作①，办刊理念和运作方式向国际水平靠拢。同

---

① 1997 年 9 月，杂志社成立之时，开始寻求国际版权合作；1998 年 4 月，《时尚·伊人》与美国著名女性杂志 COSMOPOLITAN（1886 年创刊，隶属于美国纽约赫斯特国际集团）开始版权合作。

时,《时尚》杂志实现了同根繁殖的裂变式发展,以《时尚》为依托,在时尚、健康、家居、旅游、饮食、汽车等领域不断扩展,走上集团化道路。"在《时尚》内部流传着这样一个故事——从前有一个女人(《时尚·COSMOPOLITAN》,前身为《时尚·伊人》),跟一个男人(《时尚·ESQUIRE》,前身为《时尚·先生》)结婚成家(《时尚家居》)。夫妻俩崇尚健康的生活(《时尚健康》),经常出去旅游(《时尚·中国旅游》),对流行时装也非常关注(《时尚·中国时装》)……"①这个故事阐释了《时尚》杂志围绕生活时尚所进行的多面发展。目前,由时尚集团主办、合办和代理的刊物共18本(见表3-2),涵盖不同的读者群。同时,《时尚》旗下还有网络、广告公司、印刷、发行等完整的传媒产业链,成为一个有规模的出版集团和时尚产业的全方位服务商。

表 3-2 《时尚》集团的发展之路②

创刊时间	刊名	定位	备注
1993	《时尚·伊人》	在个性、两性和职业方面,满足年轻女性渴望了解的时尚话题	1998 年与 COSMOPOLITAN 版权合作
1999	《时尚·先生》	男士的消费指导	与 ESQUIRE 版权合作
1999	《时尚·家居》	关注现代家居潮流,定位为热爱生活、热爱家庭的人	由《中外饭店》改名而来

---

① 姚玉莹:《〈时尚〉背后的时尚》,载《财经时报》,2006-10-23。
② 数据来源于时尚官方网站,http://www.trends.com.cn/。

续表

创刊时间	刊名	定位	备注
1999	《时尚芭莎》	反映服装潮流的高级时装杂志	与著名时装杂志 *Harper's BAZAAR* 版权合作
2000	《时尚·旅游》	从商务旅游、特色旅游、深度旅游角度，贴近都市白领阶层	2002 年，与美国国家地理学会签署 *TRAVELER* 版权合作协议
2000	《时尚·健康》	面向现代女性，提供生理健康、心理健康和社会适应能力方面的资讯	由《中国旅游导报》改名而来；2002 年改为半月刊
2001	《时尚·好管家》	关注时尚家庭生活	与美国 *Good Housekeeping* 合作
2002	《时尚·时间》	季刊，以顶级名表、珠宝为代表的高档奢侈品宣传平台；2003 年 9 月改为双月刊	与中国台湾地区 *TIME SQUARE* 版权合作，2003 年 9 月解约，独立出版
2003	《时尚健康·男士》	国内第一本男性减压杂志	
2003	《座驾》	汽车类杂志	合办《大众机械师》，并与英国汽车杂志 *Car* 版权合作
2003	《时尚芭莎·男士》	以塑造中国男士品位为宗旨	

续表

创刊时间	刊名	定位	备注
2003	《华夏地理》	人文地理杂志	原名《华夏人文地理》，2001 年创刊，2006 年改名。与美国《国家地理》版权合作
2004	《男人装》	男性综合类时尚杂志	填补了男性期刊市场的空缺和男性心理需要的空缺
2006	《美食与美酒》	饮食消费类杂志	
2007	《时尚新娘》	婚恋类杂志，提供女性想知道的新婚时尚话题	
2007	《罗博报告》	为富裕阶层提供高端生活理念	读者定位为个人资产达五千万以上的富裕阶层
2011	《芭莎艺术》	中国第一本国际化艺术杂志	目标读者为中国现有 100 万顶级收藏家
2012	《芭莎电影》	中国第一本国际化时尚电影杂志	传播电影文化，推动电影产业，创造明星时尚

3. 时尚类女性杂志的办刊经验：以《时尚》为例

从发行量上看，时尚女性杂志是小媒介，总发行量大多在 50 万份上下，占市场发行额不到 1%，但所占的广告份额不少。据统计，其在 2002 年的广告刊登额就占全部广告刊

登额的 23.6％。① 时尚女性杂志在短时间内取得较大的市场
空间，原因是其对社会需求的把握、成熟的市场运作方式以及
对文化商品的认识。《时尚》从一本杂志发展为时尚传媒集团，
离不开办刊人的勤奋和胆识，② 更重要的是办刊人对中国社会
变化的把握、对杂志的准确定位、杂志经营管理的商业化
模式。

第一，改革开放后人们生活水平的提高导致物质消费需要
层次提高，但国际品牌进入中国的途径非常狭窄，高档消费品
广告往往在杂志上投放，而我国 20 世纪 90 年代初的杂志印刷
不够精美，定价 5 元左右，读者是消费能力不强的底层受众，
期刊界缺乏可投放高档消费品广告的载体。

第二，中国社会转型过程中"新富"和"白领"的出现，是杂
志潜在的受众基础。"新富"是富有的消费者，其消费看重品牌
和时尚。"白领"③虽是收入有限的上班族，但人数多，是最具

---

① 转引自诸葛漪：《析女性时尚期刊的"两次售卖"》，载《新闻实践》，
2004(2)。

② 20 世纪 90 年代初，中国的杂志多采用彩色封面包装新闻纸内瓤
的形式，有的期刊在内页增加几个彩页，售价一般在 1－2 元，不超过 5
元。而 1993 年创刊的《时尚》定价 10 元，远远高出当时期刊界的定价水
平。

③ "白领"一词来自西方社会，其诞生在产业工人分化和经济增长
方式转变的背景下，指从事技术和管理等脑力劳动的群体。除身份特征
之外，白领还有收入尺度。1994 年，美国《生活》杂志将年薪 8 万美元以
上并从事脑力劳动的人归为白领。随着经济社会的发展，"白领"由一个
群体发展为一个具有相同特点的社会阶层。在中国，"白领"是改革开放
之后出现的社会阶层。随着多种经济成分的发展，在国有企业、集体企
业、外资企业、股份制企业、联营企业、私营企业中从事脑力劳动的人
称为"白领"。

消费能力的群体。这个阶层有独特的消费需求和文化需求，追求消费品位和生活品位，这些消费特征所对应的信息是时尚女性杂志的主要内容。

时尚女性杂志充分关注和满足"新富"和"白领"的消费需求，这与以情感内容取胜的传统女性期刊形成了差异化竞争。《时尚》第一期刊登了吉尼亚西服广告，广告词为"穿吉尼亚西装的男人，总统见了都会和他握手"，这样的广告词在当时对"新富"者特别有吸引力。

第三，杂志在摸索中形成了成熟的媒体商业运作模式，"在定位、理念和制作水准上都迎合了社会发展的变化和需求，并用一种工业化标准化生产的方法来改造其他媒体"①。市场化运作是时尚女性杂志与传统女性期刊的重要区别。《时尚》成立初期就申请为企业法人，国家旅游局给予的"独立核算，自负盈亏，自我积累，自我发展"的16字方针使创始人能全权处理人、财、物。时尚女性杂志最早引入出版人制度，出版人对期刊出版全过程进行策划和实施，为杂志收益负全责，对编辑部、广告部、发行部、设计制作部、印刷出版等所有部门的工作负责。出版人根据商业计划，让主编、广告总监、发行经理做出每年的部门预算，然后通过完全授权让他们拥有人、财、物的自主经营权。时尚集团旗下的杂志均为独立法人，独立核算，自主经营，奖金与各刊效益直接挂钩，直接接受市场的考验。②《时尚》对编辑、广告、市场和

---

① 岚子：《〈时尚〉模式——10年打造一个期刊品牌》，载《传媒》，2003(Z1)。

② 陈定、林颖、李双龙：《时尚杂志的背后——2003年上海时尚类杂志机制及从业人员调查报告》，载《新闻记者》，2004(1)。

发行并重，并不失时机地进行品牌扩张。杂志还借鉴国外时尚杂志的制作手法，包括拍摄角度、图片色彩、每隔多少页出现一个专辑等各个环节都有固定规范。除了自创的刊物按照这种模式和标准运作，《时尚》还以此标准和模式与其他刊物如《华夏地理》合作，使其成为集团的一部分，并在同领域的期刊中表现突出。

第四，向国际化看齐的同时保持杂志的独立性，使办刊水平走上新台阶。1998年，通过 IDG① 的介绍，《时尚》购买了赫斯特出版集团旗下的 *COSMOPOLITAN* 与 *ESQUIRE* 的版权，这让其站在世界一流杂志的基础上分享全球 38 个国家的编辑、记者的成果。作为文化产品，《时尚》考虑到消费者的文化适应，选择符合中国消费者的消费习惯并可在中国买到的商品，关注中国读者关注的社会话题，符合中国读者的生活方式。

四、时尚女性杂志的文化特征

时尚女性杂志以中国社会转型期和经济发展过程中产生的富裕阶层和白领女性阶层为目标读者，其针对目标读者进行的时尚信息传播以及对女性消费的引导等传播特征引起学术界的重视。但学术界的研究呈不平衡状态，主要表现为大量的文化批判研究，包括对杂志传播的消费主义和男权文化的批判研究；少量的肯定性研究成果，包括肯定其办刊形式和市场化运作机制。

---

① IDG，International Data Group，国际数据集团，全世界最大的信息技术出版、研究、发展与风险投资公司，创建于 1964 年，总部位于美国波士顿。

1. 学术界批判时尚女性杂志的消费主义和男权文化传播

批判者从商业化运作、消费文化传播、女性身份、两性平等、媒介文化等方面对时尚女性杂志提出了批评。

张水菊①、刘芳②、戴韵③认为，时尚女性杂志以消费主义为目的与男权文化合谋，掩盖两性不平等，让女性在男权文化的注释下继续强化传统性别身份。

研究者批判了杂志媒介文化的低俗化，如张国辉④认为时尚女性杂志在外来出身和市场化运作的双重影响下呈现奢靡化、贵族化、两性审美情色化、文化休闲低俗化等不良倾向，原因是旧有男权思想变相让女性群体沉迷于肤浅声色。姬建敏⑤认为，编辑责任意识淡薄导致女性时尚杂志以张扬时代女性独立精神为名，行削弱时代女性自由精神之实，实际上只是女性消费手册。

在社会影响方面，周均东⑥认为时尚女性杂志的消费主义

---

① 张水菊：《女性时尚杂志的传播内容与消费主义倾向》，载《今传媒》，2006(11)。

② 刘芳：《时尚杂志与中产阶级女性身份——以〈世界时装之苑—ELLE〉为个案》，博士学位论文，上海大学，2006。

③ 戴韵：《女性时尚杂志封面女郎形象解读》，硕士学位论文，苏州大学，2007。

④ 张国辉：《解读女性时尚杂志的不良倾向》，载《山东理工大学学报(社会科学版)》，2008(2)。

⑤ 姬建敏：《从女性时尚杂志的弊端看编辑的守"土"之责》，载《中国出版》，2008(8)。

⑥ 周均东：《时尚杂志的叙述品格与消费文化的虚拟走向》，载《曲靖师范学院学报》，2001(4)。

传播挑起了普通民众虚拟、浮躁的价值取向；徐连明[①]认为杂志的消费和休闲符号不是人对物质和时间的自由支配，而是通过消费对白领的现代救赎，帮助白领达到对工作中苦难的象征性摆脱。熊建华[②]认为杂志呈现完美的经济与精神的状态易使女性产生自我认知偏差，对自身能力产生怀疑，从而不能充分肯定自己，这与杂志倡导的追求身心愉悦的宗旨越来越远。

在女性形象塑造方面，刘胜枝[③]认为，杂志传播的消费主义理念使女性成为美丽快乐的消费女郎。

在大量的批评声音之外，也有一些肯定性的声音。袁艳[④]认为学术界对时尚女性杂志的批评存在绝对化和极端化倾向，没有意识到时尚女性杂志的文化价值；尚智慧[⑤]认为，时尚女性杂志既是中国社会结构变革时期的产物，也对新兴中间阶层在中国的形成起到了引导、推动作用；王汶竹[⑥]等认为时尚女性杂志的经营管理也值得肯定。

2. 消费主义传播的历史和现实分析

对时尚女性杂志的消费主义和男权文化传播，既要认识到其负面影响，也要看到这是其发展中面临的问题，这种问题应

---

① 徐连明：《我国时尚杂志流行文化的基本特征》，载《当代传播》，2008(6)。

② 熊建华等：《从〈悦己〉看现代女性时尚杂志的二重性功能》，载《今传媒》，2009(2)。

③ 刘胜枝等：《时尚杂志女性形象的三大模式》，载《河北学刊》，2006(2)。

④ 袁艳：《对时尚杂志批判的批判》，载《编辑之友》，2004(6)。

⑤ 尚智慧：《对〈时尚〉杂志的批评语篇分析》，载《齐齐哈尔大学学报(哲学社会科学版)》，2006(4)。

⑥ 王汶竹：《从〈瑞丽〉看女性时尚杂志的成功经营》，载《东南传播》，2007(12)。

随着媒介市场的良性竞争和办刊理念的提升而得以改进。

消费主义是指一种毫无顾忌、毫无节制地消耗物质财富和自然资源，并把消费看作是人生最高目的的消费观和价值观。它产生于第二次世界大战后的欧美发达国家，是社会经济因素和政策因素的结果——发达资本主义国家物质财富的大量增加和政府鼓励消费的政策。消费主义具有满足欲望和典型符号化的特征并逐渐向社会各领域渗透，成为一种普遍的伦理、风尚，进而成为主宰消费行为和生活方式的一种意识形态。时尚女性杂志就是传播消费主义、引领时尚消费的重要载体。

改革开放前的中国没有消费主义意识形态的社会基础，随着改革开放和文化交流的频繁，消费主义伴随跨国公司的商品、广告、代理人和机构陆续进入，与中国进行版权合作的国际时尚女性杂志就成为消费主义的传播载体。中国长期受勤俭节约观念影响，强调生产而忽视消费，消费只是维持生存的一个手段。改革开放后，经济发展导致物质产品的丰富，这需要调动民众的消费欲望，而媒介市场化需要通过市场配置资源，渠道之一就是推广工商业产品来获得回报，在此背景下媒介与产业的需求是一致的。消费主义出现的背景还与改革开放之后社会分层结构的变化和新社会阶层的出现有关。改革开放之前的社会分层是非财产型的，区分社会阶层的标准不是财产的多少，而是一种特殊的身份指标，包括政治身份、户口身份及工人和干部的差异。改革开放之后原有的身份体系逐渐瓦解，新的身份指标取代传统的身份指标，经济指标在社会分层、社会屏蔽和筛选中的功能越来越突出。① 除在"允许一部分人先富起来"的政策支持下出现"新富"之外，还有一部分通过获得文凭、学历、技术证书成为"白领"，他们有着独特的消费品味，重视消费与地位及个人价值的关系。"白领"消费呈现符号性消费、炫耀性消费和品位性消费特征，② 消费目的不只是满足自然的生理需要，还有寻找精神满足和表现自我价值。时尚女性杂志的消费主义传播有其固有原因，而其在中国的传播是因为国内开始出现此种观念传播的土壤。因此，应清醒地认识到时尚女性杂志消费主义传播的历史和现实原因。

从消费与生产的关系来看，消费主义并非毫无价值。只有在满足低层次的需要之后，人才会追求更高层次的需要，因此，消费升级是人发展的需要。同时，适度消费是生产发展的内在要求，也是促进生产发展的动力，"消费需要层次的变化是经济增长方式根本转变的内在依据。粗放型经济增长以低层次消费需要的数量扩张为出发点和内原动力，集约型经济增长从较高层次和高层次消费需要的质量扩张出发并获得动力支持"③。从低层次的需要到高层次的需要，消费层次的提升是经济增长方式转变的动力。

在西方，随着资本主义经济的发展，经济学家和政府都在一定程度上改变了对奢侈消费的看法。17—18 世纪，奢侈消

---

① 李强：《改革开放 30 年来中国社会分层结构的变迁》，载《北京社会科学》，2008(5)。

② 王媛：《都市白领阶层消费特征之我见》，载《学习月刊》，2010(6)。

③ 胡斌：《消费需要层次变化与经济增长方式根本转变的理论分析》，载《湖南师范大学社会科学学报》，1999(5)。

费引起了实用经济学家和理论经济学家的关注，但有一点是公认的，那就是奢侈能够促进资本主义经济的发展，但奢侈品的过度消费会损害资本积累。为使奢侈消费促进发展，政府对奢侈采取宽容态度。在 17 世纪资本主义经济迅速发展的国家，都废除了禁止使用奢侈品和美食的条款。孟德斯鸠说，"富人不挥霍，穷人将饿死"，"奢侈犹如火，它或许有益，也可能有害。它毁灭富人的住宅，却维持我们的工厂。它吞没挥霍者的遗产，却使个人有口饭吃。它削减少数人的财产，却使多数人走向富裕。里昂的原料、织锦、黄金布料、花边、镜子、珠宝、马车、精致的家具、美味佳肴，如果这些都遭到禁止的话，那么，不仅数百万人将无所事事，而且同样多的人将面临饥馑"。① 奢侈因对工业的刺激作用而造福于集体，它既活跃了贸易，也促进了经济。奢侈品作为具有最高价值并以极大数量率先走向市场的商品，其生产过程要求有与之相适应的资本主义组织形式。奢侈贸易使中世纪的零售业转变为资本主义性质的企业，同行竞争使经营者必须使用更新颖、更有效的方法；作为奢侈品消费者的顾客刺激了资本主义的发展。奢侈品导致农产品的改进和精细化，使农业收入增加，土地价值随之提高；奢侈品对工业奢侈领域的影响，从原料到商品的各个环节都受到奢侈消费的推动，"早期资本主义工业中很大一部分都是拐弯抹角地通过奢侈的途径产生的。"②

　　马斯洛关于人的需求层次理论，从理论上证明了人类在满

---

　　① ［德］维尔纳·桑巴特：《奢侈与资本主义》，161—162 页，上海，上海人民出版社，2005。

　　② ［德］维尔纳·桑巴特：《奢侈与资本主义》，201 页，上海，上海人民出版社，2005。

足低层次的消费之后，会自然地追求高层次的消费。桑巴特关于奢侈消费对生产发展推动作用的表述有可能拔高，但学者对消费的看法是一致的，那就是消费并非原罪，适度的奢侈消费在一定程度上可促进生产。

学术界对时尚女性杂志消费主义传播的批判，主要是消费主义传播和男权文化的结合。消费主义和男权文化的结合，使女性消费的目的不是自身的发展，而是成为男性凝视的对象，进一步将女性他者化，强化女性的"第二性"和依附性，而不是女性的自主和独立，因此，这种传播不利于女性的自觉和解放。时尚女性杂志如何传播消费文化，是关系时尚女性杂志发展的核心和关键问题，学术界对此尚未涉及。

五、时尚女性杂志：传播立体时尚　引导理性消费

传播消费和时尚是时尚女性杂志的特色，但消费不是单纯的物质消费，而应是与女性发展相结合的消费；时尚不是单纯的器物和外观的时尚，而应是立体化、内外兼修的时尚。

1. 构建立体化的时尚内涵

时尚通过传播、普及和发展等几个阶段流行开来，而传播是通过一定的载体尤其是有组织的大众化媒介来进行的，因此，大众媒介在传播时尚信息方面具有天然优势。

时尚本是立体的，它包括器物层面、行为层面、观念层面等立体化内容。在器物层面，它表现为以衣食住行等物质媒介的流行为基础；在行为层面，它通常以群体行为的方式出现；在观念层面，它包括大众的思维方式、感受方式、社会思潮以

及其他与人类精神产品的流行有关的各种时尚现象。① 时尚的立体化曾在民国初年民众的变化中表现充分。民国初年，共和制取代了帝制，人们在思想上、政治上获得了解放，新的社会时尚在社会各层面开始形成。以"效西俗"为中心，在政治制度、服饰、社会交往、日常生活等层面都发生了巨大变化。1912 年 12 月 31 日，《时报》刊登了一篇用新名词串联成的《新国民小传》，形象地展示了时尚的不同层面："有一个新国民，戴一顶自由帽，穿一套文明装，着一双进步靴，走过了交通路，来到了模范街，踏进了公益会，说几句义务话……"文章用自由、文明、进步、模范、公益、义务等新颖词汇来描绘对民初国民的期待，从一个侧面说明了时尚及其立体化含义。

除了饮食服饰、居住出行等时尚之外，时尚还包括行为的时尚、观念的时尚。器物层面、行为层面、观念层面的时尚内容，构成立体的时尚含义，这是时尚女性杂志进行时尚消费传播应遵循的结构性内容。时尚女性杂志向女性传播的时尚理应是内外兼修的立体时尚内涵。古语云："腹有诗书气自华"，它强调了内在修养和外在气质的同等重要。如果一个女性知识贫瘠，思想守旧，观念落后，那么，无论其外表多么靓丽，都只不过是一个美丽的躯壳，根本谈不上时尚、美丽。因此，时尚女性杂志应在传播消费时尚的同时，传播多层次、立体化的时尚。

2. 设置立体化时尚议题

大众传媒是时尚传播的强大载体，它让时尚具有跨越时空

---

① 赵庆伟：《中国社会时尚流变》，2 页，武汉，湖北教育出版社，1999。

的传播能力，使时尚快速、广泛传播，最终为多数人所接受。议程设置理论认为，大众传媒往往不能决定人们对某一事件或意见的具体看法，但可通过提供信息和安排相关议题有效左右人们关注哪些事实和意见，以及他们谈论的先后顺序。大众传播可能无法影响人们怎么想，却可以影响人们去想什么。就时尚传播而言，时尚的流行和传播离不开媒体，而媒体具有设置议题的功能和优势，所以时尚女性杂志可根据时尚的立体含义来设置议题。传播者需全面把握时尚的含义，通过设置时尚议题的方法使读者关注其他层面的时尚。在传统的服饰美容之外，增加观念层面的时尚，例如，"做一个气质女性或知性女子"可以阅读怎样的书籍，增加哪方面的修养等，而不是一味地强调外表装饰。

时尚女性杂志的时尚传播应兼顾器物、行为和观念三个层面，关注国内外的最新时尚资讯并遵循时尚传播的发展阶段，在不同阶段安排不同的议题。就时尚的传播来说，器物层面的传播往往经历兴起、发展、顶峰、衰落和消失等阶段，但观念层面的时尚传播则会沉淀下来，成为大众的一种意识，大众会在这种意识的支配下产生相应的行动。因此，作为立体时尚中的时尚观念若能促进人的发展和解放，这种观念就不是迅速消失，而是在兴起、发展中延续下来，成为文化的一部分。

根据学术界对时尚杂志的批判可看出，时尚女性杂志在传播时尚消费方面存在着偏向物质层面的炫耀性消费①和偏向取

---

① 孙琳琳、王宇翰：《时尚杂志对炫耀性消费的传播》，载《今传媒》，2010(1)。

悦于人的被动消费①。炫耀性消费对服饰、首饰、化妆品的消费可带动经济发展，但立体时尚中观念层面的时尚最终也能促进精神文化层面的消费。时尚女性杂志应立足于立体时尚内涵，传播立体时尚，引导读者围绕立体时尚进行消费。

至于取悦于人的被动消费，则离不开传统的男权文化与媒介市场化运作的结合。大众文化市场需满足大众口味，而传统文化中的"男尊女卑"观念以及"女为悦己者容"等因素使男权文化在大众意识中根深蒂固。虽然国家在法律和政策层面制定了促进和保护两性平等的规定，但深置于大众心理的男权文化渗透在社会多个方面，构成媒介生存的文化土壤和空气。女性在环境的熏陶下被规训，而媒介的市场化又使它不自觉地迎合大众心理，实现传统男权文化和媒介市场化的合谋，时尚女性杂志的发展只能在此环境中先立足再谋升华。时尚女性杂志虽能够吸引大量广告②，但其精神内涵的提升取决于其对女性自觉、自信和自主的启迪和开发程度。《良友》杂志之所以能在20 世纪30 年代风靡海内外，与它传播健康时尚、追求新知和独立自强的女性形象分不开。当时尚女性杂志靠传播物质时尚消费立足之后，应建构立体时尚引导受众内外兼修，促使女性消费多元化，使消费成为自身发展和自由的基础。

传播立体化时尚，除了满足消费者在器物层面、行动层面和精神层面的消费需求之外，时尚女性杂志还可自主设置话

---

①　宋素红：《女性时尚传播的批判与反批判——时尚女性杂志研究十年》，载《中华女子学院学报》，2009(4)。

②　据《2010 年 3—4 月时尚消费品广告投放量前十的品牌》一文，2010 年 3—4 月，时尚消费品在时尚杂志上的广告投放总额为 3.36 亿元，广告投放量前三名是护肤品、服装和彩妆。

题，通过策划媒介活动来体现媒介的社会影响力，传播负责任的观念时尚。《时尚芭莎》举办的"Bazzar 明星慈善夜"是一个成功的个案。2003 年，肆虐的非典、严重的疫情成为几乎所有媒体的重点话题，这让所有的消费时尚话题都显得苍白无力，也让时尚杂志的传统选题模式遭遇困境。一名明星读者建议利用杂志的影响力，通过捐献明星私人物品的方式为医务人员筹集善款。从 2003 年第一届明星慈善夜至今已举办了十多届，该活动已发展成一个固定的慈善项目。《时尚芭莎》倡导的"尽自己所能，帮助他人"，传播了一种负责任的时尚。时尚不再只是让大众模仿明星的着装和风格，还有通过明星的行为来影响大众。

小　结

　　时尚女性杂志与传统女性期刊是中国女性杂志市场的两大类型，它们有不同的发展历史和现实状况，着眼于不同的目标读者来分割市场，满足不同层次读者的阅读需要。它们虽各有侧重，但都需要文化的提升。虽然传统女性期刊占据女性期刊的主要发行市场并向集团化发展，但其低俗化倾向被学术界批评，其生产的以叙述加抒情的方式叙事的情感故事[1]，复制并加强着传统的性别角色，缺乏性别意识的意义生产是制约其发展的关键。传统女性期刊需在明确期刊的信息属性、增强法律意识的基础上，以性别意识来深度剖析社会问题，把这种意识渗透在选择事实、建构环境的过程中。时尚女性杂志在短期内

---

[1]　张柠：《知音体与低端文化商品的生产和消费》，载《新京报》，2007-09-13。

取得了骄人的经济收入，但其对消费主义的片面传播、对男权文化的认同使其与女性的自信和发展尚有一定距离。改进对时尚的单一化认识，传播立体化的时尚、负责任的时尚，使时尚与女性发展、社会发展紧密联系，是时尚女性杂志继续发展的核心所在。

第四章 女性电视：新形势下的 探索性发展

女性电视是以女性为目标受众、以符合女性收视需要为内容的电视媒体。中国女性电视频道的出现是第四次世界妇女大会直接影响的结果，其发展则是电视市场细分化和女性观众崛起的结果。

第一节 女性电视的兴起和发展

我国的女性电视肇始于 1995 年在北京召开的第四次世界妇女大会，发展于媒介市场化背景下电视媒体的竞争突围，并呈现出几个明显的发展阶段。

一、女性电视兴起和发展的原因

除个别女性电视①之外，大多数女性电视的出现是女性受众的崛起和媒介市场细分的结果，而电视媒介出于竞争突围而选择女性受众为市场的突破口，则是女性电视出现和发展的直接因素。当都市频道、法制频道、综合频道等都不再是新颖的突破点时，如何让媒介有个令人耳目一新的名称和独特的定位，是许多电视媒介面临的问题。在此背景下，女性电视频道就成为市场选择的结果。例如，长沙电视台女性频道曾在健康频道、生活频道、城区频道之间选择，广西卫视女性特色综合频道曾考虑过岭南频道等，但最终觉得女性特色是前所未有的，因此选择了女性电视的定位。2008 年，广西卫视女性特

---

① 如央视的《半边天》栏目，是基于 1995 年世界妇女大会的召开而成立的。

色综合频道回归都市频道，从另一个角度说明女性电视的存在是电视媒介竞争突围和市场选择的结果。

女性电视是市场选择的结果，但女性电视的运营与其他类型电视的根本区别在于其除兼顾两个效益之外，还需要融入社会性别意识。

二、女性电视的三个发展阶段

1992 年 3 月，联合国决定第四次世界妇女大会（以下简称"世妇会"）于 1995 年秋在北京召开，这使中国妇女的状况备受世界关注。此前，以女性为主要受众的对象性电视栏目，一直未被电视界纳入思考范围。此后，电视传媒开始关注妇女问题，开办女性节目。从 1994 年 5 月山西电视台开办《女性世界》到今天多个电视台设置女性频道，女性电视媒介经历了怎样的发展过程？中央电视台高级编辑、《半边天》栏目创办人寿沅君认为，女性电视媒介经历了初创、低谷和商业化三个发展阶段，① 其中商业化发展阶段伴随着专业化发展。

一是初创阶段（1994—1996 年夏）。1994 年 5 月，山西电视台开办了中国最早的女性电视栏目《女性世界》。此后，有条件的电视台纷纷开始考虑开办女性节目。为配合世妇会召开，增强对女性的宣传报道，1994 年 3 月，央视三位女编导②提出创办女性电视栏目的建议。1995 年元旦《半边天》栏目正式推出。同年 7 月，北京电视台推出妇女专栏《今日女性》，每周播

① 关于女性电视媒介三个发展阶段的分期，转引自寿沅君：《曲曲折折路十年——中国电视女性栏目的历程》，http://ent.people.com.cn/GB/1083/3677933.html，2018-09-01。
② 这三位女编导分别是孙素萍、寿沅君和王娴。

出一次，主要板块有反映女性地位的纪实性宣传节目"'95纪实"、反映女性人物的"红帆船"、表现知识性和娱乐性的"女子俱乐部"、沟通两性的谈话"看她"、展现女性魅力的"华彩一分钟"，节目内容以宣传教育为主，娱乐实用为辅。

女性电视的诞生与世妇会的召开密不可分。作为一场针对女性、关注女性问题的世界级会议，各国的目光必然会关注中国的女性，而没有专门针对女性的电视是不符合形势需要的。因此，女性电视就在配合会议宣传女性的需要下产生。

二是在低谷中探索的阶段（1996年下半年—2000年年底）。由于女性电视的出现是为了配合会议宣传的需要，而非电视台根据市场和收视需要所做的决定，女性电视不可避免地陷入低谷。其根本原因是决策层没有意识到以社会性别意识为传播特色，这使女性电视栏目与原有的生活服务类节目或时尚美容类节目形成竞争。因此，当会议结束，宣传不需要、竞争无出路时，女性电视栏目自然逐渐退出，只剩下《半边天》传播性别平等意识，主张均衡多元的表达女性，并坚持对从业人员进行性别培训。不过，低谷中也孕育着一些复兴的萌芽，如四川电视台成立妇女儿童频道，这是中国电视史上第一个以妇女和儿童命名的电视频道。

三是2000年以来女性频道的商业化和专业化发展。电视台开始以专业频道理念代替栏目，市场的进一步介入促使电视台改变单纯注重思想、道德教化的功能。如何从收视份额中获得最大利益，成为电视台开设专业化频道的重要依据。继四川妇儿频道以后，又出现了长沙女性频道、苏州女性频道、黑龙江女性频道、广西卫视女性特色综合频道等。这一时期女性电视数量多，规模大，商业化和娱乐化色彩明显。值得关注的是1999年设立的长沙电视台女性频道，其自办栏目分为时尚资讯节目和情感纪实节目两大集群，包括谈话节目、女性资讯类节目、专题类节目、情感类节目和真人秀活动，以情感娱乐和真人秀节目及实用资讯吸引受众。

　　从初创到 21 世纪的商业化专业化发展，从对社会性别意识的茫然到初步认识到社会性别意识的传播价值，女性电视走过一条不平常的路，也面临着不同的问题。如果说第一阶段面临的问题是如何从宣传转向市场的问题，那么接下来的问题则是如何兼顾市场和社会性别意识的传播。由于商业利益的驱动，荧屏上出现了陈规定型的女性形象，市场压力为坚持性别平等观念的节目带来严峻的生存压力。女性电视如何在量的发展和质的提高上协调并进，是关乎其发展的重要问题。若以男权文化为视角、以商业利益为驱动力而建立的女性栏目和频道越办越多，越办越大，对女性整体的长远发展究竟是利大还是弊大？① 女性电视媒介如何在内容上叫好，在市场上叫座，是困扰女性电视媒介策划者的一个难题。

表 4-1　中国女性电视概况一览表②

成立时间	名称	备注
1994 年 5 月	山西电视台女性电视栏目《女性世界》	配合世界妇女大会的召开，后停办
1995 年元旦	中央电视台《半边天》	配合世界妇女大会的召开而创办，在 2010 年 7 月 28 日之后停播③

---

　　① 　寿沅君：《曲曲折折路十年——中国电视女性栏目的历程》，http：//ent. people. com. cn/GB/1083/3677933. html，2018-09-01。

　　② 　表内数据来源：各女性电视的官网。

　　③ 　目前，能够找到的《半边天》视频的最后一期节目是 2010 年 7 月 27 日。

续表

成立时间	名称	备注
1995年1月18日	四川电视台妇女儿童频道	
不详	苏州电视台女性频道	后停播
1995年7月17日	北京电视台妇女专栏节目《今日女性》	周播1次，时长30分钟，后停播
1999年3月28日	长沙电视台女性频道	设置了专题类节目、谈话节目、女性资讯类节目、情感类节目、真人秀活动
2001年3月5日	黑龙江电视台女性频道	设置了情感倾诉类栏目、时尚信息类栏目、生活服务类栏目、公益节目《共享阳光》、知名女性访谈节目《近距离》
2002年2月1日	乌鲁木齐电视台妇女儿童频道	以妇女儿童为目标受众
2003年	河北卫视一套新闻综合频道"今日女性"栏目（Women Today）	2006年停播。同年，《美丽有约》开播
不详	新疆电视台"关注女性"栏目（XJTV-8专题栏目之一）	隶属于新疆电视台哈语综合频道；包括议论女性教育子女的"女性话题"、女性医学保健知识的"保健"、探讨饮食特长的"美味"

续表

成立时间	名称	备注
2004 年 1 月 1 日	江苏省广播电视总台靓装频道	以传播时尚资讯为主，主要栏目有：欧美流行、时尚领袖、美丽实验室、靓妆直播间、美丽魔法师
2004 年初	广西卫视女性特色综合频道	在版面编排和频道包装上追求温情、雅致、重感情、重交流，自办栏目的设置和制作重视女性题材、女性视角、女性趣味和女性心理
2004 年	云南电视台"女人香"栏目	女性流行资讯互动节目
2005 年 1 月	湖南卫视《天下女人》	湖南卫视和阳光文化共同推出；杨澜主持；定位于轻松、活泼的风格，面向 25—40 岁的都市女性
2006 年 8 月 7 日	济南电视台都市女性频道	主要栏目：《男说女人》《泉城夜话》《小冬夜沙龙》《心有千千结》《蓉儿说天气》《佳片识女人》等。
2007 年	华娱卫视《夜来女人香》，后改为《时尚 BUY 家女》	《夜来女人香》是性情谈话节目，探索两性世界和情感话题；《时尚 BUY 家女》是时尚综艺节目
2008 年	光线传媒推出《淑女大学堂》栏目	内地第一档以青年女性时尚生活为内容的综艺节目

第二节　女性电视频道的多样化发展

从规模和层次上看，女性电视媒介可划分为女性电视频道、女性电视栏目。最典型的女性电视频道当属长沙电视台女性频道，最典型的女性电视栏目当属央视《半边天》、湖南卫视和阳光文化共同打造的《天下女人》等。通过分析长沙电视台女性频道，可探析女性电视频道如何通过版块设置来渗透社会性别意识；通过对比《天下女人》和《半边天》的谈话内容和形式，可探讨女性电视栏目如何利用电视传播的特点来传播社会性别意识。

一、专业化女性频道：长沙电视台女性频道

1. 女性频道的成立

女性频道主要有长沙电视台女性频道、靓装频道、广西卫视都市女性频道（原为女性特色综合频道）、济南电视台都市女性频道。本部分试图通过分析这些频道开播以来的变化，以发现女性电视频道发展的共性。

在长沙电视台女性频道成立之前，四川电视台的妇女儿童频道是较早的女性电视频道，但从名字上看，它还不是专业的女性频道。目前，女性频道有长沙电视台女性频道、广西卫视都市女性频道和黑龙江电视台女性频道。

成立于1999年3月的长沙电视台女性频道，是长沙广播电视实施频道专业化改革后成立的第一家专业电视频道，也是当时全国唯一一家以"女性"命名的专业频道。频道立足长沙，通过有线电视网络传送节目，同时通过卫视特约播出及节目交流发行辐射至全国及海外。

长沙城市电视频道专业竞争激烈，女性频道的设立是媒介

在市场竞争中突围的结果。在该频道设立之前，湖南电视台已有经济频道、生活频道、都市频道，而长沙电视台在酝酿女性频道之前，也考虑过社区频道、家庭频道、购物频道等，但都觉得有似曾相识之感。而四川电视台妇女儿童频道启发了策划人员创办以性别为划分标准的频道，这在当时的中国还是第一家，也是颇能振奋人心的一个创新意识。①"女性频道"一词脱口而出，让决策者兴奋不已，因为她们在创办之初就决定以全新的思维来策划运作。

女性频道在中国是首次出现，但在海外已非新鲜事物。1984—2001 年，美国已有数家以女性为主要观众的有线电视频道，如人生频道（LIFETIME，1984 年开播）、氧气频道（OXYGEN，2000 年 2 月 2 日开播）和女性娱乐频道（WOMEN'S ENTERTAINMENT，简称 WE，2001 年开播）。三家女性频道都以"关于女性、为了女性"为旗帜，以赢得更多女性的关注。②

2. 女性频道的发展与转型

从开播以来，长沙电视台女性频道经历了从鲜明的女性特色到向市场化转型的过程。女性频道在开播之初有鲜明的女性色彩，其以"用女人的眼光看世界，用世界的眼光看女人"为理念，面向 20—40 岁的女性观众，关注女性生活状况，探索女性内心世界，向社会传播女性声音。从 2004 年女性频道广告招商宣传册上的"总监致辞"中，可明显感受到频道浓烈的女性

---

① 2005 年 8 月 4 日，笔者在长沙电视台女性频道采访频道总监霍红女士。

② 刘利群：《社会性别与媒介传播》，69 页，北京，中国传媒大学出版社，2004。

色彩：

"因为有我们，中国城市的电视台开始有了性别。在我们之前，没有一家电视台这样填写自己的履历表——性别：女。

"电视成了'女'的后，才感觉主次不同了，在这里，社会的'第二性'成了'第一性'，感觉有些新、有些别扭。因而来自观众、来自市场的挑剔也更苛刻。

"于是，我们有了一个使用频率很高的字眼：重新进行我们的'性别培训'，这让我们真正懂得要'用女人的眼光看世界'——一看，就看出了斑斓：世界很大。我们又很任重道远地续上一句：'用世界的眼光看女人'。

"——专注的目光让我们温暖，广博的胸怀让我们升华。

"我们喜欢在粉红中加上蓝色，让紫色成为我们的标志颜色。粉红代表女性，蓝色代表男性，糅合在一起，两性和谐才是我们的理想。"

女性频道不仅如此宣传，在节目内容上也呈现明显的女性特色。为了与竞争对手有所区别，频道不断探索女性定位，兼顾电视节目的女性特色和大众化。无论是电视剧还是自办节目，都以女性为取舍标准，说女性事、演女性剧、唱女性歌、做女性广告，"真正为女性代言"是女性频道的生命力所在。[①]女性频道以节目"女人要看，男人爱看"为追求，实现频道促进两性和谐的目标。在该目标的指引下，女性频道播出了一系列有社会影响的节目：

一是发现精英女性的论坛节目。2001年，女性频道举办

---

① 石长顺：《从长沙女性频道的创办看电视策划》，载《新闻战线》，1999(9)。

了《21世纪我们做女人》。它是女性频道比较精英化的节目，节目以"论坛"的方式邀请中国精英女性①做演讲，为观众展示"精致女人　时尚女性"的心路历程，分享精英女性的思想和经验。节目通过展示不同领域的杰出女性，来让观众感悟女性风采，从社会和心理角度解读时代女性各种群体类型的命运特征和性别特质。从节目属性上看，《21世纪我们做女人》通过讲述成功女性的精彩生活，既拉近了观众与名人的距离，又能留给观众一定的思考空间。2001年6月，女性频道推出《城市与女人——中国女市长论坛》，节目邀请桂林、青岛、银川、长春、温州等城市的女市长进行交流。女嘉宾来自各个领域、各个地方，超越了湖南本地的地域局限，很快在全国打响女性频道的口号。

二是弘扬历史文化的节目。女性频道成立初期，曾派一个摄制组沿天山南北拍摄了很多关于湘女的纪录片，历史纪录节目《八千湘女上天山》即是其中一档节目。该片的播出引发良好的社会评价，获得了湖南省和长沙市广播电视一等奖、全省"五个一"工程奖和首届电视金鹰节优秀纪录片奖。

频道开播初期还曾推出一档脱口秀节目《三个女人一台戏》，内容涉及社会问题和热点问题，用女性之口表达出来，成为女性行使话语权的一个阵地。但该栏目两年后告别观众。

2005年，长沙电视台女性频道开始改版，在适当保留具

---

① 论坛先后邀请女性学研究者李小江、学者李银河、《半边天》主持人张越、凤凰卫视主持人陈鲁豫、中央电视台首席化妆师徐晶、作家毕淑敏、经济学家何清涟、IT女性于红岩、中国第一位色彩专业顾问于西蔓、凤凰卫视主持人吴小莉、作家张抗抗、中国第一位女指挥家郑小瑛、好莱坞第一位华人制片罗燕等。

有女性意识节目的同时，增加情感、生活、娱乐类节目内容，如《女人故事》《红尘惊奇》《活色生香每一天》。《女人故事》是一档深度关注女性命运的社会纪实性电视节目，其中既有普通女性的情感故事，也有非凡女性的故事。电视传播者将一个个与众不同的女人故事呈现在观众面前，解读不同女性的命运特征。《红尘惊奇》采用评书的方式，收集惊奇社会新闻，解读出引人入胜的味道。《活色生香每一天》是女性频道的一档女性时尚资讯类节目，"电视宝贝"利用活泼多样的表现手法将最新、最快的经典资讯呈现给观众。

改版后的女性频道突出了鲜明的经营意识，这在其节目内容和广告中非常明显。2005年7月29日至8月4日，笔者在长沙对女性电视频道播出的节目进行了为期一周的观察和分析。通过对包括电视节目和电视广告在内的播出内容的分析，可更准确、具体地了解女性频道的女性色彩，即"为女人，由女人，说女人"加上"适当地为男性"的内容特色。现代社会里，每个女性身边都有最亲近的男性存在：儿子、丈夫、父亲。女性身边最亲近的男性，对于构建一个和谐、美满的家庭是必不可少的。子女教育不当、夫妻感情裂痕、亲子关系失谐以及带有普遍性的健康问题等，都是影响女性生活和工作的不利因素。真正的"为女人，由女人，说女人"必须配合"适当地为男性"，这样才能兼顾两性和谐，达到频道设立的初衷。因此，"适当地为男性"并不能冲淡女性频道的女性色彩，相反能够增加该频道的特色（表4-2）。女性频道内容一改以往突出精英女性的特点，关注普通女性的生活、情感、娱乐，无论是故事类节目、竞赛类节目、健康类节目还是美食类节目，部分内容指向男性观众，而大部分内容都是以女性为收视对象。配合节目内容的转变，女性频道的广告内容相当密集并呈现明显的消费特征（表 4-3），广告的商品或服务，基本上是以女性为潜在消费者。

表 4-2　女性频道播出的主要节目（2005 年 7 月 29 日—8 月 4 日）

	节目名称	主要内容	女性色彩分析
再现真实故事	红尘惊奇之"少年杀母"	讲述母亲在教育孩子方面的失误导致的悲剧	对于做母亲的女性有警示性，符合女性受众的收视需要
	红尘惊奇之"克隆银行卡"	讲述罪犯通过"克隆银行卡"取走客户存款的事实	提醒大众保管好自己的钱包，对男女观众都有帮助
	女人故事之"女子监狱"	展示在女子监狱里接受改造的女性对所犯罪行的内心愧疚	满足受众好奇心，同时对受众有警示性
	生活无间道之"我给富翁当替身"	讲述一个服务生为了生存给富翁当替身的故事	展示世态百相，满足大众对特殊生存方式的了解
	纵容换来的代价	一位母亲面对养子蹂躏自己的两个女儿而忍气吞声的真实故事	告诫女性不要软弱
竞赛类内容	勇者总动员	被蒙眼的丈夫在妻子的提示下进行空中走板，夫妻身系安全带在高空表演抢旗子比赛。	考验夫妻协调能力，增进夫妻感情

续表

	节目名称	主要内容	女性色彩分析	
竞赛类内容	明星快车	"搭上明星快车，驶上星光大道"，普通人可参与的才艺表演	男女皆可参与的娱乐节目	
	"妮维娅"超级模特	来自全国各地的女孩参与模特比赛。男主持不时插科打诨，节目不时插播美容小秘诀	吸引年轻女性参与的娱乐节目	
健康节目	健康有约	女主持和医生嘉宾谈妇科疾病的发现、预防和医治。	对女性有很强实用性	附带软广告
	健康驿站	主持人和医生嘉宾谈"小痔疮　大烦恼"，嘉宾现场解答观众的热线提问	实用性强，有助于男女增强保健意识	
美食节目	"香香乳牛宴"和"不了锅麻辣烫"	主持人边吃边讲"香香乳牛宴"和"不了锅麻辣烫"，同时播出某知名连锁快餐广告	激发男女观众的消费欲	附带软广告
	射雕英雄肉	特邀嘉宾向观众表演肉的不同切法、炒法、吃法	向男女观众讲授怎么做美食	
	大厨来掌勺	主持人让酒店厨师到百姓家中表演"蒙古牛肉"的做法		

表 4-3 女性频道的广告(2005 年 7 月 29 日至 8 月 4 日)

广告的商品或服务	广告方式	商品或服务的女性特色
当地的女子医院、美容整形医院	明白告知	为女性提供医疗(主要是无痛人流、不孕不育)或美容服务
当地的性保健研究所	明白告知	医疗广告
当地的男科医院	明白告知	治疗男性疾病
保健品、食品、药品	明白告知	普通药品广告和婴儿食品广告，妈妈关心的产品
日用洗涤品、美容化妆品	明白告知	女性日常必需品广告
珠宝首饰广告	主播案头广告；明白告知	女性奢侈用品广告
频道广告	明白告知	频道节目内容推广
公益广告		教育大众不要乱丢废弃物
美食广告	美食节目＋屏幕下方字幕广告	美食对男女都有吸引力
床上用品	明白告知	广告对象为操持家务的女性

　　随着女性频道的发展，自办节目越来越多，节目内容更加多样化、专业化，同时重视节目营销。频道开播五年后，已初步形成依靠自办节目为核心的专业特色频道，包括专题类节目、谈话节目、女性资讯类节目、情感类节目及真人秀活动等。

在专业化发展方面，女性频道的主要表现是突出自制节目，逐步减少外购节目的比例，以彰显频道竞争力。笔者在2005年采访频道总监霍红女士时，她认为外购节目虽会有不错的收视率，但其他频道也可以有同样选择，因此无法形成自己的特色，但自制节目则可体现自己独家的东西。一般来说，城市电视台的自制节目包括指令性自制节目（地方党委政府的宣传需要）、自主性自制节目（满足观众需要）和联合制作的节目。① 女性频道的专题类节目、谈话类节目、女性资讯类节目、情感类节目和真人秀活动均为自制节目，频道已初步形成依靠自办节目为核心的专业特色频道。2007年，女性频道进一步将自办栏目《女人故事》《女人私语》组合为情感现场板块。从内容上看，专业电视频道有一系列能够反映频道风格的自办节目，女性频道进一步将这些节目组合为板块，可增加频道的识别度。

随着频道专业化发展，女性频道的营销观念逐渐鲜明，加强广告营销和节目营销，并不断开拓频道节目的落地城市。与《半边天》相比，女性频道的广告数量多，播出率高。女性频道在节目播出过程中不断插播与女性生活密切相关的广告，包括美容、化妆、洗涤、美食及针对女性的医疗服务等，表现出浓厚的商业化味道，以及在开发女性消费市场方面的努力。从播出时间看，广告贯穿于每一档节目中，在女性频道官方网站的广告价目表中，亦可清楚地看到这一点。

女性频道在节目营销中尽量保留部分有品位的节目，以体现自己的特色，其中比较典型的是相对高端的节目《21世纪我

---

① 张明志：《中等城市电视台自制节目的一些特点》，载《中国广播电视学刊》，1991(6)。

们做女人》。2004 年播出的《21 世纪我们做女人》节目先后访谈了在诸多领域有影响的女性。女性频道总监霍红说"已有品质的节目不会丢"。经历几年的发展，节目在展现精英女性生活、增强女性说话力度、提升节目品位、拓展节目内容等方面均有突出表现。这档相对高端的节目使女性频道脱离了吃、穿、用、玩等内容，保持较高的格调和品位。在强调经营、保证频道生存的前提下，"一旦有吸引女性频道的品位题材，一定会去做的"。在此理念支撑下，女性频道推出一些有影响的报道。除了"寻找抗日女英雄""八千湘女上天山"之外，还播出了在中国传媒大学举办的"全球女校长论坛"。频道总监说，在市场化的背景下，为了生存，不能只办"叫好不叫座"的节目，只有生存无忧，方可持续发展。因此，频道的策略是照顾到有品位的好题材，同时紧紧抓住市场。

积极向外扩张是女性频道重视节目运营的另一表现。频道的专业化特征和女性题材特有的弱地域性，决定其具有向外扩张发行的潜质。女性频道以新的运营模式向外发展：第一步是走出长沙，进入外地电视网，先后进入武汉和湖南省内其他城市，① 这种跨地域合作模式有助于女性频道在武汉市场打开局面。第二步是从地方走向北京。2005 年 5 月，在女性频道的积极运作下，长沙广播电视集团与北京歌华有线电视网络股份

---

① 2005 年 1 月 28 日，女性频道进入武汉有线电视网。同年 4 月 6 日，频道将节目信号成功传输至湘西自治州吉首市。在武汉，女性频道采用股份合作制进行经营。2004 年 11 月，长沙电视台与华中科技大学武昌分校合作成立"武汉女性电视传媒有限公司"，电视台以《女性频道》的无形资产和电视节目入股，占股份的 51%，武昌分校投资 500 万元入股，占股份的 49%。

有限公司签订北京数字电视收转协议。自 2005 年 8 月 1 日始，女性频道的节目通过北京有线数字电视网络进入北京用户家庭。外地电视媒体首次以非上星的方式覆盖北京，开创了省会级电视运用市场手段覆盖首都北京的先河。跻身于竞争激烈的北京电视收视市场，女性频道勇敢地迈出了跨越性一步，为更加广阔的发展奠定了基础。①

女性频道重视节目营销，立足于专业化生产自制节目，开设节目交易网，并积极参与节目推广活动。为经营节目，女性频道成立专门的公司作为电视节目市场的经营平台。2003 年 11 月，女性频道电视传媒有限公司成立并在北京设立生产基地，力争打造中国女性电视节目生产经营平台。一些节目在北京制作完成后，在女性频道播出的同时向全国发售。2004 年，女性频道参加中国国际广播影视博览会，这是唯一一家以专业女性电视节目制作公司身份参会的城市电视频道。此外，比较常态的推广渠道是女性频道的节目交易网，网络编辑在介绍节目的同时，还提供节目的投资价值和编排建议，并推荐适合推广的品牌。频道有意识地将节目内容与相关产业相结合，以利于节目营销。

二、专业的时尚女性电视频道：《靓妆频道》

"靓是闪耀美丽的表达，妆是浓妆淡抹的相宜"，"与国际流行同步，用时尚装点生活"，"我为中国而时尚，中国因我更美丽"……这些关于时尚的豪言壮语，是靓妆频道追逐时尚的志向表达。

靓妆频道（Channel Dressy）是一家定位于女性白领阶层的专业化数字付费电视频道。频道于 2003 年 11 月 1 日试播，两

---

① 2008 年，女性频道开始跨出国界，走向美国。

个月后正式播出。它以"美容、美体、服饰、礼仪"等内容为特色，走时尚电视媒体路线，向中青年"白领"提供新锐时尚、权威实用的流行资讯。经过几年发展，频道的时尚信息传播逐渐沉淀为三部分：国内外时尚服饰资讯、时尚美容资讯和美容化妆技巧、时尚摄影类资讯。

靓装频道将目标受众定位于高知"白领"女性，她们是改革开放以来受过高等教育、有较为稳定的职业和经济收入的女性。这类女性不是靠家族权力或裙带关系，而是以勤奋努力和良好教育所积累的文化资本在社会上立足，[①] 她们受传统观念影响较少，同时有独特前卫的消费方式与消费文化，追求生活品位和格调，倾向于时尚消费、品牌消费与享受型消费。这种消费方式和特色造就了巨大的产品消费市场，为女性电视媒介的生存提供了基础。

利用时尚信息传播的优势带动相关产品销售是靓妆频道的经营特色。依托时尚媒体的专业优势，频道举办过一系列密集的大型时尚活动来吸引大众注意力，同时还积极与国外时尚媒体合作，增加自身影响力。通过法国时尚电视台（Fashion TV）[②]

---

① 参见陆学艺主编：《当代中国社会流动》，271页，北京，社会科学文献出版社，2004。

② 法国时尚电视台（Fashion TV）1997年在巴黎成立，目前是全球三大时尚电视媒体之一，是世界上第一个也是唯一一个覆盖全球的24小时播放的时尚频道，法国时尚电视台通过卫星和上千个光纤系统覆盖全球130多个国家和地区。主要内容是时尚服饰和珠宝信息的发布。频道完全商业化运作，主要有电视栏目内容销售（包括整频道内容销售和部分频道内容销售）、广告和相关产品开发、大规模时尚活动的授权等。参见穆之：《"让中国的美丽与世界接轨"——访法国时尚电视台市场与品牌发展部总经理雅荣》，载《传媒观察》，2005(12)。

的授权，频道获得 2005—2007 年度法国时尚电视国际模特大赛①（中国赛区）主办权。频道的时尚信息传播引起国内观众的广泛注意，来自上海、江苏、浙江等十余个分赛区的万余名选手参与角逐。根据研究者的连续观察，频道节目充满时尚气息，观众可了解到最流行的时尚及其背后故事、如何追逐时尚、如何扮靓自己等内容，节目为观众提供专业、及时、实用的时尚资讯。

在节目经营方面，靓装频道的营销方式呈现出多样化发展的特征。靓妆频道和女性频道一样，制作特色内容并向外地市场售卖。2004 年 8 月，靓妆频道通过亚洲四号卫星传输，与央视数字付费频道共同打包推广，覆盖以中心城市和东部沿海城市为主的区域。结合时尚传播活动进行招商宣传是靓装频道的另一个经营方式。在 2005 年法国时尚电视国际模特大赛（中国赛区）中，频道发布了全面细致的招商宣传，根据赞助金额设置不同类别的赞助方案，如冠名类赞助、特别协办赞助、分赛区承办赞助、唯一指定产品赞助商、获奖选手担任企业形象代言人、签约冠名赞助等。利用时尚信息传播优势，经营服饰美容化妆品网络销售和实体店等服务，是频道的第三个经营业务。

无论是时尚美容资讯传播、与时尚传播有关的招商活动，还是时尚产品的线上线下销售，都体现出靓装频道鲜明的时尚特色。与其他女性频道的情感、时尚、美食等板块相比，靓装频道的定位更为细分化，专注时尚领域信息传播，满足白领女

---

① 法国时尚电视国际模特大赛是一个有着广泛国际影响的国际模特赛事，是世界时尚设计大师和众多国际品牌追逐的目标。

性对时尚美容类信息的需求。

三、综合型女性频道中女性特色的淡化

综合型女性频道以女性内容为主，兼顾其他方面的都市化内容。与专业化女性频道相比，它具有专业性弱、综合性强的特点，以广西卫视和黑龙江女性频道比较典型。

1. 广西卫视：从女性特色综合频道到都市女性频道

随着传播手段和传播技术的改进，各省卫视节目高度同质化的"新闻＋电视剧＋综艺娱乐节目"节目模式严重制约着省台的发展。为了摆脱同质化竞争，地方卫视开始寻找特色化定位，如海南卫视主打旅游牌，湖南卫视定位"快乐中国"，四川卫视打造具有"中国作风、中国气派"的故事频道，安徽卫视定位为"电视剧大卖场"，吉林卫视提出了"幽默中国"，浙江卫视与广东卫视联手打造财富频道，江苏卫视定位情感，新疆卫视体现歌舞，贵州卫视就近联络近邻组建"西部黄金卫视"。在此背景下，广西卫视定位于女性特色频道，以民族女性特色和流行时尚彰显美丽资源，以突破同质化的重围。

2003 年年底，广西卫视开始探寻特色化定位。与长沙女性频道在创立之前有过多种想法的碰撞一样，广西卫视在岭南频道、沿海区域频道、民族频道、女性特色的综合频道等多种选择中最后确定了后者，并在频道整体包装上凸显女性特色。频道一方面推出宣传广西独特之美的形象宣传片，打出"风情万种，随你心动"的口号，另一方面在栏目设置上独具匠心，推出富有女性品位和民族特色的栏目，如音乐节目《唱山歌》、选秀节目《寻找金花》、展示民族风光和文化的节目《大开眼界》、展示文化沟通的节目《风起南方》、传播中国权威模特、服装赛事和欧亚时尚活动的节目《时尚中国》，点评当天国内外女性新

闻的《华灯丽影》。这些节目结合广西丰富的民族文化资源,用女性的眼光看待民族的东西,追求民族的时尚,①把广西独特而丰富的文化资源和节目的女性特色、时尚韵味、地理优势等体现出来。广西卫视还在电视剧编排上体现女性特色,设置七大女性情怀剧场,②精选适合女性品味的电视剧,在节目编排、包装和播出时段等方面考虑女性的收视需求。

通过吸引女性来吸引家庭对频道的关注,广西卫视力图以此稳固和扩大目标观众。在以女性为主兼顾男性的思路下,频道有女性特色节目和吸引男观众的节目。2006年的广西影视歌手大赛就是一档吸引男女观众参与的节目,参与者无须交报名费,还有全程直播和高额奖金,这吸引了很多男女音乐爱好者参赛。

将女性特色和社会效益相结合,突出民族文化和精神文明传播,是广西卫视女性特色的独特之处。频道一方面立足于广西丰富的少数民族文化资源及中国和东盟窗口的地位,同时定位于女性特色,力图在省级卫视的竞争中获得主动。这种将自身特色优势和媒介定位嫁接的做法,在全国卫视中独树一帜。2004年1月开播的选秀节目《寻找金花》,结合选美和少数民族时尚,以"金子般心灵,花一样容貌的美丽姑娘"为标准,寻找少数民族地区的美丽少女,展现她们的内外之美,追求质朴、健康的民族时尚。因此,这档节目不同于其他流行的选秀节目,其以民族文化与现代时尚为评价标准,所选出的金花与

---

① 黄著诚:《找位·定位·到位——广西卫视着力营造频道特色》,载《新闻战线》,2005(10)。

② 这七大剧场分别是幸福、丽人、温馨、欢乐、魅力、好梦、周末青春剧场。

超女自然不同。其纯美清新让观众在"美丽金花"的活动中了解到不同地域和民族的美丽人物、美丽风情、美丽故事等，并得到业界认可，在第十届全国少数民族题材电视"骏马奖"的评奖中，节目首次参评即获二等奖。另一方面，广西卫视在定位女性特色综合频道的过程中，兼顾"喉舌"宣传的政治功能，注重发挥媒介的社会影响力。广西卫视女性特色综合频道在表现女性形象时，尽力挖掘采访对象的道德力量。例如，2004 年节目采访藏族金花格桑德吉时，没有着意表现其才艺，而是重点突出她克服困难收养孤儿、成立孤儿学校、为孤儿默默奉献的艰难经历。节目播出引发社会各界捐助孤儿学校，而格桑德吉则以真诚、勇敢和智慧打动观众。"金花"评选已超越时尚选美的范畴，成为歌颂美好情感和倡导良好社会风尚的活教材。①这种将自身优势资源和媒体社会责任相结合的做法，扩大了选秀节目"美"的内涵，值得业界借鉴。

　　女性特色综合频道虽凸显女性特色，但其内容的综合性与栏目的专业化发展并不一致，因此初期的节目在后来均发生一定变化，频道自身也由女性特色综合频道改为都市频道的女性特色。以《风起南方》为例，这是一档反映中国与东盟经贸文化沟通的节目，也体现出广西卫视的独特优势，但与女性特色的相关度不高。其他节目的专业化程度也不高，如《唱山歌》属于综艺方面的内容，展现广西美景的《大开眼界》带有旅游宣传的成分，因此，频道的专业化定位不明显。

　　2008 年之后，这些栏目均发生不同程度的变化。除少数

---

① 黄著诚：《找位·定位·到位——广西卫视着力营造频道特色》，载《新闻战线》，2005(10)。

栏目还隶属卫视频道之外，很多栏目分别回归到各自相关的频道，如《唱山歌》进入综艺频道，改名为《大地飞歌》；《大开眼界》一分为三，其中《风尚广西》进入都市频道，旅游宣传片《美在广西》进入影视频道，宣传广西经济社会和谐之美的《大美广西》进入公共频道，而原先的广西卫视女性特色综合频道则转变为都市女性频道。都市女性频道力图体现女性特色，打造女性最喜爱的频道，为此设置了都市女性情感剧场、策划都市女性积极参与的活动、增加包括家装家具置业理财在内的生活服务资讯，以及健康类栏目《健康一生》、情感类栏目《都市情感》等。

事实上，都市女性频道的名称后变为都市频道，其中的"女性"二字不见踪影。从广西卫视女性特色综合频道转变为都市频道，证明了广西卫视的女性频道是其在激烈竞争中投石问路的结果，是电视媒介在市场竞争中不断探索新路、寻找准确定位的尝试。

2. 黑龙江电视台女性频道的短暂尝试

黑龙江电视台于 2001 年 3 月开设女性频道，这是具有综合性特征的女性频道。从其内容设置上看，频道的专业化程度不够高。频道内容包括情感类、时尚资讯类、慈善类和女性访谈类节目。这些内容的目标观众分属不同年龄和阶层的女性，如情感倾诉类栏目《沟通》主要面向女性受众，可吸引不同阶层的女性；传播时尚信息的栏目《魅力前线》主要为年轻女性提供时尚资讯；求职类栏目《求职现场》是一档为女性求职者提供展示才能的服务性栏目；《共享阳光》是慈善类电视公益节目；《近距离》是一档以知名女性访谈为主的专题性节目；《有事您说话》是满足群众生活需求的服务性和互动性栏目。频道集情感倾诉、时尚资讯、生活服务、模拟求职、公益慈善及女性访谈等于一身，针对女性需求的专业化特色不太明显。因为情感倾诉栏目并非女性频道独有，女性访谈节目类似于《天下女人》和《半边天》，但因不具备影响力而无法超越对方。同时，《共享阳光》是公共频道的宣传内容，《有事您说话》定位为普通大众，不是以女性为目标受众的节目。除时尚资讯类节目之外，其他栏目的女性定位并不明显，内容与都市频道多有重合，呈现综合性女性频道的特点。

与长沙电视台女性频道相比，黑龙江电视台女性频道内容的实用性与娱乐性共存，但前者大于后者；解决实际问题的成分和倡导前卫消费理念的成分共存，但亦是前者大于后者。因此，频道定位不明确。与靓装频道相比，其专业化程度较低，节目缺乏营销和推广，因此频道最终停播也是预料之中的事情。

3. 女性特色昙花一现？济南电视台都市女性频道

济南电视台都市女性频道于 2006 年 8 月 7 日开播，是山东省第一家女性频道，国内第二家市级电视台女性频道，也是济南电视台频道多样化发展的表现。[①] 女性频道自开播以来，逐渐向情感和生活服务类方向发展。开播初期的栏目主要有：谈话节目，如《男说女人》《泉城夜话》《小冬夜沙龙》；讲述情感隐私的节目，如《心有千千结》；以气象为切入点、充当观众的天气顾问和女性生活的时尚参谋，如《蓉儿说天气》；电影播放节目《佳片识女人》。但都市女性频道在发展过程中栏目不断调

---

① 此前，济南电视台已有六个频道，分别是新闻综合频道、影视频道、娱乐频道、生活频道、商务频道和少儿频道。

整，主要表现在增加了大众健康类内容和两性健康教育节目，加强了娱乐类和情感类内容，原先的谈话节目《男说女人》改为电视新闻杂志节目《都市新女报》。栏目调整的结果是突出娱乐、情感、健康、服务等方面的内容，为女性获取知识、情感交流和展示魅力搭建平台，帮助女性解答工作、生活中的难题，力图"全心全意为女性服务"。

济南电视台都市女性频道在开播之初，围绕"全心全意为女性服务"为宗旨设立栏目，但栏目在开播后不断调整，频道最终的发展结果并不乐观，女性频道的大部分栏目都回到都市频道、少儿频道。

从开播到停播，济南电视台女性频道的"昙花一现"，给业界和学术界留下了深刻思考——女性电视频道的发展之路究竟是什么？如何围绕女性需要进行经营，并体现出自身特色，是女性频道发展的关键。

四、"进场"与"退场"：对女性电视频道内容定位的反思

女性电视媒介的产生是电视媒介激烈竞争和媒介细分的结果，其在产生发展的过程中逐渐呈现专业化发展的趋势。"频道专业化是指电视媒体根据电视市场的内在规律和受众的特定需求，以频道为单位进行内容定位划分，使其节目内容和频道风格能够满足受众的需求。"[①]以特定内容服务于特定受众，这要求频道内容的专业化和受众分众化、小众化。因此，频道专业化要求频道突出自己的个性，在确定目标受众之后，明确节

---

① 李硕：《电视频道专业化的实践策略》，载《中国广播电视学刊》，2009（7）。

目宗旨和风格并培育品牌栏目。

中国女性电视频道的发展图景中存在"进场"和"退场"两种势头，一方面不少电视媒介先后选择女性电视频道，部分女性频道能坚持并继续发展，也有一些女性频道逐渐淡化女性特色，回归都市频道或彻底停播。这种泾渭分明的趋势反映着市场的选择，也昭示了女性电视频道的发展规律。

1. 女性电视频道：确定专业化的发展方向

为哪个群体服务、满足其何种需要是媒介决策者面临的首要问题。女性电视频道要做到准确定位，要考虑为哪个阶层的女性服务，满足女性哪方面的信息需要。在竞争激烈的情况下，内容有特色就有市场，内容定位宽泛则不易体现出自己的特色。靓妆频道集中于美容、美体、服饰、礼仪等时尚信息，受众定位于白领女性；长沙电视台女性频道则在坚持中发展出比较固定的内容板块。而停播的女性频道的共同特征是内容的综合性，这使频道定位不明确、专业化程度低。

女性电视频道的出现适应了频道专业化的趋势，但除了长沙电视台女性频道和靓装频道之外，其他女性电视频道专业化程度并不高。综合性女性电视频道的淡出，从反面证明女性电视频道应遵循频道专业化的趋势。通过电视媒体服务于女性，致力于提高女性地位、促进两性平等，这决定了女性频道的专业化不同于其他频道的专业化。

以女性为主要目标受众，关注女性生活，为女性发声，是女性频道吸引女性的基础。确定目标受众之后，需在内容设置上体现出女性特色，满足和引导女性的信息需要，提升女性认知和促进两性平等。在国内的女性电视频道中，长沙电视台女性频道初步在内容设置上体现出女性特色，具备了专业化的基本要求，在注重娱乐的同时保留了具有性别意识的内容。靓装频道专注美容和时尚信息传播，集中体现了女性特色，而其他女性电视频道定位不明，专业化程度较低，在都市频道和女性频道之间徘徊，最终难免转型或停播。

2. 突出社会性别意识是核心

女性电视频道是媒介竞争和专业化发展的产物，除注重营销之外，其还应以社会性别意识来审视传播内容，以促进社会性别平等。但女性电视频道在这方面表现出诸多不足：或展示女性的柔韧、母性和奉献，而这无疑是传统女性角色的再现和加强；或单纯传授扮靓技巧，这无助于女性摆脱被看的地位；广告商品除化妆品和首饰之外，还有婴儿食品、家庭洗涤用品、床上用品等，其以女性为目标消费者，暗示女人教子、持家的角色。这些传播内容强化了传统的性别角色分工，不利于社会性别意识的传播。

社会性别意识传播是女性电视频道的独有特色，只有这样方能获得观众认可。女性电视频道的特色和优势在于其不仅以女性为目标，更在于其负载着传播社会性别意识的责任。以社会性别意识来看世界，提供具有社会性别意识的信息，是女性频道的应有之义，否则，女性频道就失去了自己的特色。

3. 应突出频道的独家优势

女性电视媒介应突出独家优势，彰显自身独特的竞争力。在这方面，长沙电视台女性频道的做法值得肯定，其内容力求专业化，专注于与女性有关的内容，并以此为依据向外地发展。女性电视媒介如何在内容上叫好，在市场上叫座，这是女性电视频道在发展中面临的难题。在国家对电视媒介实施宏观调控的背景下，在电视媒介激烈竞争的现实中，女性电视媒介需探寻叫好与叫座相结合的方法，突出频道的独家优势，在内容制作上考虑女性的收视需要，雅俗共赏，尽可能扩大受众群的规模。

4. 传播方式上，注重循序渐进、内容新颖和形式活泼

突出社会性别意识并非要求女性电视频道进行道德说教，雅俗共赏亦非要求其专注情感、时尚内容，而是要求其以女性关心、关注的问题入手，在充分利用电视传播符号的基础上，改变传统的性别偏见，以社会性别意识指导传播内容，用活泼的形式把社会性别意识渗入节目内容。女性频道在此方面可进行多方面探索，如围绕共同的传播目标设置多个栏目，不同程度地渗透社会性别意识。在新闻资讯栏目中，可多渗透一些；在情感和娱乐节目中，可根据情况适当渗透；在播放女性感兴趣的影视剧时，可在播出前后进行点评，渗透社会性别意识。

5. 增加新闻和评论，提升女性电视频道的品质

在资讯全球化、经济市场化和媒介数字化发展的背景下，女性媒介的信源渠道越来越多样化。新媒体的出现释放了大众的话语权，也为传统媒体提供大量信源，再加上电视记者采访的信息等，这些都为女性电视观察世界、了解大众提供了极大便利。外部世界在变化中不断产生与女性有关的信息，大众传媒可能会用传统的性别视角对此进行报道和评价，但女性电视媒介应以具有社会性别意识的新视角进行观察。

新闻报道最能反映媒介的环境监测职能，而观点性信息能反映媒介的舆论引导功能。报道新闻、发表评论可增强女性电视频道的现实干预能力和环境监测职能，也是女性电视频道提升品质的一个条件。时尚资讯与情感节目并非每日必需，但充满社会性别意识的新闻能帮助女性认识环境，进而吸引受众。

在媒介竞争中，以社会性别视角来评价新闻，本身是一个独特的视角。如果运用得好，还会增加女性电视频道的核心竞争力。在这方面，女性电视频道还有很大发展空间。

第三节　女性电视栏目：两种对比鲜明的趋势

本节涉及的女性电视栏目主要是综合频道中的女性电视栏目，以央视《半边天》和湖南卫视《天下女人》为代表。2010年7月底，经历了坎坷发展的《半边天》已停播，①而《天下女人》则继续播出。前者在访谈中渗透社会性别意识，后者以名人访谈为特色，这两个栏目的特色和彼此的命运值得研究和关注。

一、《半边天》及其女性发现

《半边天》是央视曾经的唯一一个女性专栏，其坚持性别意识传播的精神导向，以一种与众不同的特色和姿态，在坎坷中发展。在女性电视媒介普遍面向市场的背景下，它成为坚守社会性别意识、挖掘人物心灵和展示女性特质的一个平台。

1. 定位在坎坷发展中逐渐明确

《半边天》自开播以来经历十余年的发展，定位逐渐准确、清晰。诞生初期的《半边天》并没有熟练掌握和运用性别意识来看待问题，节目一方面热情报道在各行业取得成就的女性，又大量传播只与女性有关但与社会性别无关的信息，存在性别盲点。1997年1月，《半边天》强调以"展示时代女性风采，监测女性社会形象，传播女性关注的科学、生活知识，促进男女两性在社会生活的和谐与家庭和睦"为宗旨，但在展示什么样的

---

① 目前，在中国网络电视台上可找到的《半边天》最后一期视频是2010年7月27日播出的《我的青春我做主——"雷人"店主》。

女性风采上有偏差。由于过分强调女性的靓丽形象，夸大女性美貌的外在价值，过多报道城市白领的生活以及市场流行的前卫时尚和超前消费，染上了"脂粉气"和"贵族化倾向"。

节目编导的性别意识缺失导致《半边天》非此即彼的偏差，而性别意识不是天生具有的，也没有渗透在新闻传播教育中，由此对节目制作者进行性别培训就显得非常必要。1998 年 9 月 22 日，栏目邀请学者对编导和制片人进行性别培训，促进其性别意识的觉醒。1998 年 10 月，一位编导录制的关于女性隆胸的节目传达了这样的观点："女性天生爱美，理想的身材是女性的追求，隆胸后的曲线增强了女性的自信……"制片人果断地停播该节目，因为其不介绍促使女性隆胸的社会原因，不改变女人被看的传统视角，这反映出节目组成员中决策者社会性别意识的增长。把性别意识纳入决策主流，保证了栏目的稳定发展。1999 年 1 月，具有社会性别意识的三位女性赵淑静、寿沅君、牟彦彦共同组成决策班子，在栏目内实现把社会性别意识纳入决策主流，保证了栏目稳定健康发展。此时，《半边天》的女性形象在数量上占优势，在质量上摆脱了作为社会配角或男人附庸的倾向，成为具有独立品格、有主体价值观、呈多元化趋势的社会形象。① 2003 年，《半边天》通过改版将收视对象扩展到男性，话题开始涉及男性和女性，力求促进两性的沟通了解。此后，栏目虽然从央视一套调整到央视十套，但其一直坚持社会性别意识，构成一个比较稳定的发展思路。

---

① 寿沅君：《〈半边天〉长大了——中央电视台〈半边天〉栏目成长三部曲》，载《妇女研究论丛》，2002(2)。

从对社会性别的茫然到有意识地把社会性别纳入节目，节目制作者不仅展示多样化的女性形象并分析其原因，其对一些"问题女性"的背后成因分析更令人关注。对信息的解读从表面深入里层，并坚守社会性别意识，《半边天》由此进入发展的成熟阶段。

2. 张越：以平实的视角理解和倾听

《半边天》的特色之处在于它除了关注女性与社会的关系之外，还有主持人张越平易近人的主持风格。1995 年，张越因在客串《半边天》的一个小板块《梦想成真》中表现出色，成为《半边天》节目主持人，并在主持中不断深化主持理念。她关注改革开放以来普通人所经历的社会巨变，用智慧和真诚与被访者进行沟通，讲述平常人的故事。每次播出之前，主持人都以一个非常平易的开场白拉近节目与观众的距离。"好多年了，咱们一直在这里见面。最近过得怎么样？有什么话就说，别憋着。过得不容易，还在努力。烦着，也高兴着。女人都这样，男人也一样。半边天，是我们共同的家。"相比之下，《天下女人》在节目开始前则先播出特约赞助的广告商，在节目开始之初再次播出冠名商的名字。主持人亲近平实的主持风格使《半边天》成为充满平民味道的女性节目，这与《天下女人》充满商业广告宣传的开场白形成鲜明对比。

3.《半边天》：发现普通女性的价值

作为央视唯一的女性栏目，《半边天》关注女性群体整体的生存状态与发展空间，并以独特的女性视角来观察、记录、探讨。节目汇集不同职业、不同阶层、不同领域的女性，通过讲述令人感动的女人故事，来展现女性风采，维护女性权益，关爱女性健康，促进两性的相互沟通与理解。

《半边天》记录的女性来自各个领域，她们有不同的事业、生活之路和情感故事，但共同之处是对事业的执着、对人生价值的追求、在遇挫时表现出的信心和坚强。节目细心挖掘新闻事件中的女性身影和足迹，通过女性意识进行放大，分析女性的遭遇和感受。《半边天》里的女性不是遇挫时爱流泪、温柔可人、遵循"男主外，女主内"的传统女子，而是有自己的事业和追求，得到社会认可、实现自身价值的普通女性。在可以找到的 2003—2005 年的 40 多期《女性记录》里，呈现出不同领域的40 多个女性人物①和少数男性形象。2004—2005 年，《半边天》谈话对象的所属领域更加突出普通女性的话语空间，涉及社会边缘女性，如吸毒女等，也触及一些问题性话题，如母亲如何挽救网瘾女孩等。2006 年，《半边天》分类更加明确，一周五次节目，各有各的特色。② 无论是平凡还是不平凡，节目中的女性都有坚定的意志、追求、乐观和智慧理性，而非单面的、传统的女性，以此展示女性的多样人生和内在特质，发现女性价值，即既追求工作的成就，也注重生活质量和内心愉

---

① 这 40 个人分别是：女记者 5 人，女创业者 8 人，从事艺术的女性 6 人，女医务工作者 2 人，空姐 2 人、从事司法工作的女性 2 人、女教授 1 人、女作家 1 人、人大女代表 1 人、问题女孩 1 人、从事管理工作的女性 3 人、女探险家 1 人、女教练 1 人、女邮递员 1 人、女工 2 人、普通妻子 1 人、吸毒女 2 人。

② 周一的《半边天·调查》侧重女人的权利，女人的问题，女人的得失，女人的悲喜。主持人李潘带观众到现场去实地调查，到事件的背后去；周二的《半边天·访谈》，嘉宾与张越就寻常世界的梦想和饮食男女的情怀进行访谈；周三的《半边天·故事》讲述亲切感人、悲壮动人、深刻省人的故事；周四的《半边天·人物》讲述人的经历、情感和灵魂；周五的《半边天·剧场》，通过真实的讲述和虚拟的扮演，再现女人的亲身经历和隐秘情感。

悦。因此，在诸多女性电视媒介中，《半边天》的女性意识最为
突出和强烈，它能够发现女性的觉悟，肯定女性的价值、优势
和力量，从性别角度积极发现女性的问题，从社会的角度否定
女性是弱者的观念。

二、《天下女人》：关注都市女性的精神世界

2005年1月，湖南卫视和阳光文化共同推出女性谈话节
目《天下女人》，由杨澜担任主持，同时邀请明星嘉宾参与，共
同探讨女性话题。节目定位于轻松、活泼的风格，面向25—
38岁的都市女性，以演播室谈话的方式讨论女性关注的时尚
话题，以及女性的喜悦、烦恼、渴望、困扰，关注都市女性的
精神世界。

节目开始前首先播出主持人的开场白"酝酿美好　品位生
活"，这与《半边天》的开场白"半边天是我们共同的家"有明显
的不同。前者鲜明表现节目的宗旨，后者只告诉观众《半边天》
是女性共同的"家"。在《天下女人》中，前来畅谈"女人经"的嘉
宾多是名人，如濮存昕、刘仪伟、洪晃、蒋雯丽等，还有心理
学、社会学等领域的知名专家。在首期话题《我们欣赏的男人》
中，洪晃谈自己对男人独树一帜的看法，潘石屹讲自己的恋爱
过程，濮存昕大谈"男人"。栏目虽主打"女人牌"，却也受男性
欢迎。用杨澜的话说，"这个世界上只要女人都快乐了，那男
人也自然就快乐了"。

《天下女人》虽然面对25—38岁的女性观众，但不讲述生
活琐事，而是从女性熟悉的生活与事例开始，通过"微言大义"
的方式给女性的精神世界不断供给优质养料，以此找到理想与
现实的平衡，传递快乐和幸福。

《天下女人》的节目话题多样化，往往通过明星、名人或新

闻人物讲述故事，来表现其女性特征或两性关系。谈论的内容多是女明星、知名女性、新闻里女性的生活和工作中不为人知的一面，还有少数普通女性的非常事情。其中，女嘉宾的身份有学生、演员、运动员、学者、歌手、记者、作家、秘书、企业家等，所聊内容有工作、生活、感情中鲜为人知的喜怒哀乐。无论聊什么话题，《天下女人》都能从中嘉宾的讲述中发现光明、自信、乐观、进取、拼搏、努力等积极向上的内容。通过来自不同职业、不同领域的女性的讲述以及主持人的引导，观众从节目中得到有益的启示：从失望中看到希望，在挫折中保持自信，在紧张之余适当放松，在"为我"之余参与公益。《天下女人》以名人讲故事的方式弘扬真、善、美，展示天下女人百相，这种话题特征和嘉宾身份特征使节目内容具有名人效应或新闻价值，并能够以此吸引观众。

三、《半边天》与《天下女人》的对比分析

《半边天》高举社会性别意识的旗帜，在市场化压力下不改节目初衷，展示女性特质和价值，沟通两性关系，促进两性和谐，深得知识女性认可，[①] 但其自播出以来数次被调整，最终被停播，而《天下女人》开播以来则从未间断。虽然学术界对以收视率定赢输的做法多有批判，[②] 在如何平衡收视率的偏向上

---

① 笔者曾连续三年给硕士研究生对比《半边天》和《天下女人》，并做过个别访谈。她们一致认可《半边天》的价值及其弘扬的观念。

② 收视率导向之意不在受众，在乎广告利润。收视率导向以及其背后的文化体制最终必然带来"劣币驱逐良币"之后的平庸的同质化，受众在低水平重复的过程中进行着周而复始的文化上的"自我激赏"。时统宇、吕强：《收视率导向批判——本质的追问》，载《现代传播（中国传媒大学学报）》，2006(2)。

多有探讨，① 但对这两个节目的分析还是较为欠缺的。对比分析这两个节目以发现其中的差异，或许有助于认识女性电视栏目的谈话类节目的规律。

（1）收视便利性的差异。《天下女人》的播出时间是每周六晚 23:45 分，播出时间虽然很晚，但恰逢周末人们需要放松，还是有时间收看的，再加上《天下女人》的节目风格多属轻松愉快型，② 这决定其播出时间基本上不影响观众收看。《半边天》的播出空间和时间不断调整，无论 2007 年 10 月 8 日起恢复在一套播出，还是从 2007 年 12 月 30 日起在十套播出，播出时间不是深夜就是上班时间，不利于观众收看，这导致"半边天看不到半边天"。

（2）嘉宾和话题的选择不同。笔者以抽样调查的方法对《半边天》和《天下女人》在 2009 年 7 月—2010 年 4 月和 2009 年 7 月—2010 年 6 月的播出内容进行分析，分别抽出 28 个和 30 个样本（表 4-4，表 4-5）。对比发现二者在嘉宾选择和话题选择方面均存在明显差异：

在嘉宾选择方面，存在嘉宾性别、身份、形象的不同。《半边天》多由普通女性参与，还有少数男性参与，男女嘉宾比

---

① 訾波提出"绿色收视率"，强调节目品位和公共媒介的社会责任，参见《从"绿色 GDP"看"绿色收视率"的社会价值和文化意义》，载《吉林广播电视大学学报》，2012(4)；赵扬提出以"欣赏指数"指标作为对单一收视率指标的修正，完善对电视节目的综合评价。参见《从收视率与欣赏指数的背离论受众作用》，上海艺术学院，硕士学位论文，2012。

② 当然，遇到沉重的话题时，主持人还是会控制现场的气氛，以使现场气氛与主题一致的。例如，2010 年 5 月 8 日的母亲节特别节目"重生母亲"，节目邀请两位在汶川地震中丧子的母亲进行讲述，在沉重的话题面前，嘉宾和主持都能够控制自己的情绪。

例为 1∶4；《天下女人》突出明星、名人和热点新闻中的女性，同时男性参与人数较多，男女嘉宾性别比是 1∶1。二者都注意到女性节目应考虑男性观众，但《天下女人》的比例更大一些。在嘉宾来源方面，《半边天》的嘉宾来自社会各个层面，包括农村妇女、中学老师、警察、女干部、女经理、女设计师、残疾艺人、开国元勋的夫人、男医生、明星、普通母亲，其中只有 3 个明星；《天下女人》的嘉宾来源集中在演艺体育明星和新闻人物（包括网络红人、新闻事件的当事人）两方面，二者的比例是 5∶1。在嘉宾形象方面，由于《半边天》和《天下女人》的嘉宾职业差异大，因此嘉宾形象也有大不同。前者的嘉宾由于以普通女性居多，嘉宾的外在形象、气质、装扮接近生活中的普通人形象，化淡妆或不化妆，穿着普通服饰，有些嘉宾的普通话还不够标准。后者的嘉宾以明星居多，其穿着打扮亮丽新潮、形象气质较好，普通话标准，对年轻观众有吸引力。

在谈论的话题方面，《半边天》善于在普通女性身上发现女性特质，《天下女人》通过明星名人展示其情感及事业。《半边天》的访谈话题 50% 左右展现不同女性的风采，其余是反映女性特质、普通女性的情感生活、男性嘉宾的工作与爱心，主持人力图在普通人身上挖掘女性共同的潜质，展示女性不同于男子的风采。《天下女人》的访谈话题 80% 以上是围绕明星的情感、生活和事业展开，其次是新闻人物的情感和生活。主持人通过聚焦不同领域内名人的情感，从不同侧面展示永恒的情感话题。

（3）谈话方式和谈话环境不同。《半边天》的谈话方式是主持人有限参与，谈话环境简单、普通、相对封闭，《天下女人》由多个主持人参与，谈话环境色彩明亮，有舞台感，谈话环境相对开放。

《半边天》的谈话方式经历了一个渐变的过程，但总体上变化不大。在前期，访谈者和嘉宾多是面对面对话，一张方形木桌，两个玻璃水杯，后方一个书架，形成一个装饰简单、普通的对话空间，相对封闭。对话者声音相对平静，主持人与嘉宾共悲喜，语言和动作的表演成分不强。到2010年，情况略有改变，简单的木桌变成带有艺术效果的桌子，色彩明亮的墙壁取代了书架，空间感和舞台感增强。节目中穿插记者回答观众的情感问题，以增强节目的实用性和接近性。同时，出现一些类似于法制节目用来制造紧张和悬念的沉重敲击声，或是一些富有节奏感的音乐和富于变化的镜头进行空间转移，增加活泼度。谈话方式仍然是主持人引导嘉宾讲述，传播以单向性为主。因此，尽管谈话环境发生变化，但谈话风格总体变化不大。

《天下女人》的谈话风格灵活、开放、生动。灯光明亮，四周以明亮的粉色、淡蓝色、黄色来装饰，两张沙发摆成八字形，前方是一个透明茶几，给人一种开放的空间感。伴随着长长的、抑扬顿挫的声音和台下的阵阵掌声，主持人从台下走到台上，嘉宾主持从幕后走来，以新鲜、有趣的事件引出话题，接着嘉宾伴随着掌声出现，这些因素有效地调动了现场气氛。在谈话中，主持和嘉宾谈笑风生，穿插谈话，插诨打科，摆脱了两人对面谈话的呆板局面。若遇到集体访谈的话题，会伴随音乐和舞蹈或外景拍摄。由于多人参与谈话，整个话题呈现鲜明的开放性，气氛活泼轻松。

（4）主持特点不同。《半边天》一直是嘉宾与主持一对一谈话，主持人以倾听为主，《天下女人》由杨澜及嘉宾主持和嘉宾谈话，多对多的谈话使沟通的特征明显。主持队伍由名人组成，不断对被访者提问，交流和沟通更充分，对话题的开掘更深，有助于调动现场气氛。

（5）台上台下的互动不同。及时便捷的互动是网络传播的优势，所以传统媒体多开设论坛或博客以便受众留言，给传播者提供第一手的反馈。在互动方面，《半边天》缺乏现场互动，主要通过电邮或在《半边天》"小院"里留言来互动。由于谈话现场没有观众参与，其网页上的网友参与度亦不高。《天下女人》除了现场互动，论坛互动也比较充分，观众可评价既往节目，也可参与节目内容和节目嘉宾的推荐。

此外，与《半边天》相比，《天下女人》还善于利用节目经营，在节目开头挂上广告赞助商的名字。

（6）对比发现。

第一，节目特征方面，娱乐性与思想性的区别。《天下女人》内容新颖，注重娱乐性，嘉宾多为明星名人或新闻人物，话题围绕明星名人的事业、情感和生活，多方参与，互相交流，在娱乐和互动中给观众留下思考余地。《半边天》讲述普通女人的故事，关注普通女性的坚强、自信、独立、进取、温柔、善良和聪颖，追求节目的社会效益，反映其对女性意识的准确把握。内容平实，人物平凡，环境朴素，平静交流，中心突出，对话题的触及较深，力图展现女性特质，注重思想性和知识性。《半边天》有时还需配合形势需要做宣传，如配合新中国成立 60 周年播出了一系列内容。

第二，电视符号运用充分与不充分的区别。作为视听媒介，电视传播需要语言符号和非语言符号的灵活和充分运用。《天下女人》善于运用电视符号，通过名人讲述自己的情感、生活等不为人知的一面，加上鲜明的娱乐与商业化色彩，对语言符号和非语言符号的使用都相对充分。《半边天》注重思想性，在传播过程中侧重语言符号的使用，这主要体现在主持人和嘉宾的语言交流上，而对非语言符号的使用较少。

第三，在对大众的吸引力方面，《半边天》以普通人为采访对象，缺乏名人效应；《天下女人》以明星为主持和嘉宾，而公众总是对明星充满好奇心的，这迎合了公众求新和追星的心理。

从内容和形式上看，《半边天》性别意识明显，但在一定程度上带有宣传的成分，对电视语言符号的运用不够充分；相比之下，《天下女人》的特色是通过明星事例来展现女性特质，充分使用电视传播的语言符号，因此，它是适合在电视上传播的女性节目。

表4-4　《半边天》节目内容统计表(2009.7—2010.4)

播出时间	节目名称	人物	内涵
2009.7.13	当男人爱上女人	中学老师韩卫（男）讲述自己的爱情婚姻故事	如何让婚姻在困境中坚持下来？
2009.7.21	多面人生	编剧陈彤对剧本和现实中的婚姻的看法	展示知识女性的风采
2009.7.29	说给今生不再相见的你	69岁的刘真骅：设计和表演老年服饰	曾经刻骨铭心的爱情；丰富的退休生活
2009.8.6	寻梦　心的修行	中国红十字会壹基金执行主席周惟彦	拓展壹基金的捐款方式；离婚后生活人生如何可以幸福？成就一项新的事业成就了自己

续表

播出时间	节目名称	人物	内涵
2009.8.14	我要回家	农妇陈甘群被拐卖多年后自己逃回了家	遭受折磨，历尽艰辛回家
2009.8.21	婚姻启示录	女演员代乐乐和俞白眉的情感过程	80后夫妻，理想与现实婚姻的距离到底有多远
2009.8.31	有阳光的地方就有爱	爱心学校校长石青华（男）	创办爱心学校，收留流浪儿童
2009.9.8	村里那点事	女村干部	用心经营这个村
2009.9.16	风雨彩虹	玉川和玉川妈	女性面对巨大打击时，表现出的坚强
2009.9.24	爱的教育我们的孩子	合肥晚报编辑萧芸	萧芸感动患抑郁症的继女
2009.11.3	忠贞系列片	任弼时的妻子陈琮英	配合新中国60年宣传
2009.11.11	忠贞系列片	贺龙的妻子薛明	配合新中国60年宣传
2009.11.19	忠贞系列片	王树声的妻子杨炬	配合新中国60年宣传
2009.11.27	爱过才知轻重	周紫琳	弃学到北京打拼，工作有起色时怀孕；双方逐渐有矛盾，后来女方开始适应对方
2009.12.5	我们在一起第5集 列车上的救赎	涉嫌拐卖儿童的嫌疑犯 铁路公安民警	打击拐卖儿童

续表

播出时间	节目名称	人物	内涵
2009.12.14	我决定爱你第1集　从头再来	老年人的情感故事	不同时代的爱情历史
2010.1.4	我决定爱你第16集双城记	打工者的两地分居现象	新中国婚姻爱情的变化
2010.1.12	为爱安家	女设计师张蕾	一年只接八个单的设计师
2010.1.19	爱就爱了	普通女孩李慧的三段感情经历	女孩对美好感情的渴望
2010.1.28	给不幸带来希望	男医生禤庆山	妇科男主任的工作业绩
2010.2.5	生于80年代?我就是我	三个80后女孩	特立独行、勇于创新：让传统的武术、魔术发扬光大
2010.2.12	戏里戏外都是情	演员佟瑞欣	明星的情感与事业
2010.2.22	昨日小花初长成——玻璃美人	蒋小涵9岁开始登台演出，儿童时代发表8张个人专辑，出版9部电影	成长的记忆和困惑
2010.3.2	青春进行曲丫头	80后女老板	勤劳、热衷混搭跨界
2010.3.10	青春进行曲	演员代乐乐	才子佳人的爱情故事

续表

播出时间	节目名称	人物	内涵
2010.3.18	舞动人生	舞蹈演员马丽和翟孝伟	残疾舞蹈演员的事业和爱情
2010.3.26	女人三十	廖翊	面对婚姻与爱情，平凡的生活，是从容淡定还是迷茫？情感与理智、梦想与现实
2010.4.5	闯关东里出来的萨日娜	萨日娜	演艺事业和生活

表 4-5 《天下女人》节目内容统计表(2009.7—2010.6)

时间	话题	人物(除杨澜、李艾、赵守镇之外)	内涵
2009.7.4	直面敏感话题：女性的性骚扰	陈宁、黄小蕾(出演过《神雕侠侣》中的傻姑)	围绕性骚扰话题展开
2009.7.11	普通女孩的网络成名路	蒋方舟、西单女孩任月丽	少女作家和地铁歌手的成长
2009.7.18	普通女孩的网络成名路	"天仙妹妹"玛依娜、"猫儿宝贝"蒋璐霞	网络红人的成长
2009.7.25	不会伪装的周笔畅	周笔畅	超女的情感和事业
2009.8.1	美丽山花拥有男女反串绝活、能歌善舞	彝族及纳西族"快女"毕会仙、和秋香	"快女"如何练就绝活，如何谈恋爱

续表

时间	话题	人物（除杨澜、李艾、赵守镇之外）	内涵
2009.8.8	范玮琪只爱小眼男人	范玮琪	名人情感事业
2009.8.15	妈妈我们爱您	杭州"5·7"飙车案死者谭卓的父母	中年丧子的母亲如何面对生活
2009.8.22	女性的完美偶像	《流星雨》剧组	畅说女性偶像
2009.8.29	章子怡自称感情一根筋	章子怡	明星情感
2009.9.5	章子怡读书时想嫁人	章子怡	明星情感
2009.9.12	情感李玟	李玟	明星的情感和事业
2009.9.19	裴娜：丑女无敌	裴娜	职场和生存
2009.9.26	明星成长的痛	主演《盘尼西林1944》的车永莉、李光洁	名人的人生成长及困惑
2009.10.10	女人的魔术师	明星的造型师梅林、老黑	另类职业男性
2009.10.31	一个硬汉的似水柔情	李承鹏	男明星的情感事业
2009.11.7	一个天生的演员	苗圃	挑战事业高度，谈感情
2009.11.14	温柔又帅气	彭帅	明星运动员的事业和感情

续表

时间	话题	人物（除杨澜、李艾、赵守镇之外）	内涵
2009.11.28	"圆梦"的甜蜜与痛苦	赵蕊蕊	女运动员的生命之痛和青春波折
2009.12.12	回"蔚"	莫文蔚	"黄金剩女"的事业和感情
2010.1.2	命中注定我爱你	《命中注定我爱你》主角阮经天、陈乔恩	明星对唱
2010.1.16	萧亚轩讲述母女情深	萧亚轩	明星的事业、情感
2010.1.30	当杨澜遇到和晶	和晶	央视女主持谈自己的主持事业
2010.2.27	世锦赛最年轻的九球天后	潘晓婷	名人的事业与生活
2010.3.3	闫妮谈女儿	闫妮	明星陪女儿追星
2010.3.27	花滑情缘	申雪、赵宏博	体育明星的事业和情感
2020.4.10	我要嫁出去	李承鹏、王凯、情感专家、女嘉宾	名人的情感
2010.4.17	秀歌舞坦心声	张靓颖	超女如何坚持自己的音乐梦想
2010.5.8	重生母亲	汶川地震中的二位丧子母亲	述说内心的伤痛和生活

时间	话题	人物（除杨澜、李艾、赵守镇之外）	内涵
2010.5.22 2010.6.5	花样美男爱情拓展营	四个男嘉宾接受李艾、赵守镇的挑战	男嘉宾参与爱情模拟训练
2010.6.12	新"四小天王"	四个音乐男孩	分享"四小天王"的成功喜悦，坚持音乐梦想

四、河北电视台：从《今日女性》到《家政女皇》

2003 年开播、由河北卫视与河北妇联合办的《今日女性》是女性电视栏目的另一种类型。它部分地承担妇联宣传的功能，是妇联工作的助手。该节目以"用女性的眼光观察世界，用现代文明的眼光关注女性，展巾帼时代风采，做姐妹们的知心朋友"为宣传语，配合当地妇联做大量宣传工作（表 4-6），力图成为有一定思想深度和文化品位的新闻性社教类女性栏目。但是，栏目的定位在 2009 年发生转变，成为渗透娱乐性和实用性的家政节目。

1.《今日女性》：配合妇联工作来宣传女性

《今日女性》重点记录现代女性的实际生活，展现当代女性的新风貌、新思维和新形象，同时关注弱势女性，反映其困惑与问题。栏目以对话的方式，意图在两性之间架起一座理解和沟通的桥梁。

《今日女性》开办之初，全国妇联的领导对其寄予厚望。彭佩云为《今日女性》题词，希望栏目能"展当代燕赵巾帼风采，做姐妹们的知心朋友"，顾秀莲希望《今日女性》要抓住河北妇女在参与经济建设、文化、科技过程中的一些先进事迹，号召女性要创造新岗位，创造新业绩，创造新生活。《今日女性》时长 30 分钟，每周一期，主要采取外采景拍摄与演播室谈话穿插结合的形式，选择几位与本期话题相关的典型女性，主持人和嘉宾围绕主题讨论，观众现场参与。

由于栏目的功能定位是妇联工作的助手，《今日女性》播出不少与妇联工作有关的女性节目（表 4-6）。栏目通过讲述不同领域内杰出女性的风采，反映其爱心、执着和追求，同时为弱势女性维权。此外，还宣传"男女平等"基本国策，资助失学女童重返校园等。这些内容与妇联工作相呼应，得到妇联的好评①和行业的好评②。

表 4-6　2005 年以来《今日女性》播出的节目

节目名称	嘉宾及身份	嘉宾单位或身份	嘉宾事迹或节目内容	精神特质和启示
给孩子一个家	张凤英	西柏坡少保中心	关爱流浪儿童	爱心、奉献
巾帼之春	不详	不详	展巾帼时代风采，做岗位成才明星	女性才能

---

① 2003 年，栏目组被评为"2003 年河北省实施春蕾计划先进集体"，制片人当选为第五届河北省少儿基金会理事；2004 年、2006 年，《今日女性》栏目组分获河北省妇联授予的河北省"三·八红旗集体"荣誉称号。

② 除妇联给予的荣誉之外，《今日女性》的部分节目也获得同行业的好评：《我们众志成城》在 2003 年度河北省"女性题材好新闻"评选中荣获一等奖，该节目同时获河北省女记者协会 2003 年度好新闻一等奖；《人造美女》荣获 2003 年度好新闻二等奖。

续表

节目名称	嘉宾及身份	嘉宾单位或身份	嘉宾事迹或节目内容	精神特质和启示
走出无声世界	女校长	民办聋儿语训学校	让聋儿拥有动听的声音和童年的快乐	关爱、奉献
同在蓝天下	不详	不详	剖析性侵害案例，为女性伸张正义	女性维权
回家	吴荣（戒毒者）	中国公开戒毒第一人	帮助更多的戒毒人员寻找回家之路	改错后奉献社会
分居的日子	不详	不详	反映女性工作与家庭矛盾	工作与家庭
开山的妹子	刘琳（董事长）	邯郸天慈峰林生态建设有限公司	开发荒山而成功	坚持、成功
爱的呼唤	齐亚珍（退休教师）	山东地质勘探局幼儿园	义无反顾救助白血病孩子	奉献、帮助
在时尚中穿行	王丹珠、盛文利（经理）	美生堂河北省分公司总经理、石家庄静圆瑜伽创办人	她们对时尚的精彩解读、对工作的自我诠释	时尚

续表

节目名称	嘉宾及身份	嘉宾单位或身份	嘉宾事迹或节目内容	精神特质和启示
女状元	焦亚丽（药房店员）	乐仁医药连锁店康宁药房	工作技巧（编药名故事，记电脑编码）和工作态度（热情为顾客服务）	敬业、热情
我的孩子上网了	妈妈	不详	妈妈帮孩子正确使用电脑	为女性解疑释惑
我的母亲	母亲	不详	母亲如何教子	教子
幽兰女人	张乐华（博士）	北京"幽兰女社"女子俱乐部	改善个人形象	女性形象改善
追梦	刘秀荣（艺术家）	石家庄市青年评剧团团长	两获"中国戏剧梅花奖"	成功女性的故事
剑胆琴心	牛炳宜（律师）	律师事务所律师	2003感动河北十大年度人物之一	富有传奇色彩的律政人生
我的黄骅心	魏兰香（党员）	博物馆馆长	为民族文化事业无私奉献	无私奉献

2.《家政女皇》：突出女性和娱乐特征的生活服务类节目

《今日女性》栏目在开办三年后停播，但是河北卫视对女性电视节目的探索没有停止。2009年10月26日，由河北卫视和安徽链接传媒共同打造的生活服务类节目《家政女皇》在河北卫视播出，它在生活服务中充分渗透娱乐元素，营造轻松的收视氛围。

节目以实用性和娱乐性见长，内容分为省时省力、家庭医生、厨房美食、养生美容、旅行购物等几大板块，以"明星主持＋情景表演＋字幕提示＋观众参与"的叙事模式，以实用和娱乐相结合来吸引女性。在节目组发出的问卷调查中，每十个40岁以上、高中程度的家庭主妇，有六个是《家政女皇》的忠实观众。① 在配合节目播出的同时，还筹划开展生活用品服务公司全国实体连锁店。2010年9月，《家政女皇》首家旗舰店在石家庄开业。

从配合妇联宣传到以实用性和娱乐性占领收视市场，河北卫视女性栏目的变化反映了女性电视在媒介市场化背景下发生的转型。节目以衣食住行等实用性强、比较琐碎的话题吸引女性观众的注意力，从目前的调查数据看，这种转型在商业上或许是成功的。但是，这种娱乐化和实用性的内容，掩盖了女性在当代中国社会的现实存在，这一点是值得注意的。

第四节　中美女性电视对比分析

美国女性电视是媒介市场商业化竞争的产物，各大电视台均有专属自己的女性栏目或节目，还有公开宣称服务女性的女性频道。美国的女性频道尤其是氧气频道在开播之初以传播社会性别意识为目标，但最终没有逃脱输出女性负面形象和刻板印象、并向市场妥协的结局，这与中国女性电视的初衷和现实不谋而合。

一、美国女性频道的娱乐化转型

纽约有三家服务于女性的有线电视频道，分别是人生频道

---

① 巩慧、孙雨风：《河北卫视〈家政女皇〉突出重围》，载《市场观察》，2010(5)。

（LIFETIME）、氧气频道（OXYGEN）和女性娱乐频道
（WOMEN'S ENTERTAINMENT，简称"WE"）。创办于
1984年的人生频道是美国第一家女性频道，其宗旨是致力于
提供高品质的娱乐和资讯节目，讨论影响妇女及其家庭的相关
问题。氧气频道开播于2000年，创始人为杰拉尔丁·雷波恩
（原美国著名儿童频道总裁）、奥普拉·温弗瑞（著名谈话节目
主持人）和玛茜·卡西。频道以纪实性、原创性节目为主打，
以反映真实女性的生活状态、成功分享人生经验、相互沟通的
女性之家为宗旨，以高层次的、具有一定教育素养的职业女性
为目标受众。女性娱乐频道是在2000年由"浪漫经典"（Ro-
mance Classics）更名而来。创办者认为忙碌的女性需要休整，
而女性所热爱的影星和故事是让女性获得休整的良药。因此，
女性娱乐频道的宗旨是"通过娱乐赋予女性放松的机会、充电
的机会"。

　　三家频道的总裁对自己频道的定位有精彩的表述，从中可
看到它们的区别。人生频道总裁布莱克说，"我们的观众希望
看到真实的世界。我们的女性受众会在节目中看到其他女性如
何解决问题，并将这些方案应用于她们的生活中"。氧气频道
总裁雷波恩说，"我们的频道不是简单的符号，我们希望通过
我们的努力使妇女生活得更好"。而女性娱乐频道总裁麦肯罗
说，"全国的妇女都活得太累了。我们不能要求她们改变，但
我们希望她们能够舒服地坐下来看我们的节目并得到放松"。①

1. 人生频道的商业化运作

　　在三家女性频道中，人生频道是历史最久、黄金时段收视

---

　　①　三大女性频道的介绍，参见刘利群：《社会性别与媒介传播》第
二章，北京，中国传媒大学出版社，2004。

率最高的有线电视频道，2001 年位居有线电视收视率第一名。除位于纽约的总部之外，频道还在洛杉矶、芝加哥和底特律设立分部。

人生频道自创立以来，不断变换口号，但始终不变的是女性和娱乐主题。从"Television for Women"（1995—2006）、"My story is on Lifetime"（2006—2008）到"Connect. Play. Share"（2008— ），可看出频道围绕女性和娱乐主题不断转换风格。从 Lifetime 官网①可看出，频道节目的主要内容是表演、电影、录像和游戏，致力于为女性提供娱乐服务。2012 年，人生频道对凯特王妃怀孕的报道充分演绎了其娱乐性一面。2012 年美国当地时间 12 月 13 日晚 10:00，人生频道播出一档有关凯特怀孕的一小时特别节目，名为"Secrets of the Royal Nursery"。节目采访了王子夫妇身边的朋友和家人，并邀请英国皇室问题研究专家发表意见，讨论王子夫妇之间的关系、他们在英国皇室的地位，还讨论皇室宝宝出生后会如何起名、世界对此事的高度关注，及其对皇室家庭和时尚媒体会造成什么影响等。

2. 从思考到欢笑：氧气频道的娱乐化转向

氧气频道最初致力于"关于女性，为了女性"的传播目的，但随着频道的发展，其在一定程度上表现出商业化色彩。

氧气频道自开播之日起就力图显示自己独特的个性和风格，并标明"抗衡人生频道"的鲜明立场。频道总裁雷波恩在解释为何把频道命名为"氧气"时说，"氧气就是指给予媒介创意者和观众更大的呼吸空间。生活在重重压力之下的美国人需要有一个他们可以进行深呼吸的空间。我认为，妇女希望能够呼

---

① http://www.mylifetime.com/，访问时间：2012 年 12 月 1 日。

吸到新鲜的空气"[①]。"氧气频道的倡议者们不相信女性观众只喜欢看女性扮演受害者角色的影片，只喜欢看肥皂剧，只喜欢搞笑的脱口秀。我们认为她们需要多样化的服务。"[②]频道创办人都有鲜明的两性平等愿望，如卡西曾遭遇过性别不平等，而脱口秀女皇奥普拉则是赋权女性的倡导者和实践者。

　　氧气频道的理念是既为女性带来思考，也给女性带来欢笑。但是，在经历了筹备期、开创期、调整期之后，频道在商业化的媒介市场中逐渐成为商业意义上的女性媒介。2000年11月，雷波恩在接受采访时说频道的新方向是娱乐，这是为了回应观众的呼声。2000年底，频道全部栏目改版，除保留少量栏目和部分节目形态之外，节目形态和风格与其他女性频道更加趋同化，特别是突出娱乐特色，同时外购节目增加，市场导向强化。调整后，氧气频道的理念转变为以受众口味和需求为导向，以广告客户利益为导向，以市场利润为导向，由此具有社会性别意识的女性媒介转向了以娱乐为主的女性媒介。"商业意义上的女性媒介，是将女性作为媒介机构及其背后的广告客户所关注的目标受众，这种女性媒介以吸引女性受众、提高收视率、提高广告额并追逐最大化的利润为目的，而女性主义所指的女性媒介则是以争取两性平等为使命和责任。"[③]氧气频道向娱乐化转型以实现吸引受众的目的，是媒介市场化背

---

　　①　刘利群：《社会性别与媒介传播》，72页，北京，中国传媒大学出版社，2004。

　　②　刘利群：《社会性别与媒介传播》，73页，北京，中国传媒大学出版社，2004。

　　③　刘利群：《美国女性电视频道的社会性别解读》，载《妇女研究论丛》，2005(4)。

景下女性媒介向商业化靠拢的表现。

3. 女性娱乐频道娱乐色彩浓厚

女性娱乐频道的前身是创办于 1997 年 9 月的浪漫经典"Romance Classics"，主要播出商业电影。2000 年，频道改名为"WOMEN'S ENTERTAINMENT"，隶属美国经典电影有线电视台（American Movie Classics Networks）。该台是美国彩虹传媒控股集团（Rainbow Media Holdings）旗下的有线电视。2006 年，彩虹电视把女性娱乐频道重新命名为"WE tv"。2011 年，频道的宣传口号是"WE tv, life as WE know it"，可以理解为"我们的电视，正如我们所知道的生活"。

女性娱乐频道的娱乐色彩浓厚，这主要体现在其播出内容上。其主要内容有电视真人秀、系列现实电视、电视剧、情景剧和刑侦剧。通过对节目内容的观察和分析，可发现节目内容有如下特征：第一，它们是电视节目市场化运作的结果，是美国商业电视体制的一部分。"WE"虽然是女性电视，但在体制上是商业电视体制。作为彩虹传媒控股集团旗下美国经典电影有线电视台的一个频道，"WE"挑选的内容多为收视率很高的剧目，有的剧目播放时间长达数年。第二，节目有鲜明的女性特色。在"WE"大多数节目中，女性出现频率高，其或以女性为主角，或注重女性参与，内容以反映女性家庭、生活和事业为主，同时关注女性的困惑，既有娱乐性也体现女性价值。此外，还有健身计划（Fitness Program）、婚礼策划（My Fair Wedding）等。这种节目安排是为女性考虑的结果，也是频道定位特色的表现。第三，节目力图实现娱乐性内容和性别意识的嫁接。作为女性频道，性别意识传播是其区别于其他商业频道的主要特色。但是，"WE"将这种特色通过商业化手段，在轻松娱乐的内容里体现出来。例如，节目对 Mary Mary 福音音乐组合中的姐妹歌手的报道，就注意到事业和生活对女性的影响；电视剧 Roseanne 具有鲜明的女性主义理性色彩，具体体现为女性主导家庭、女性的内在价值、女性之间的合作关系、女性勇敢的表达等女性特质。在尼尔森收视调查中，该节目收视率位居第一，这是性别意识与娱乐化色彩成功结合的结果。而"黄金女郎"(the Golden Girls)则将年老女性的生活演绎得丰富多彩，富有趣味，并体现女性的精神特质，收视率大获成功。

　　由上可知，无论是氧气频道的娱乐化转型、人生频道对娱乐化的演绎，还是女性娱乐频道的特色内容，都是美国商业体制选择的结果，是女性电视向媒介市场靠拢的结果，但是女性娱乐频道能够将娱乐性和性别意识结合起来并取得成功，为女性电视的发展提供了一种新的思路。

表 4-7　2012 年女性娱乐频道的主要节目①

节目类型	节目名称	节目内容	备注
电视真人秀	Bridezillas	美爆新娘：每个新娘都梦想婚礼，但 Bridezilla 不惜一切得到它	以强调的、幽默的方式盘点一个要结婚的女子极其繁忙的日程，带有粗鲁、暴力和性暗示的对话
现实系列电视	Braxton Family Values	格莱美奖获得者 Braxton 姐妹及其任性母亲的家庭生活	2011 年 4 月 12 日播出，女性的事业和家庭的平衡

①　表格资料来自作者对 WE tv 的持续观察。节目名称和内容介绍均为笔者所翻译。

续表

节目类型	节目名称	节目内容	备注
现实系列电视	Mary Mary	福音音乐组合：姐妹歌手艾莉卡和蒂娜·坎贝尔在平衡母亲和妻子角色的同时，努力促进自己新专辑的发展	2012 年 3 月开始播出；女性在家庭和事业之间的角色平衡
	L. A. Hair	美发沙龙：发型师 Kim Kimble 在其工作室帮助其社交客户设计精彩发型	新潮的发型设计
	My Fair Wedding with David Tutera	我的盛大婚礼：婚礼策划师 Tutera 的事例。女子可联系 Tutera 请求其帮助自己规划婚礼。被选中的女子在结婚前三周，由 Tutera 亲自指导她设计"梦幻婚礼"	2008 年 10 月播出；婚礼策划
	Joan & Melissa: Joan Knows Best?	琼里·弗斯和她的女儿梅丽莎一起生活，如何保持融洽关系	讲述母女关系。2011 年 10 月—2013 年 2 月 24 日播出
	Kendra on Top	"邻家女孩"真人秀·明星肯德拉·威尔金森如何平衡家庭和工作的关系	2012 年 6 月 5 日首播家庭和事业间的平衡
	Tamar & Vince	Braxton 的成名之旅和她的婚姻生活	名人事业和生活

续表

节目类型	节目名称	节目内容	备注
电视剧	Charmed	圣女魔咒：女巫三姐妹表演时间停止、移物换形和预言未来的独特神通。"三强合体"可打败恶魔攻击，保护无辜者；试图在旧金山过正常生活。其超自然身份和平凡生活的愿望构成一种挑战，导致警方和FBI对其进行调查	魔幻剧，从1998年开始播出；1999年，该剧获"最受欢迎的电影和电视伴音奖"电视类大奖。2003年，演员莎南－多尔蒂（Shannen Doherty）因在该剧中的出色表演获得美国科幻及恐怖电影协会"电视类最佳女艺人"提名
	Roseanne	罗西尼：伊利诺伊的Landford（一个虚构的城市），一个蓝领家庭（直言不讳的女主人罗西尼、丈夫和三个孩子）生活拮据，但罗西尼解决了一系列挑衅性问题，诸如贫困，酗酒，药物滥用，月经，生育，怀孕的少女，肥胖，堕胎，种族，社会阶层，家庭暴力，不忠和同性恋权利等	1988年10月18日到1997年5月20日在美国广播公司播出。节目具有女性主义理性色彩，女性主导家庭、女性的价值不在外表、女性之间的关系是合作而非竞争、勇敢的表达等女性特质。1989－1992，在尼尔森收视调查中，该节目收视率第一

续表

节目类型	节目名称	节目内容	备注
室内情景剧	the Golden Girls	黄金女郎：四名或丧偶或离婚的高龄女性，她们性格不同，没有任何血缘关系，同住在迈阿密的一座大房子里，过着并不富裕的生活，其中存在着快乐与关爱、误会、烦恼与争吵。但都很浪漫和富有情趣。最后，把自己嫁出去的是大家认为最不可能再婚的多萝西	NBC 首席执行官苏珊·哈里斯创意，最初由 NBC 在 1985 年 9 月 12 日—1992 年 5 月 5 日播出。20 世纪 90 年代最成功的电视剧。表现的是女性为了自己而真实地生活
刑侦剧	Crime Scene Investigat-ion：Miami	犯罪现场调查；美国警察系列电视剧	2002 年 9 月 23 日至 2012 年 4 月 8 日在哥伦比亚广播公司播出。无论犯罪与阴谋怎么躲避隐藏，总会有人伸张正义
玄幻剧	Ghost Whisperer	鬼语者	超自然类悬疑节目。2005 年 9 月 23 日—2010 年 5 月 21 日在哥伦比亚广播公司播出

二、中国女性电视的类型及出路

中国女性电视存在三种类型：市场化程度较高的女性电视频道，如长沙电视台女性频道、《天下女人》等；传播社会性别意识的女性电视，如《半边天》；服务于妇联的女性栏目，如河北卫视的《今日女性》。但是，在电视媒介市场竞争激烈的背景下，中国的女性电视媒介正经历着严肃内容被市场淘汰、娱乐化内容占据上风的转变，如《半边天》停播、《今日女性》转向娱乐实用的《家政女皇》，这种变化与美国女性电视媒介的商业化转型颇为相似。

《半边天》接近普通女性，关注女性成长和发展，致力于打破传统性别观念，建立平等的性别文化，肯定女性不同于男性的独特品质。但是《半边天》与电视媒介商业化的关联程度不高，节目全程无广告播出。《今日女性》与河北妇联合作，充当妇联的工作宣传助手，侧重宣传教育，这种角色定位使其注重宣传功能。其展示的女性风采、妇女维权、救助失学女童等内容，得到了体制内的认可，并受到上级领导部门的表彰。但《半边天》和《今日女性》的可持续性并不突出，二者先后停播、转型。与非市场化女性电视的情况相反，长沙电视台女性频道、江苏卫视靓装频道等，在不断的探索中寻求更加准确的市场定位，而《天下女人》则是鲜明的市场化运作。中美女性电视的娱乐化转型和专业化发展，体现出女性特色和电视媒介的结合是女性电视媒介的发展规律，女性电视媒介从自身性质出发，运用多种表现方式，充分调动电视传播符号，通过喜闻乐见的方式和公众感兴趣的内容来传播社会性别意识。

1. 明确女性电视媒介的性质和身份

女性电视是电视产业改革和媒介竞争的产物，在此背景下明确女性电视究竟是意识形态的宣传平台还是媒介市场竞争的主体，这是女性电视发展的前提。如果是宣传平台，应明确其公益属性，有关部门或单位应予以扶持，使其免于市场化的压力；如果是市场竞争的主体，就需按照市场竞争的需要，兼顾两个效益。作为国家级电视台里的女性电视栏目，《半边天》坚守性别意识的传播，如果能够确定其宣传国家性别平等意识的任务，则不应为其强加市场压力，也不应让其在媒介市场化压力下被边缘化。

在中国电视业改革和竞争加剧的情况下，女性电视媒介主要是市场选择和媒介竞争突围的结果，市场化特征明显、专业化程度较高，但还有一些女性电视媒介的身份定位不完全清晰，在女性特色和都市特色之间游移。同时，中国女性电视媒介的性质及定位，决定女性电视面临市场化、主流意识形态宣传和社会性别意识三种力量的争夺，这容易导致其在生存压力下"以最小的政治风险谋最大的商业利益，公共利益由此被损害和忽视"①的后果。女性电视媒介虽应以传播社会性别意识为特色，但这方面并没有强制性的专业标准，在国家对媒介内容实行有限控制的前提下，向商业妥协、向娱乐化转型是女性电视最为便捷的选择，这在一定程度上影响着性别意识的有效传播。

明确身份是媒介竞争的前提，为此需要继续深化相关方面的改革，以适度调控和有效的制度规范来维护公共利益，在此基础上鼓励女性电视参与竞争，激发其自主性，使其在市场竞争的同时实现媒介的责任。

2. 充分利用电视媒介自身的优势

电视的传播符号和特点使它长于表现娱乐化题材，传播偏向娱乐的内容，但同时还需营造公众话语的空间，否则就可能

---

① 张春华：《传媒体制、媒体社会责任与公共利益——基于美国广播电视体制变迁的反思》，载《国际新闻界》，2011(3)。

沦至"娱乐至死"的境地。① 女性电视须遵循电视传播的规律，充分利用电视传播符号，以不同方式促进社会性别意识传播。根据美国女性电视媒介的发展和中国女性电视媒介的状况，女性电视媒介的发展需兼顾以下几点：

第一，以多种方法发现女性存在和女性特质。《天下女人》在此方面有较好的尝试。它善于利用热点话题，发挥其凝聚公众注意力的优势，并从中发现女性的存在。在杭州"5·7飙车案"发生后，社会各界对此事反应激烈。遭遇中年丧子之痛的谭卓父母内心的情绪如何抚慰？节目从女性视角来看待这则新闻，邀请谭卓父母和有相似遭遇的李女士到节目现场，希望能帮助谭卓父母尽早走出阴影。同时，节目呼吁天下所有的母亲都能抓好孩子的教育，避免发生更多悲剧。

发挥自身特色，制作或播放能够反映女性存在和女性特质的娱乐类节目。美国女性娱乐频道在这方面表现得相当充分。它不仅用系列现实电视节目，如《罗西尼》来表达对平凡女性的赞赏，用情景喜剧，如《黄金女郎》表达对老年女性的认可，还表现了"福音音乐组合"姐妹歌手以及"邻家女孩"真人秀明星肯德拉·威尔金森等女明星的生活与事业的冲突和协调，这些乐观、自信、幽默的人物为观众带来娱乐的同时，也展现了女性特质。《天下女人》主要邀请明星、名人等公众人物为嘉宾，利用名人天然具备的高注意力优势，吸引观众并注重互动。

第二，充分利用电视传播符号，创新传播方法。与平面媒

---

① 尼尔·波兹曼认为，"当一切公众话语都日渐以娱乐的方式出现，并成为一种文化精神。我们的政治、宗教、新闻、体育、教育和商业都心甘情愿地成为娱乐的附庸，毫无怨言，甚至无声无息，其结果是我们成了一个娱乐至死的物种。"[美]尼尔·波兹曼：《娱乐至死》，6—7页，桂林，广西师范大学出版社，2009。

体相比，电视除了以电子速度进行传播的优势之外，还有语言符号和非语言符号等丰富的传播符号。充分利用电视的声音和图像等符号特征是电视节目的基本要求，但是当前中国女性电视还存在传播方式单调、传播符号不够丰富等问题。作为一档富有思想性的谈话节目，《半边天》对电视符号的运用不够充分，而《天下女人》则能综合运用电视符号。传播者需在传播社会性别意识的前提下，以寓教于乐的方式、充分利用电视传播符号和各种交流手段，适当运用娱乐化的表达方式表达有思想内核的内容，以促进交流和增进传播效果。

小　结

女性电视历史短暂，发展势头参差不齐，这既是媒介市场细分化和女性地位日益重要的结果，也是电视媒体市场定位的结果。女性电视的出现丰富了电视的种类，结束了我国女性电视媒介缺席的历史。

自从电视向细分化发展并选择女性作为目标受众以来，其具体情况不断变化：有的发展壮大，有的则被合并到都市频道，有的发生娱乐化转型，有的被停播，发展程度参差不齐。女性电视媒介的发展，需要明确自身的性质和身份，充分利用电视媒介的优势和传播符号及各种交流手段，促进交流，增进传播效果。

女性电视媒介的发展需要国家、媒介和市场的配合，国家以适当的规范设定公共利益和社会责任的框架，媒介在此框架内明确身份，遵循电视传播的规律，利用各种电视传播手段赢得市场，是女性电视媒介发展的必然选择。

第五章 网络媒体：女性表达的新空间

作为网络媒体的"半边天"，女性网络是探讨与女性有关的话题、以女性为主要传播对象的网络媒体。从 20 世纪 90 年代中期至今，女性网络的数量发生几何级增长，更不用说 Web2.0 时代以来女性博客和微博的发展了。女性网络媒体的数量迅速增加，类型逐渐丰富，是媒介细分化、传播技术的发展和女性网民队伍壮大的结果。

女性网络媒体主要有两种类型：一是女性网站，包括各级妇联的官方网站和商业化女性网站，后者以三大门户网站的女性频道①为代表；二是女性自媒体，以博客和微博为主。随着 Web2.0 时代的到来，博客、微博等新的话语平台为女性表达提供了便利和空间，为女性话语权的行使提供了可能。

女性网络媒体在数量繁荣、充当女性的虚拟发言空间时，还存在技术发展和网络文化传播的不协调。妇联官方网站应承担公共传播职能，但目前多停留在宣传窗口的水平，内容以工作信息为主，服务性信息不全面、更新慢，网页设置特色不明显；商业化女性网站内容丰富多样，技术成熟，服务性强，但性别歧视和消费主义倾向较明显；女性博客数量不少，但真正能够利用这个平台进行独立言说的女性不多；微博作为一种新的传播载体，其便捷的传播方式为女性话题的讨论提供了空间，但需借助传统媒体扩大其影响力。

---

① 这三大门户网站的女性频道分别是新浪伊人、搜狐女人、网易女人。

第一节 女性网站的出现背景

互联网，英文名 Internet，是以光导纤维为路，以多媒体为车，运载着信息以电子的速度奔跑的一种计算机网络。互联网最早诞生于美国，但其全球化发展趋势使它超出美国国界而成为全球性信息网络。20 世纪 90 年代，互联网在信息传播方面的优势日益明显，1998 年 5 月，联合国新闻委员会召开年会，正式把互联网络定义为"第四媒体"。

随着网络技术的发展和网民数量的增加，中国女性网民逐渐成为网络世界的"半边天"，数量迅速增长并逐渐走向性别均衡（表 5-1），达到全部网民人数的 45％ 左右，接近中国人口比例中男女比例 51.5％：48.5％ 的均衡程度。

表 5-1 中国女网民数量变化表①

调查时间	网民总数（单位：万）	男网民比例（％）	女网民比例（％）
1997.10	62	87.7	12.3
1998.7	117.5	92.8	7.2
1999.1	210	86	14
1999.7	400	85	15
2000.1	890	79	21
2000.7	1690	74.68	25.32
2001.1	2250	69.56	30.44

---

① 表内数据，系笔者依据 CNNIC 发布的《中国互联网络发展状况调查报告》（第 1—31 次）整理所得。

续表

调查时间	网民总数（单位：万）	男网民比例（％）	女网民比例（％）
2001.7	2650	61.3	38.7
2002.1	3370	60	40
2002.7	4580	60.9	39.1
2003.1	5910	59.3	40.7
2003.7	6800	60.1	39.9
2004.1	7950	60.4	39.6
2004.7	8700	59.3	40.7
2005.1	9400	60.6	39.4
2005.7	10300	59.6	40.4
2006.1	11100	58.7	41.3
2006.7	12300	58.8	41.2
2007.1	13700	58.3	41.7
2007.7	16200	54.9	45.1
2008.1	21000	57.2	42.8
2008.7	25300	53.6	46.4
2009.1	29800	51.5	48.5
2009.7	33800	53	47
2010.1	38400	54.2	45.8
2010.7	42000	54.8	45.2
2011.1	45700	55.8	44.2
2011.7	48500	55.1	44.9

续表

调查时间	网民总数（单位：万）	男网民比例(%)	女网民比例(%)
2011.12	51300	55.9	44.1
2012.6	53800	55	45
2012.12	56400	55.8	44.2

随着女网民数量的增加，网络也开始细分出女性网站和女性频道，并成为网络媒体中的一道亮丽风景。1995年，woman.com首开风气之先，女性概念网站开始出现；① 1999年，美国硅谷的红裙网（Red skirt）、中国台湾的梦想家（iRose）、蕃薯藤（Her Cafe）等相继亮相；同时，中文女性网站在互联网上逐渐撑起半边天，许多著名网站先后设立女性频道。进入21世纪，女性网站经过市场竞争和重新洗牌后进入品牌化发展阶段，进而呈现多元化特征。商业化女性网站更加丰富，如三大门户网站的女性频道包括新浪伊人②、搜狐女人、网易女人；随后，在政府信息化的背景下，各级妇联作为联系妇女、具有官方背景的群众性组织开始建设官网。此外，随着网络传播技术的进一步发展，以"用户制作内容"为模式的

---

① 阿清：《姹紫嫣红的女性网站》，http://www.people.com.cn/GB/it/52/143/20010308/412014.html，2018-09-01。

② 2002年4月23日，新浪网联合欧莱雅和《中国妇女》杂志社合作建设的女性频道"伊人风采"创立。频道立足于新浪强大的技术平台，发挥欧莱雅集团在美容时尚方面的优势，向中国女性发布时尚动态、美容知识和产品信息。为保证网站内容，"伊人风采"的美容内容由《中国妇女》旗下《好主妇》的专职编辑进行编译、把关。

博客和微博成为网民表达的另一个新窗口。

　　本章以商业门户网站的女性频道、妇联系统网站、女性博客和微博上的两性话题为主要探讨内容。商业化女性网站以娱乐性、实用信息为主，妇联网站以工作内容和服务性信息为主，博客是女性不自觉的言说，微博为两性话题的充分讨论提供了平台。

第二节　妇联网站的功能和类型

　　妇联网站的出现是社会转型期妇联功能的演变和电子政务建设的产物。改革开放以来的经济体制变革、社会结构变动和女性群体的分化，为妇联组织的功能转化产生了很大影响。全国妇联办公厅于 2001 年 8 月提出《关于推进妇联系统信息化建设的指导意见(试行)》，要求各级妇联顺应时代发展，加强信息网络化建设，在妇联各级组织之间逐步构建互连互通、资源共享的信息化体系，实现妇联系统的办公自动化与信息网络化。在此情况下，各级妇联开始建设网站，网站逐渐成为妇联组织信息化建设普遍采用的形式，成为妇联加强和妇女群众及社会公众的联系、展示妇联形象的手段之一。

一、妇联网站产生的背景

1. 社会转型期妇联组织功能的转化

　　20 世纪 80 年代以来，随着计划经济体制向市场经济体制的转型，政府职能由以管理为主开始向以服务为主转变，实现由管理型政府向服务型政府转变。

　　改革开放以来的社会转型带来了妇女生存环境的变化。一方面，经济体制和所有制结构的多元化使得在不同产业内就业的女性具有不同的分工方式和收入水平，这势必导致女性群体内部的结构性分化，如女雇员、女企业家、下岗女工、流动妇女、留守妇女、全职太太等。不同女性群体的利益诉求不同，其对生存、成长和发展等权益保护的要求也不同，这导致其对妇女组织的依赖和需求也不同。① 在此情况下，妇联组织需要进入新的领域，发挥社会中间组织的作用，为妇女参与社会发展提供机会和良好的外部环境，切实维护妇女的利益。② 因此，女性群体的分化带来了多层次、多元化的女性需求。另一方面，妇女问题和性别不平等问题，如侵害女职工劳动权益、性骚扰、性别歧视、拐卖妇女儿童等问题日渐引发关注。这些变化对妇联组织相对单一的工作模式和传统的功能形成了挑战。作为党领导下的群众组织，妇联发挥着党和政府联系妇女群众的桥梁和纽带作用，其功能应在不断适应外部环境的过程中发生相应的转变。

1988 年的妇联六届章程首次提出妇联的基本职能是代表和维护妇女利益，促进男女平等。③ 此后，妇联作为妇女群众团体开始由单一组织动员妇女参与社会转向呼吁社会关注妇女，功能逐渐向群众性功能和服务性功能转变。在组织职能定位方面，妇联将主要致力于维权，把性别平等纳入各级政府的决策主流。2009 年，湖北恩施州巴东县女服务员邓玉娇刺死

① 周波：《社会转型中妇联组织功能研究》，硕士学位论文，上海交通大学，2008。

② 宓瑞新：《在非公经济组织中建立妇联组织的思考》，见谭琳、姜秀花主编：《中国妇女组织发展的理论与实践》，85 页，北京，社科文献出版社，2007。

③ 《中华全国妇女联合会章程1988》，见谭琳、姜秀花主编：《中国妇女组织发展的理论与实践》，413 页，北京，社会科学文献出版社，2007。

公务员案发生以来，要求妇联关注此案的呼声不断出现，有人致电维权热线，还有人联名写公开信等。除了当地公安机关之外，妇联就是舆论的第二个矛头所指。[①] 2009 年 5 月 22 日，中国妇女网发表头条声明，高度重视湖北巴东县发生的邓玉娇事件。妇联在新时期"一手抓发展，一手抓维权"的新定位，是一个明晰、准确的选择。[②] 妇联功能正在发生适应社会转型期需要的转化。

2011 年，在全国妇联参与社会管理及其创新工作会议上，陈至立指出妇联组织参与社会管理，最重要的是要做好服务。[③] 主要表现在为党和政府决策服务，为满足妇女需求服务。在妇联的功能由行政性功能转向群众性功能和服务性功能的背景下，妇联网站作为妇联组织工作的平台，应配合妇联功能的发挥，在宣传妇联工作、传递信息、展示形象的同时，做好服务，尤其是女性维权服务的工作。

2. 政务信息化潮流的出现

随着信息全球化进程的加快，20 世纪 80 年代，政府部门开始尝试利用计算机完成文件电子化处理、数据电子化存储等基础政务工作；80 年代末，部分政府已建立内部信息办公网络。1999 年被称作政府上网年，之后政府网站建设经历四个

---

① 吕频：《公众为什么希望妇联介入邓玉娇案》，载《南方都市报》，2009-05-24。

② 金一虹：《面对挑战与机遇的妇联组织变革》，见谭琳、姜秀花主编：《中国妇女组织发展的理论与实践》，365 页，北京，社会科学文献出版社，2007。

③ 《全国妇联参与社会管理及其创新工作会议在京举行》，http://www.chinanews.com/gn/2011/07-06/3162869.shtml，2018-09-01。

阶段：起步阶段，地方政府门户网站发布与政府有关的各种静态信息；单向沟通阶段，地方政府除了在网上发布静态信息外，还向用户提供某种形式的服务；双向互动阶段，政府网站的技术水平大幅提高，政府可实现全面的网上办公，部门之间也可实现网上公文流传、信息查询等；政务全面变革、整合与创新阶段。① 电子政务最核心、最本质的内容是使用现代信息技术支持政府以最有效率的方式完成其业务活动，履行其职责，实现其法定功能。②

妇联网站是妇联工作信息化的一种形式，是中国电子政务的重要内容，它是妇联在互联网上发布信息，提供在线服务和开展互动交流的综合性平台，也可成为人们了解妇联工作、查阅妇联信息、反映女性需要的重要窗口。因此，妇联网站不仅是宣传妇联工作的平台，更要通过网站加强和妇女群众的联系，提高妇联的工作效率和办事能力，成为妇联工作的有效补充和延伸。

二、妇联网站的两种类型

妇联网站经历了从静态呈现信息、交流互动平台到凸显服务功能的发展阶段之后，呈现两种类型：以"中国妇女网"为代表的宣传指导型，以"上海女性网"为代表的服务宣传型。

1. 宣传指导型网站：以中国妇女网等为代表

宣传指导型网站从妇联工作角度出发，传播妇联的方针政

---

① 王长胜主编：《中国电子政务发展报告（2008）》，北京，社会科学文献出版社，2008。

② 王长胜：《中国电子政务发展报告 No.2》，北京，社会科学文献出版社，2005。

策，反映妇联工作，维护妇女权益。主要内容包括工作动态、领导讲话、调研思考、妇女维权、儿童教育等内容，将目标访问者定位于妇联系统干部和精英女性。

2000年10月开通的中国妇女网由全国妇联主办，其致力于内容的权威性、思想性，宣传党的妇女工作方针、倡导文明健康的生活方式，力图成为"服务亿万妇女群众的网上家园"。这类网站还有重庆妇女网、广西妇女网、云南妇联网、北京妇女网、海南妇女网、安徽妇女网等。

工作宣传型网站的内容主要包括以下几个板块：

一是大量的妇联工作信息，包括工作动态、领导讲话、媒体快报、法律法规、巾帼风采、妇女发展、妇女维权、妇运潮汐等。这些信息具有工作帮助和指导意义。以"中国妇女网"为例，尽管网页上的内容在原有基础上缓慢变化，但其主要内容仍以工作宣传为主，公益和服务功能不足。据笔者观察，从2006年至2011年，其内容板块的名称略有调整，如将原有的"花儿园地"分成"婚姻家庭""健康生活""服饰美容"和"儿童天地"等，但内容结构无明显变化。

安徽妇女网的"杰出女性"在界定杰出女性方面有创新，包括政治领域、经济领域、医疗、教育等各行各业女性。杰出女性不再属于某个阶层的女性，而是全社会女性通过努力都可达到的目标。

二是不太稳定的维权救助互动信息。妇联主动利用网络的互动性进行服务，这表现在安徽妇联网站的"网站留言"上，其利用网络互动功能鼓励访问者对妇联工作和网站建设发表看法。与商业女性网站相比，其留言数量少，关注度小，但确实是妇联工作尝试互动、反馈的表现。

笔者分析其中一个较长的帖子，是受害女性为维权向妇联发出的求助信，网站在回帖里给予充分帮助。淮北市一名小学女教师在怀孕后，被夫家强行带到农村做胎儿性别鉴定。女教师提出离婚要求后遭对方威胁，因此想以死摆脱对方。回帖建议：丈夫这样做是违法的，依据《安徽省禁止非医学需要鉴定胎儿性别和选择性终止妊娠的规定》；建议受害者拿起法律武器维护自己和家人的人身权利；对受害者表示同情，并提供妇联联系电话、维权公益热线和反家暴热线。该回帖体现出妇联网站的沟通求助者和妇联的桥梁作用，是妇联联系广大女性的有效渠道，也是其发挥自身作用的有效方式。妇联网站应在这方面大有作为，充分发挥权利维护和法律援助的功能。但研究者再次登录该网站时，发现这方面内容被删掉。这说明妇联网站利用网络互动功能来实现对妇女维权的帮助是不稳定的。

三是少量的生活服务性信息，包括育儿、饮食健康、情感世界、服饰美容等。妇联网站在工作宣传、维权救助等信息之外，还有一些与生活有关的实用性服务信息，但妇联网站在这方面不具备优势，无法与商业化女性网站相比。

2. 以服务为主导的服务宣传型网站：以上海女性网为代表

服务宣传型网站以 2001 年开通的上海女性网为代表。该网由东方网与上海妇联合办，其办网模式新颖，宣传口号、内容设置也独具特色。

第一，上海女性网与东方新闻网合作，尝试一种独特、新颖的办网模式。东方网 2000 年 5 月开通，由上海主要新闻单位与东方明珠股份有限公司、上海信息投资股份有限公司共同发起，开通后即开展一系列对外合作活动以扩大自身影响。上海妇联为促进妇联事业的传播和妇女工作的宣传，与东方网进行合作，利用东方网的影响和实力，充分发挥网络的多媒体功能，将工作宣传通过网络传播与青年女性的需要结合起来。这种合作在上海女性网开通 10 周年之际再次得到强化。2011 年 3 月 6 日，在上海女性网开通 10 周年纪念仪式上，上海市妇联与东方网、《新闻晚报》分别签署《战略合作协议》，继续加强妇联与网络和纸媒的合作，促进上海妇女事业的传播和妇女工作的宣传。

　　除了与东方网合作，上海女性网还充分利用网络的搜索功能、在线视频和网络互动功能。在十周年纪念会上，二者合作开发"上海市三八红旗手（集体）查询检索平台"，方便市民检索查询 1960 年以来历届受表彰的上海市三八红旗手、上海市三八红旗集体。针对网友提出有关女性发展的问题如民生问题、家庭服务、外来女工、关爱女性健康、妇女维权、妇女民间外交等，网站还运用网络在线视频直播"嘉宾访谈"。

　　第二，上海女性网有独特和贴近女性的宣传口号。包括全国妇联网站在内的大多数妇联网站的宣传口号是"男女平等"，以及"自尊、自信、自立、自强"，强调女性的独立自主，具有高度的概括性。上海女性网以"聪慧时尚　自信坚韧　创新进取"为宣传口号，将女性秀外慧中的气质、创新能力和自信的品德结合起来，具体而丰富地体现女性特质。同时，该口号还有鲜明的本地特色。近代以来，上海作为近代中国较早对外开放的城市，时尚特色突出，上海女性网把"聪慧时尚"放在第一位，强调"我们因为世界而风华，世界因为我们而美丽"，对年轻女性更具贴近性。

第三，上海女性网以服务性和实用性为主。上海女性网以开阔的思路办网站，与综合性新闻网站东方网合作，充分利用网络的互动功能和海量存储的特点，信息量大，服务性信息和宣传性内容并重。其工作类和宣传性信息不直接呈现在页面，而是以导航条和超链接的方式呈现，供有需要和感兴趣的访问者打开超链接进行阅读。上海女性网服务性信息非常丰富，其服务性栏目包括健康、婚姻、亲子、时尚、家政、职业发展①等，其中一些栏目通过超链接来提供丰富内容。

网站为职业女性设置的"白领港湾"页面有多个服务性栏目，如女性社会组织发展中心、美好家园、女子课堂、SWPA摄影坊、保健顾问、美丽DIY、好书推荐等。尤其值得一提的是"好书推荐"栏目，它为都市中忙碌的女性提供了一个寻找精神家园的指南。

第四，开展网络调查，关注转型社会带来的婚姻、家庭观念变化，加强女性与社会的联系，发挥妇联的参政职能。随着越来越多的女性成为网民，网络化生存成为女性的一种生活状态，网络为妇联工作搭建了新的平台，也是妇联在新形势下展开工作必须重视的媒介环境。

通过网络进行有奖调查，② 探析社会转型与都市两性爱情婚姻家庭观念的变化，是上海妇联利用网络开展的特色项目。2012年，上海妇联与复旦大学社会性别与发展研究中心联合开展"社会转型期的都市婚姻家庭观"系列网络调查，每月一

---

① 职业发展类信息主要反映在网站的"职飞计划"栏目中，其全称为"上海职业女性飞翔计划"。

② 每期调查抽出30名幸运中奖者，奖品为若干元手机充值费。

期，截至 2012 年 12 月 1 日，共进行十期相关调查。① 参与调查的男女两性人数相差不多，有时男性参与人数还超过女性。② 调查触及社会转型期都市情感、婚姻、家庭等两性关注的热点话题，如裸婚、家暴、夫妻 AA 制、啃老、月嫂等社会热点问题；而"宁可在宝马车上哭，也不在自行车上笑"的调查，则把新闻热点和社会问题结合起来。通过这些调查，调查者能够切实把握社会转型带来的一系列观念变化，并以此为据探索解决这些问题的对策，表现出深度干预社会的特征。

由于这些调查在一年内完成，时间跨度不大，目前还没有资料显示上海妇联通过这些调查在参政方面提出哪些具体的建

---

① 这十次网络调查的主题分别是：

第一期"你知道什么叫'鹰爸'或'虎妈'吗?"调查转型期的子女教育与投资模式；

第二期"月嫂到底好在哪?"调查转型期都市两性的生育成本和生育观念；

第三期"你敢裸婚吗?"调查两性关于物质和感情的看法；

第四期"幸福就像花一样吗?"调查转型期都市两性的婚姻观；

第五期"'家庭煮夫'真受欢迎吗?"调查传统的家庭分工模式在社会转型期的变化；

第六期"如何才能不差钱?"调查转型期的家庭消费与财务模式；

第七期"怎样才算不啃老?"调查转型期的代际关系与家庭居住模式；

第八期"你需要几个'蓝颜知己'?"调查都市女性的社交网络利用情况；

第九期"'家暴'后还有爱吗?"调查都市婚姻冲突及危机应对方式；

第十期"如何将爱情进行到底?"调查都市中老年婚姻家庭观念及现状。

② 如第二期调查"月嫂到底好在哪?"参与调查的男性为 157 位，女性为 151 位。

议，但根据妇联通过以往的调查发现①来建言献策的经过可推断出，这种社会调查是向政府建言献策的基础，是妇联参政的一种渠道。

第五，开设微博平台，进一步公开妇联信息和发挥服务功能。

微博是一个基于用户关系的信息分享、传播以及获取平台，用户可通过 WEB、WAP 以及各种客户端组建个人社区，以 140 字左右的文字更新信息，并实现即时分享。自 2009 年新浪网推出微博服务之后，我国的微博用户人数迅速增加。同时，微博具有的实时发布、互动、分享等个人广播的媒体特征，使微博不仅渗入网民生活，也大大改变了政府信息公开的方式，促进政府进一步向服务型政府转变。在此背景下，2012 年 3 月 8 日，上海妇联网开始利用微博开展服务，其"交流互动"栏目有四个微博链接，分别是：新浪微博、腾讯微博、东方微博和上海滩。② 标签为"上海女性 shwomen"的新浪微博用户，每天发布信息，并被网友转发和评论。截至 2015 年 4 月 16 日，上海女性官方微博在新浪网的粉丝量近 4.2 万，微博数 7580 条。

微博终端的多元化使手机用户可随时随地发布微博，加上微博的个人广播特征，使得网民可以关注和被关注，因此，上海女性有多少粉丝，就有多少个人广播。这些粉丝在关注上海

---

① 2010 年，上海妇联向"两会"提交的提案内容涉及性别平等、妇女儿童权益保障、女性创业就业、儿童发展、涉及女性群众利益的民生问题、环境保护等。这些建议是妇联根据媒体报道、自己调研等方式发现问题之后提出的，它反映出妇联参政议政的途径和方式。

② 东方微博由东方网开设，上海滩由新民网开设。

女性微博的同时，也会被自己的粉丝所关注，这样，上海女性的粉丝量在理论上有非常大的增长空间。通过开通官方微博并及时发布信息，上海妇联把自己和女性大众联系起来。

此外，上海女性网的"嘉宾访谈"栏目由妇联和东方网合办，邀请各区县分管领导、知名女性和专家学者就女性话题展开访谈，这也是它与其他妇联网站不同的地方。

通过网络调查、开设微博等方式深入社会，发现关系妇女儿童发展和权益等问题，通过"两会"提案和领导参与的"嘉宾访谈"，上海妇联通过网站实现了自身的沟通和桥梁作用，成为服务平台、工作平台和宣传平台。网站因此获全国妇联系统省级十佳网站、上海市第四届优秀网站称号，网站还在全国省(市)级妇联网站中率先推出英文版。

第三节　发挥优势，改进妇联网站建设

2011 年通过微博发酵的"李阳家暴"事件成为网民关注的热点，一时间各大门户网站竞相转载，此事是女性权益受到严重侵犯的具体表现，但妇联网站对此缺乏敏感性。维护女性权益，促进两性平等是妇联组织的基本职能，妇联网站作为妇联工作的网络平台，却没有抓焦点、热点来进行反家暴宣传，表现出妇联网站在利用网络宣传维权等方面的迟钝。

尽管妇联网站中有创新者，如上海女性网，但从总体上看，偏重宣传工作的妇联网站为数较多。这些网站除了宣传工作之外，附带少量美容服饰、持家理财、婚姻感情方面的内容，呈现出定位不明、服务功能不到位等不足之处。

一、妇联网站的不足

1. 宣传作用明显，服务内容不足

妇联网站既是妇联的宣传窗口，也是妇联沟通女性的纽带，但妇联网站的沟通互动功能并不明显，这在妇联网站的栏目设置方面略见一斑。网站的功能需要通过它所提供的内容来实现，一个网站的内容都是用栏目组织起来的。[①] 通过统计分析妇联网站内容，可观察到妇联网站建设的现状及其功能。对中国妇女网和地方妇联网站首页内容进行分类统计发现，宣传类内容占妇联网页内容总量的 56.4%，其中工作动态宣传比重最大，妇联网站成为发布妇联工作信息的平台。

妇联组织的基本职能是代表和维护妇女权益，促进男女平等。妇联网站基本都设置了维权、创业就业、家庭教育、健康、婚姻家庭等服务性栏目，但服务类内容所占比例较少，其中"创业就业""维权""教育"等服务类的文章仅占文章总数的 26%，内容单薄，满足不了广大女性网民的需求。

网站为妇联沟通女性提供了巨大的便利，它除了承担宣传工作的平台之外，还应发挥纽带作用，为网民提供切实的服务。在妇联网站的页面上，宣传内容居多，而联系女性的桥梁作用发挥不足，对妇联网站的定位把握不到位。同时，网站通过网络信箱进行沟通的做法效率低下，及时性差，而运用微博、在线实时通讯方式进行沟通的网站还很少。

这种状况是由于传播者本位和服务意识不足造成的。由于这种原因，妇联网站发布大量工作性报道，报道领导活动和妇

---

① 彭兰：《网络传播学》，107 页，北京，中国人民大学出版社，2009。

联工作，缺乏可读性、感染力和吸引力。网站的会议报道表现出强烈的程式化特点，许多妇联会议都是简单介绍会议日程安排，报道的可读性差，信息量少。

2. 以单向传播为主，互动功能不足

妇联网站不仅是妇联展示形象的窗口，同时也是妇联与广大妇女群众沟通的桥梁，这种沟通主要靠网络的互动功能，但是妇联网站的互动功能严重不足。一些网站利用互动性设置了网络调查，但参与者数量极少，网络信箱在回复来信时间隔时间长。绝大多数网站都开设了热线和主席信箱，部分网站开设了问卷调查、留言板、论坛，但博客、微博等社交媒体的使用还不多，网站互动功能较弱。

二、发挥优势，改进妇联网站建设

历经十余年的建设，妇联网站已取得长足发展，各级妇联均建立了官方网站，技术已不再是制约地方妇联网站发展的主要因素。办好妇联网站，扩大自身影响力，需转变观念，认清定位，充分发挥网络传播的优势，摆脱单纯的宣传窗口角色，增强网站作为沟通女性大众和政府的桥梁作用，提高服务水平、满足女性需求。

妇联网站的优势是其严肃性和权威性，网站应利用该优势，发挥政策宣传、公共服务的功能，实现妇联与女性的沟通互动，成为推进性别平等、维护女性权益的便捷媒体。

1. 发挥权威性，做好"下达"工作

由于依托妇联组织，妇联网站具有商业化女性网站无法比拟的权威性，其在国家妇女政策的解释和传达方面具有先天优势。

妇联网站的权威性还表现在它是弘扬女性意识的主阵地。

弘扬女性意识，表达女性追求自由、维护权利等内容是妇联网站的优势。妇联网站曾做过此方面的报道，如广西妇女网曾经以"独守五年空房　法院还妻子自由身"一文报道阿霞为结束有名无实的婚姻，两次向法院要求离婚，还己自由身。网站还转发了《当代生活报》报道"广西妇女维权宣传周启动　为妇女答疑解惑"的文章，受害者何女士不堪家庭暴力寻求法律支持。在这里，女性不再默默承受婚姻的不幸，而是以法律武器维护自己的权利。

在信息发布方面，妇联网站的优势是发布权威信息，对关系女性权益的政策、法律进行解释。这种解释要考虑受众需要，从接近性上做文章。有关女性权益的法律政策如何解读，关于妇女工作的会议如何报道，都要站在一定高度，根据受众的需要和心理进行传播，突出权威性，强化可读性，吸引更多的浏览者，发挥妇联网站独特的影响力。

2. 履行"纽带"和"桥梁"角色，做好"上传"工作

妇联网站可通过调查问卷的方法征求妇女对政府工作的意见，为政府的施政方针提供参考。在这方面，可借鉴"香港妇女发展联合会"（Hong Kong Women Development Association Limited）①的做法。它通过调查问卷的方法征求香港妇女对工作、社会的意见，力图对香港政府的施政方针提出建议。例如，2005 年的问卷调查是"妇女对行政长官曾荫权的期望""妇女对行政长官施政报告的期望"，2006 年的问卷调查有

---

① 1996 年成立的香港妇女发展联合会，在 2001 年被香港税务局认可为慈善机构。目前有团体会员 20 个，会员五万多人。其宗旨是促进妇女自强、发展、服务、维护；关注妇女及儿童权益；提高妇女素质；协助妇女发展；倡导妇女服务。

"妇女对五天工作制的看法""双职妇女面对的角色冲突——香港双职妇女工作及家庭生活状况"。大陆的各级妇联可利用各种调查方法，了解当代女性关注的问题，为妇联建言献策、维护女性权益、促进女性发展提供依据。为扩大调查问卷的影响，妇联网站可联合其他大型新闻网站，突出权威性、体现可读性。上海妇联与东方网的合作，就是一个可以借鉴的模式。

3. 服务基层，突出维权和服务的特色

妇联网站的权威性使它在提供服务方面具有先天优势，如政策咨询、法律帮助、权利救助等，而网站的便捷沟通为开展这些服务提供了条件。妇联上连政府，下接民众，妇联网站对服务职能和宣传职能应有均衡表现，但实际上服务职能发挥得远远不够。

妇联网站坚持社会性别意识，为女性开辟就业、技能培训等信息服务，是商业女性网站所不能比拟的优势。在社会转型期，女性在参政、就业、劳动保护、婚姻家庭等方面出现许多新情况、新问题，这需要妇联能反映其呼声，代表其利益。大多数妇联网站都开设了维权服务栏目，有的还开通维权热线，但网站还需进一步利用网络的即时互动功能为网民解答问题。例如，用律师在线、在线说法或点击打开飘浮式小窗口等方式，为女性提供及时、有效的服务。对妇女权益受侵的重大事件和典型案例，及时通过媒体公开表明妇联立场，声援受害妇女，维护女性权益。

帮助女性维权是表现妇联网站权威性的重要一面，但这种维权一定要扎实可行，切实帮助女性解决问题，最好能在妇联的带动下，发挥系统的社会救助力量。在这方面，澳门妇女组织的做法值得借鉴。1950 年成立的澳门妇联总会是非营利性社会服务团体，①其下属的妇女庇护中心"妇联励苑"为深受家暴困扰的妇女提供切实而细致的帮助。该机构的宣传口号是"忍受家庭暴力，并非唯一办法。身心受创的你，可以不再独自承受"。为此，"妇联励苑"设置 24 小时求助热线，由专业社工及受训义工接听；还为深受家庭暴力困扰的妇女提供临时居所(第一周免费，其后需缴付服务费)。同时开展的服务还有：危机介入，接受警方、医院及社会服务专业转介，为受虐妇女提供服务；情绪辅导，由专业社工提供情绪及咨询辅导服务；小组支援，通过小组活动，协助受虐妇女重建自信、积极面对生活；法律咨询，向受虐者提供法律咨询服务；儿童功课辅导，为入住儿童提供功课辅导；离舍跟进服务，个案将转介妇女联合总会下属家庭服务中心及相关服务机构跟进。在对女性提供服务和援助方面，"妇联励苑"的服务细致、全面，其对妇女的维权和救助，切实付诸实际行动，能够真正为处于困难中的女性提供服务。

作为社会团体，香港妇联和大陆妇联的职能不同，前者主要是监督政府施政，通过调查妇女对政府工作的意见来影响政府，最终促进妇女的发展；后者在党和政府的领导下维护妇女儿童权利，促进妇女发展。尽管特区的妇女组织与特区政府的关系不同于大陆的妇联与党和政府的关系，但前者在调查妇女关心的问题与想法、妇女维权救助、联络妇联与民众等方面的

---

① 澳门妇女联合总会(The women's General Association of Macau)简称"妇联总会"，1950 年成立，属非营利性社会服务团体，"以增进澳门妇女之爱国爱澳团结，密切联系各阶层妇女，关心社会、服务社群，办好妇女儿童福利事业及维护妇女合法权益为宗旨"。

做法，可为大陆妇联所借鉴。

4. 策划和举办活动，增加妇联网站的现实影响力

策划和举办活动能把妇联的权威性变为现实影响力，同时，设置不同主题也能吸引不同的参与者。目前，妇联策划的活动不少，但多与工作宣传有关，如上海妇联的"上海妇女联合会建会 60 周年"、北京妇联的"深入开展争先创优活动"等，都是从宣传妇联工作的角度出发。如果妇联能根据女性的现实需要，策划一些当地女性感兴趣的活动，则可在活动中切实增强妇联的影响力。这些活动策划均可利用网站这个交流平台，发布信息、及时交流。

在这方面，澳门妇女联合总会策划过不少社区活动，拉近妇女组织和普通女性的关系。2006 年暑期，澳门妇联开展一系列教育培训活动，访问者可根据网上提示，依自己的兴趣选择合适的兴趣班。成人兴趣班有编织、舞蹈、普通话等，儿童兴趣班有学习电脑、趣味英语、儿童舞蹈、写作技巧、少年武术等。妇联的青年委员会还主办《怀旧·流行·金曲迎仲夏》青年歌唱比赛"，为青少年提供有益身心的活动，发挥唱歌潜能，在网页上即可下载报名表，非常方便。澳门妇女联合总会举办活动的频次很高，范围很广，既有比较严肃的法律宣传推广，又有实用性强的培训活动，还有形式多样的娱乐活动等。2006 年 8 月 1 日至 20 日，妇女联合总会下属的不同部门共举办 19 次活动；2013 年 6 月，妇女联合总会网站公布了不同部门举办的各种活动，共 13 项。这些活动内容包括妇女法制推广宣传、自助游讲座、歌唱和摄影比赛、和谐家庭选举、澳门世遗半天游、儿童厨艺培训、儿童暑期兴趣班、子女管教方法培训、女性腰痛中医防治讲座、产前产后及婴幼儿健康，还有亲子头饰 DIY 等。

新形势下的大陆妇联，需充分利用网站，在增强服务功能、加强与女性沟通的同时，发布权威信息，策划和举办活动，调动普通女性的积极性和参与热情，增强妇联网站的影响力。

第四节　消费主义视野下的商业女性网站

目前，学术界多以社会性别视角来研究女性网站，而对制约女性网站发展的消费主义倾向的研究尚属空白。本节以三大门户网站的女性频道——新浪伊人风采、搜狐女人频道和网易女人为考察对象，考察时间为 2007 年 7 月 23 日，以内容分析法考察女性网站消费主义的表现及其原因，以期对女性网站的发展有所裨益。

女性网站的内容以诱导女性进行炫耀性消费的装扮类信息为主，并以大量关于女性情感的负面信息作为消费对象呈现给网民。女性网站的内容与女网民的阅读需求相去甚远。究其原因是网站制作者受商业化和消费主义的影响，网站内容定位对女性阅读需求的忽视和社会性别意识的缺失等原因造成的。

一、女性网站内容描述

据统计，新浪伊人风采、搜狐女人频道和网易女人频道的图片总数分别为 49 幅、50 幅和 29 幅，文字信息总数分别为 459 条、181 条、168 条，其中情感类信息分别为 188 条、63 条和 52 条。

1. 图片信息内容及比例

女性频道的图片信息主要有靓丽女性的身体，高档化妆品及服饰，广告等内容。具体比例如下（表 5-2）。

表 5-2 女性频道图片信息（百分比）

频道/图片分类	女性身体	化妆品及服饰	广告	男性身体	其他
新浪伊人风采	63.2	8.2	14.2	12.2	2.2
搜狐女人频道	28	26	42	0	4
网易女人	13.8	55.2	31	0	0
平均比例	35	29.8	29	4.1	2.1

2. 文字信息内容及比例

装扮类信息，包括时尚服装、品牌饰品、美容美发、减肥塑身、明星写真等内容；情感类信息，包括婚姻、恋爱、家庭关系等内容；休闲类信息，包括美食、旅游、宠物等内容；职场类信息，包括同事关系、职业指导等内容，具体比例如下（表 5-3）。

表 5-3 女性频道文字信息（百分比）

频道/信息分类	装扮类信息	情感类信息	休闲类信息	职场类信息	其他
新浪伊人风采	51.3	41.1	2.3	0	5.3
搜狐女人频道	45.9	30.4	3.2	0	20.5
网易女人	51.7	37.2	2	4.8	4.3
平均比例	49.6	36.2	2.5	1.6	10.1

3. 文字信息中的情感类信息内容及比例

正常情感，包括正常的婆媳关系、亲子关系、夫妻情感等内容；不幸或畸形情感，包括婚姻破裂、婚外恋、三角恋、傍大款、同性恋等内容；明星情感故事；情感指南，包括恋爱指导、幸福指南等内容(表5-4)。

表5-4　文字信息中的情感类信息内容及比例(百分比)

频道/分类	正常情感	不幸或畸形情感	明星情感	情感指南	其他
新浪伊人风采	3.7	55.3	8.5	16	16.5
搜狐女人频道	9.5	46.1	0	23.8	20.6
网易女人	5.8	53.8	1.9	21.2	17.3
平均比例	6.33	51.73	3.47	20.33	18.13

二、女性网站的消费主义表现：让女性消费商品，让隐私满足欲望

波德里亚认为，消费社会突出了社会形态从以生产为中心向以消费为中心的模式的转变。消费社会的理论范式强调欲望的文化、享乐主义的意识形态和都市的生活方式。[①] 女性网站的装扮类信息把女性作为物质消费的主体，而以展现隐私为主的情感类信息则把女性作为被消费者，通过满足网民的窥私欲来获得足够的注意力。

1. 女性的消费主义表现之一：让女性消费商品

女性网站的消费主义表现之一是通过图片和文字来劝服女性，让女性在编码者的消费主义引导下为外在美进行炫耀性消费。女性网站的图片信息以直接感官来刺激女性为了身体美而进行消费，文字信息中的装扮类信息通过描述消费模式和消费理念，劝说女性消费新潮商品，二者一起构成了对女性的消费总动员。

---

① 周宪：《视觉文化与消费社会》，载《福建论坛(人文社会科学版)》，2001(2)。

第一，图片信息中的消费主义。女性网站通过表现女性身体不同部位被夸大的图片对美进行编码，以支配女性身体的诸多部位迎合消费社会的潮流，"把身体当作一座有待开发的矿藏一样进行'温柔地'开发以使它在时尚市场上表现出幸福、健康、美丽得意动物性的可见符号"①。统计显示，女性网站以刺激女性为身体美进行消费的图片的平均比例为35％，数量和所占比例均居图片信息之首。由于视觉是比语言更为直观和有效的表达，影像视觉成为网络传播信息的方式之一，而视觉偏好的感性思维方式强化了主体对视觉的迷恋和欲望。

身体是视觉的要素之一。女性网络上的女性身体图片作为视觉文化符号传播的载体，劝说着女性围绕身体进行消费。在网民的视觉最先接触的位置——网站首页的最上方，经常叠放着明星美女的婀娜身姿、姣好面容、昂贵的首饰或是被新潮的服饰所包裹的身体。虽然此处的每幅图片都强调自身的叙事目的，但图片下方的文字解说则为消费者进行消费特色和美的编码，其并没有跳出诱惑女性进行装扮消费的窠臼。女性网站的女性身体图片将女性身体碎片化，通过编码来表现明星的风情美发、性感写真、骨感美、优美的曲线、姣好的面容等。这些具有编码意义的美，都是消费的结果：你若想保持年轻美丽，可以到美发店美发，可以吸脂减肥，可以穿美体内衣塑形，可以吃天然雌激素。拥有这些美不仅使自己年轻，而且更自信更有吸引力。在这里，女性不是一个有个性和思想的主体，而是纯粹的消费者。女性被肢解为一个个物质符号，包括服饰、脸

---

① ［法］让·波德里亚：《消费社会》，142 页，南京，南京大学出版社，2000。

蛋、胸脯、身姿、臀部，甚至指甲、眉毛、头发等，都可以通过消费来美化。

在消费社会里，女性身体的每个部位都服从消费的需要，女性通过消费达到身体的内在功能保养和外在形象塑造，从而获得自信和认可。女性网站的消费主义信息建构着女性的身体消费理念，为女性提供无限的消费欲望空间，为商品消费提供巨大的市场，"一方面，消费文化掩盖老化与死亡，把它们掩盖在永远快乐的幻觉中；另一方面，又取悦我们的虚荣心——我们此时此地正在享受好生活。消费文化依然需要刺激人们对于随着老化而产生的衰老与无能的恐惧，劝说人们及时消费躯体并想办法延缓衰老"。①

第二，文字信息中的消费主义。

女性网站的装扮类信息占文字信息总量的 49.6%，它传播了符号化的消费模式和消费理念，塑造着女性的消费愿景，使女性成为服饰和化妆品的消费者。每则装扮类信息都极力展现服饰的质地、款式、颜色及搭配效果，充满了广告式的夸张。通过夸张的文字，服饰具备了无所不能的神奇功能。用于介绍每款服饰及其搭配效果的词汇，如气质、魅力、醒目、诱惑、优雅、时尚、个性、新潮、性感、高贵等符号，成为女性的穿衣指南，是女性品位和地位的象征。这些文字信息还认为：高档手袋、高级化妆品、名表等奢侈品，以其和谐自然的色调，上等名贵的材质，多元化的搭配，精心考究的设计，享誉全球的品牌等，尽显女性的优雅和自在。它们与时装一道，

---

① 费塞斯通：《消费文化中的躯体》，http://news.artron.net/20071210/n38925.html，2018-09-02。

共同赞扬其的存在对女性的意义，构成完整的服饰消费总动员，劝说女性消费新潮商品，共同构建女性风采十足的消费神话。

这些充满消费主义的信息使女性网络明显附和了当前新闻媒介的消费主义倾向，因为身体被重新占有，依据的不是主体的自主目标，而是"一种娱乐及享乐主义效益的标准化原则、一种直接与一个生产及指导性消费的社会编码规则及标准相联系的工具约束"①。

古语云，"腹有诗书气自华"，它强调知识和修养在突出个人高雅气质中的作用。但在消费社会里，穿着打扮是个人品位的表现，也是被社会认可和获得注意的条件。所以，服饰不是用来遮体的，而是用来赞美躯体的，服饰的功能不再是遮体御寒，而是对身体的炫耀性展示。服装的优劣不是服装本身的事情，而是人赋予服装的符号意义的差异。消费者只要消费了被编码为不同符号意义的服饰，就会具有与服饰相符合的气质。所谓"Dress Meets Body"，服饰和身体合而为一的理念，鼓动女性无穷地消费服饰，而消费就是一切。

2. 女性网站的消费主义表现之二：让隐私满足欲望

讲述畸形的私人情感，将个人隐私公开化，以传媒主体形象的转变实践着传媒的消费主义倾向，是女性网站消费主义的另一方面。

女性网站的情感类信息占文字信息总量的平均比例为36.2%，仅次于装扮类信息，占据第二位。如果说装扮类信息

①　[法]让·波德里亚：《消费社会》，143页，南京，南京大学出版社，2001。

创造了物质消费需要，那么情感类信息满足了精神消费需要，刺激着网民的窥私欲，满足了大众的好奇心，使女性网站弥漫着浓厚的消费主义。[①] 在情感类信息里，通过披露本属隐私的畸形情感关系，用怜悯者的眼光，将女性定格在情妇、多角恋、弱者、被害者、甘心付出、痴情等畸形和被动的性别角色中，通过模糊个人隐私中当事人的身份，进而将隐私公开化。

女性频道里的情感经常被这样一些关键词左右：情妇、诱惑、牺牲品、优劣、危险、被宠、蒙蔽、苦等、报复、守候、甘愿、堕胎等。在这些情感故事里，女性不是情妇，就是爱情的牺牲品；不是诱惑，就是危险；不是一夜情，就是性交易；不是被宠爱，就是被蒙蔽；不是傻傻地苦等，就是为感情放弃自我。女性复杂多样的情感世界被简化为畸形的、片面的情感。女性网站片面放大了变形的情感，忽视客观存在的大量正常、健康的情感类信息。

娱乐新闻的特征之一是以暴露隐私、情感故事等猎奇信息为主，以达到刺激消费者眼球的目的。[②] 在女性网站的情感类信息中，反映情感不幸或畸形情感的信息占信息总量的51.7%。如果说外表装扮类信息旨在将年轻、高雅、性感等外在评价标准内化为女性的消费动机，使女性实践炫耀性消费，那么情感类信息大多讲述婚外恋和一夜情等畸形情感故事，把详尽的隐私故事情节通过掩盖当事人的真实身份之后公开，突出信息的娱乐性和窥私等特点，以达到娱乐网民并使之消费媒

---

① 关于精神消费需要，参见秦志希、刘敏：《新闻传媒的消费主义倾向》，载《现代传播》，2002(1)。

② 赵卓伦、常立军：《中国内地娱乐新闻的特征》，载《河北大学成人教育学院学报》，2006(9)。

介的结果。

女性网站不是反映女性在激烈的社会竞争中表现出的进取心及创新精神，而是片面地裁剪出她们的情感信息。媒介具有"拟环境"的作用，但女性网站上的情感类信息虚假地"拟态"表现现实图景，以纯粹的感官刺激代替理性的思辨，消解着受众的精神追求。女性网络表现出新闻传媒不应有的歪曲女性情感生活的强烈消费主义倾向①，即以利润的最大化为原则，把人的情感当作商业资源，以吸引受众的眼球，将本属公共领域的女性网络变成"私人领域"。

三、女性网站消费主义表现的原因分析

从身体和服饰的炫耀性消费到情感隐私的公开化，女性网络由表及里地表现出浓厚的消费主义倾向。这是由于女性网站的商业化赢利模式对媒介社会责任感的侵蚀、把关人社会性别意识缺席和对当代女性精神需求的忽视等原因造成的。

1. 女性网站的商业化赢利模式对媒介社会责任感的侵蚀

女性网站本应是女性表达意见的平台，通过反映和指导女性现实生活，并以此谋求商业利益，实现商业利益和服务公众的社会责任感的统一。但是，在追求赢利和"消费决定一切"的影响下，女性网站成为商业文化和消费主义的推手，向目标消费者不断提供刺激和消费欲望，诱导女性对消费的无休止追求，并达到吸引受众注意力的目的，从而导致女性网站表达公众意见的空间被挤压，服务公众的社会责任感被侵蚀。

作为传播组织，媒介决非无意识地传播信息，媒介会以预

---

① 秦志希、刘敏：《新闻传媒的消费主义倾向》，载《现代传播》，2002(1)。

设的"代码"将传播者的观念、利益及需要输入到编码过程中，对传播内容行选择。前述的三家女性频道分别隶属三大门户网站，网络广告是其重要收入之一。新浪网的经营模式以内容加广告为核心，① 网易也致力于发展网络广告，并在 2006 年 10 月 27 日举行的"第四届中国网络广告大赛"上囊括八项网络广告大奖。② 三家女性频道的首页均有大量商品图片，以直接广告推介商品，搜狐女性还与众多时尚品牌保持密切的合作伙伴关系，通过直接或间接的广告向女性推荐商品。广告需要有足够的注意力支撑，这决定女性网站的内容以吸引网民注意力为主要目的，并以此作为编码的主要依据。

在消费主义和商业文化的影响下，女性网站以内容的单一性代替女性实际生活的丰富多彩。女性网站上随处可见诱惑女性消费商品和暴露畸形情感的信息，片面地将受众视为消费者，受众的选择与消费的决定是网站的终极制裁，商品拜物教和市场无形之手共同影响着女性网站内容传播者的从业观。

2. 对女性信息需求的忽视

女性网站浓厚的消费主义倾向，不仅是商业化模式的侵蚀所致，还与忽视女性阅读需求有关。对比女网民的特征及其阅读需求和女性网站的内容，可清楚地看到这一点。

据中国互联网信息中心调查，到 2012 年 12 月第 31 次调查为止，女网民占全部网民的比例达 44.2%，年龄主要在 19—49 岁。其上网的主要目的是获取信息（包括新闻信息、计算机软硬件信息、休闲娱乐信息和生活服务信息）、网络购物、

---

① 姜红：《新浪：从网络广告到网络整合营销》，载《中国广告》，2007(5)。

② 《网易：囊括八项网络广告大奖》，载《广告人》，2006(12)。

交流沟通和网络娱乐，网民的职业以学生、专业技术人员、企业单位管理人员、商业服务业有关人员为主。① 可见，女网民基本上是青年、中年知识女性。

女网民的阅读需求是什么？2007 年 7 月 4 日，网易女性频道联合华坤女性生活调查中心发布的第一份女性网民内容偏好调查——"女性网民性别观念与内容偏好"在线调查结果显示："独立""自我""智慧"是女网民心目中理想的女性形象；认同两性平等的价值观，女人应该做独立自主的人；对大众媒介中贬低和歧视女性的内容表示出明显的不适和反感。根据上述调查，女性网民的阅读需求可归结为：最关注的信息是新闻，这体现了女性的社会意识；不喜欢格调和立意低下的题材，这体现了女性的阅读品味；认同两性平等，对媒介歧视和贬低女性的报道不满，这表明女性期望媒介能准确表达女性形象。

可见，女性不仅仅关注自身外在形象和囿于个人情感的"私人领域"的个人，更关注社会、与社会发展联系密切、有强烈社会意识和职业精神的"公共领域"的人。显然，女性媒介的内容没有满足女性的阅读需求，因为它没有表现女性最重视的价值如独立、自我、智慧等，这种做法无法促使女性构筑对于媒介的行为忠诚度和情感忠诚度。

3. 传播者社会性别意识的缺失

社会性别意识认为男女两性的差异是在社会历史中形成的文化差异，社会性别虽然存在差异，但男、女性别之间应该是平等的。② 具有社会性别意识的传媒应从以下几方面反映女性

---

① 相关数据来自 http://www.cnnic.net.cn/。

② 刘利群：《社会性别与媒介传播》，17－18 页，北京，中国传媒大学出版社，2004。

的生活和社会经济地位及女性和男性的关系：第一，女性应具有独立的人格和独立的存在价值，而非男性的附庸和被动的观赏者；第二，女性应该是、事实上也是可以发展为多元的社会角色，而非仅仅是消费者角色；第三，女性正成为发展过程的推动者、创造者或重要的行动者，这种形象应在大众传媒中得到表现；第四，媒介应对女性所承担的陈规定型式的角色和形象有性别敏感和性别自觉；第五，由于传统文化的影响，人们更习惯从男性文化角度来审看传媒中的女性形象，因此，社会性别觉悟还意味着要具有批判精神。[①] 按照学界的说法并参照女性网站的内容，可看出女性网站的社会性别意识比较缺乏：它既没有表现女性独立的人格和存在的价值，也没有表现女性对社会发展的推动作用，而是片面地把女性表现为消费者和情感隐私方面的被消费者，让女性自恋般地关注自己的身体和外在形象，让网民窥探女性的情感隐私，很少关注女性在社会大变革的背景下创业发展、努力工作的信息。由于社会性别意识的缺失，在由先进的传播技术支撑的女性网站里，女性一方面是身着华丽外衣并不断消费的消费者，一方面是陷于情感危机的不幸者。

四、内容为王，服务至上：女性网站出路探析

女性媒介本是表达女性意见的重要领域，但女性网站的消费主义倾向，异化了女性的现实生活，严重制约了女性网站的发展。女性网站要具备自己的核心竞争力，就应从内容和形式上加以改进。

[①] 卜卫、刘晓红：《关于中国妇女电视节目的研究报告》，载《新闻与传播研究》，2000(3)。

　　在内容上，结合女网民阅读需求，合理配置页面内容，全面表现女性担当的角色，尤其是增加反映女性在职场的激烈竞争中所表现的知识、才能、信心和勇气；不仅要表现妇女为了自身外在形象而装扮自己，更要反映女性不断充实自己的知识储备，提炼自己的职业技能，培养自己的内涵，提高自己的修养等方面的内容。在情感信息方面，女性网站要结合女性网民的实际情感现状，在对当代女性情感状态进行调查、了解的基础上，全面反映当今女性情感世界多元并存的状态，让女性从受害者、弱者、第三者等片面情感信息中走出来。

　　在形式上，增强互动性和服务性。女性网络和传统媒介的最大不同就是它的互动性，女性网站可利用互动性与女性网民进行交流，设立论坛，设置议题，让网民自由发表意见，网站管理者充当引导者的角色，使网站形成具有个性化的空间，吸引不同兴趣的网民参加，并培养一定的忠诚度。由于奉行消费主义，女性网站目前的内容涉及面单一，风格雷同，缺乏特色，而从内容方面进行比较，女性网站的内容几乎是女性时尚杂志的电子版，内容的结构非常相似，未能发挥网络的优势，形成个性化空间。

　　在赢利模式上，女性网站可以在网络广告、品牌合作的同时，尝试电子商务、内容定制（RSS）等新方式。

　　寻找女性网站的出路是一个在实践中不断发现和尝试的过程。但是，展现自身的社会责任感，以社会性别视角，找准定位，内容上满足女性网民的精神需求，形成有特色的个性空间，应是女性网站发展的必由之路。

第五节 女性博客中的女性话语权分析

博客是一种由个人管理、不定期张贴新文章的网站，它是网络发展到 Web2.0 时代之后的产物。随着网络的普及和网络用户人数的增加，中国博客用户的人数不断增加。据 CNNIC 公布的《2007 年中国博客调查报告》显示，截至 2007 年 11 月底，中国博客总人数达 4700 万，其中男性占 43%，而女性占 57%。按照这一比例，女性博客用户约为 2679 万。这一数字在 2012 年的调查中再次被刷新。据 CNNIC 在 2012 年 12 月对中国互联网发展状况的调查统计，中国网民总数已达 5.64 亿，其中博客用户达 3.72 亿。如果按照当年的男女网民 55.8∶44.2 的比例计算，开设博客的女性网民大约在 1.64 亿。

博客为女性表达提供了便捷的方式和无限的空间，但是，博客是否让女性实现了自己的话语权呢？博客是否改善了女性的地位呢？本节从博客与女性话语权的关系出发来探析该问题。

地位是个人或团体在社会关系中所处的位置，女性的地位是在与男性的对比中显示出来的。在社会上，是否拥有真正的话语权是一个人社会地位的表现。由于社会建构的原因，女性在历史上长期以来处于社会的第二位，以男性为中心、男强女弱、男尊女卑基本上成为两性地位的模板。在媒介市场化的过程中，由于传统性别意识符合媒介市场赢利的要求，媒介出现了迎合传统意识的现象，媒介中女性的刻板印象并未改变，两性不平等反而有加剧的倾向。

以网络为代表的新媒介，以其强烈的交互性和传播的低门槛消解了传者和受众的界限，使得参与新媒介传播的女性人数、受众的主动性均大为增加，这在客观上为女性进行自主传播、行使话语权、改变女性的刻板印象、缩小两性地位差距提供了物质和技术条件。但事实上，由于网络与商业利益和男权文化的结合，以及女性在传播中的被动性话语策略，两性在网络中的地位反而呈现出差距加大的趋势。

一、女性博客获得注意力的条件

在众多博客中，并非所有的女性博客都有机会被网民看到，在注意力资源有限的情况下，只有女性名人博客能做到这一点，吸引大量访问者，凝聚大量注意力。在海量的信息传播网络上，若无所在网站的推荐置顶，很多博客只能沦为自我言说的平台，并没有机会表现自己的影响力。实际上，名人博客是最容易受到关注的，这也是洪晃的 ilook 和杨澜的博客长期占据新浪女性博客排行榜前几名的原因。而普通女性，如果想被关注，获得注意力，就要靠出位的表达来获得。在普通女性博客中，最终成名的不外乎以下几种途径：一是靠脱或靠色来赢得注意力，如芙蓉姐姐、木子美等；二是以"不脱不色"为标榜，但通过对两性关系和情感问题的实用性、娱乐化和个性化解读获得注意力，如鱼顺顺的情感博客。

鱼顺顺在其博客《女人不要太能干》中有这样的话语："女人嫁人就是自投罗网。落入陷阱的女人也不一定都困死其中，有人就随遇而安，待在井底也怡然自得，这是适合婚姻的人，任何时代都有为数不少的女人适合做男人的女人，而不是她自己。还有些女人就不甘被男人统治了，她们会一边渴望被男人关怀，一边又使出浑身解数奉迎男人。这种情绪犹如犯了毒瘾，明知不可为，还无法放弃。而不放弃的结果是，男人认定你既然做了他的女人，你就该和其他女人一样，传统里的其他女人都是温柔贤惠的，要出得厅堂下得厨房，最好还要有叫男人引以为荣的姿色，你若没姿色，你就先天欠了男人点什么，一旦做了他的'内人'，你就更该任劳任怨克勤克俭忠心不二——不知道这是不是中国两性文化的特色？当女人要用羸弱身体去为强悍健壮的男人做从头至尾的服务时，只能说这社会进化得还不够，我们直立行走的时间还相对短暂。""女人不要太能干，假如你想男人始终疼你在意你，你就装笨装傻装无能吧"。

她的《网友见面全攻略》没有传统的阻止和规劝，而是奉劝女性在经过思考之后，再做周密计划，这一些建议与众不同，颇有实用性。"你想见他了？你真决定了？你肯定不后悔？以上三个问题，请在见面前问自己 N 遍！假如有一次犹豫，你都别见他。假如问了自己 N 遍，还是很坚决，那么请做如下准备：一、准备一封遗书。二、收拾干净电脑。三、准备好安全药具。四、其他细节准备。这步比较烦琐，咱一条条列举：a. 见面前好好休息 2 天，保证睡眠，这样气色能好看点；b. 见面前半年不做整容手术，否则疤痕给对方发现，人家以为你全身伪造，要倒胃口。c. 准备好最合适你的衣饰，不要全身崭新到连包装褶痕都在，要自然自信。d. 出门前做一次美容、焗一次头发。e. 给手机充值。装上充电器。再带本从来不翻的哲学书，目的是让他对你刮目相看。f. 告诉你最好的闺中密友：你去哪里了，见谁了，对方的电话。此步是为防范出事的。其他，俺还没想好，你自己补充吧。总之越仔细越可靠。还有一点至关重要：见面之前一定先视频，照片很可能美化一个人，别信哈。"

鱼顺顺以批判和戏谑的语言、娱乐的心态、反叛的心理来为网友提供实用信息，而不是谈论一些严肃的话题，其观点实用新颖，但从社会性别视角看，这些观点未必全有道理，尽管如此，其博客内容还是吸引了不少注意力，其搜狐博客的总点击量在 2010 年年初达到 7000 多万，这一数字在 2012 年接近8500 万。

女性博客如果没有名人效应，没有能够吸引眼球的新颖话题，没有出位的内容，没有戏谑的语言，其就不大可能被网民关注。这样，博客除了自我的表达和发泄之外，只是一种没有影响力的自言自语。

二、博客媒介环境：女性话语权的"乌托邦"

1. 传统媒介中女性话语权的失落

话语是所有被书写、被言说的东西，是所有能引起对话或交谈的东西。福柯指出，人类的一切知识都是通过"话语"而获得的，任何脱离"话语"的事物都不存在，人与世界的关系是一种话语关系，"'话语'意味着一个社会团体依据某些成规将其意义传播于社会之中，以此确立其社会地位，并为其他团体所认识的过程。"①因此，话语权包括话语权利和话语权力，即主体说话的资格和通过话语影响他人、确立其社会地位的能力。

传播媒介的出现与使用对两性地位有着深远的影响，因为传播媒介构建的不仅是一种传播模式，它也影响着人们的思维和传播秩序。在传统媒介环境中，由于存在传播者的准入机制和媒介对传播者的专业知识和专业技能的要求，以及女新闻工作者在传统媒介中的地位和影响力有限，女性在传统媒介中的影响力始终有限。传统媒介的话语权深受传统男权文化的影

---

① 王治河：《福柯》，159 页，长沙，湖南教育出版社，1999。

响，媒介内容中普遍存在着性别刻板印象，这影响了女性在传播媒介中的参与权和话语权，最终限制了女性的社会地位。塔奇曼的"反映假设"理论认为，媒介为了吸引更多受众，就必须反映社会价值标准，这在掩盖社会真实的同时，导致了"象征性的歼灭"。在此过程中，媒介表现的性别陈规再次强化了主流意识中的两性不平等，女性的被动、柔弱、非理性与男性的主动、权威、理性的特点形成鲜明对比。

因此，在传统媒介环境中，由于传播秩序的男性控制以及对传播者的知识、文化等因素的要求，再加上媒介的放大作用，使得由于历史和现实原因造成的女性在传播秩序中的不平等地位在一定程度上更为加剧。

2. 博客媒介环境为女性提供了话语机会

从理论上讲，博客的出现打破了传统的话语控制模式，为女性自主参与信息传播、为女性社会地位的改变提供了契机。只要有上网的手机或电脑以及文字书写能力，女性就可随时随地传播信息，这意味着女性在博客环境中有了自由发言的机会，女性得到了与男性同等的参与话语表达的权利。中国互联网络发展状况统计报告显示，拥有个人博客的网民数量日益增加，其中包括女性网民。女性因开设博客而主动参与网络传播，极大地提高了女性传播的积极性，网络传播中女性缺席的状态开始被打破。

受女权主义批判的"领域划分"的意识形态把人类活动的领域划分为两个领域即公共领域和私人领域。公共领域与国家社会有关，是男性的活动领域；私人领域与家庭有关，是女性的活动领域。而新媒介以其较低的参与门槛融合了公共领域与私人领域，使女性可以更多地参与到公共领域。网络女性频道的出现、女性作家的活跃、女性对公共事件的认识和舆论表达在新媒介环境下得到了更好的发展和体现。

博客的低门槛和开放性特点消解了男性对媒介的控制权，参与新媒介传播的女性人数大为增加。因此，现代传播技术的发展在理论和技术上为女性自我意识的提高和性别鸿沟的弥合提供了条件。

3. 博客媒介环境下两性地位差距加剧

博客具备弥合性别差距的优势，其带来的自由使女性获得了前所未有的发言机会和言论空间。但这一点并没有随着博客的发展而充分显现，因为大多数女性的言说并非出于女性主体资格和主体意识的考虑，而是向媒介市场无意识妥协的结果。在男权文化与商业化因素的合谋下，博客使性别鸿沟进一步拉大，新媒介对女性的刻板印象并未改变。

第一，普通女性通过身体写作获得关注。博客给予女性表达的机会和可能性，少数名人女性博客因其作者的高知名度带来的名人效应符合网站市场营销的需要，能够获得高点击率，所以被编辑放在网页的醒目位置，而普通女性博客则只能通过迎合市场上的低级趣味来获得点击率。女性在新媒介环境中创造出来的表达方式蕴含着对传统男性价值标准的迎合，而缺乏批判眼光和主体意识。其实，女性试图以身体表达为手段来行使话语权进而构建女性的自我表达是徒劳的，因为女性在"身体写作"中不自觉地把自己当成一个被看者，或以男性的价值标准来实现对自身身体的改造，以满足受众的"窥视"性注意。这种通过男性话语进行表达的女性写作实际上造成了女性博客的"失语"。

因此，女性博客数量的增多仅仅是增加了网络文章的数量，而只有符合媒介市场的要求和吸引男性的注意力才是女性取得流行身份的关键，大部分女性仍然没有自己的声音，所谓的女性表达只是话语权的"乌托邦"。

第二，女性在博客中依然是被看者。在针对女性的网络广告中，美丽、迷人、性感仍然是主打广告语和商品卖点。近年来，通过博客走红的女性网络红人，多以自身美貌获得注意力，再通过网络传播成为红人。她们的走红离不开网络媒介对女性视觉外表的推崇和对男性审美观的强化，女性处于被看的地位并未改变，她们在网络时代已经不自觉地成为男性猎奇和观赏的客体。新媒介对女性的传统审美观得以延续，使传统的性别秩序得到进一步加强，男性的审美意识成为新媒介环境下的通行文化意识，女性仍处于一种被支配的他者地位。

在消费社会中，人们更多的是消费商品的符号价值和文化精神，消费不再是满足人类生存的一种手段，而是一个符号交流的过程。因此，新媒介中的女性在自觉不自觉中成为被消费的符号。在这个过程中，新媒介通过"符号暴力"支配着女性，将"美貌、性感"的审美意识不露痕迹地灌输给越来越多的女性。通过建构女性的被看形象，新媒介在消费社会中重构着父权制文化下的意识形态。

第三，女性依然难以摆脱性别刻板印象的影响。网络空间的共融性允许不同声音的交汇，而不同声音却在网络空间中达成了对女性的刻板认定，不平等报道日益严重。近年来在网络中引起激烈争论的文章如《嫁人要嫁灰太狼》以及《嫁人宁选黄世仁》等，以惊世骇俗的观点颠覆传统的择偶观念，也显示出女性在潜意识里依附男性的观念。这种与传统的性别刻板印象一致的潜意识在网络上风行，以另一种方式强化了对女性的刻板印象。

博客新媒介的传播加剧了社会对女性角色的硬性规定，虚构与偏颇已构成传播媒介中女性的全部语境，这反映出当代社会中女性仍处于与男性不平等地位的社会现实。

4. 博客媒介环境中性别差距加剧的原因

第一，新媒介的商业化运作及其与传统文化的隐蔽谋合。新媒介环境提供了弥合性别差距的可能性，但新的媒介形式与传统男权文化的隐蔽谋合加大了性别鸿沟，女性地位并未得到改善和提高。在网络传播中，性别仍未平等。

商业利益是媒介生存的保证，对新媒介尤其是如此。网络媒体、网站等新媒介都积极利用女性来取悦男性，以此来获得商业利益。媒介的女性观是在长期的男性主流文化中形成的，男性是社会历史发展的主体，女性只是男性主体观照下的对象化客体，[①] 这种固有的性别差异和既定的社会角色一直规范着人们的思想与行为。新媒介在理论上赋予了女性话语权和传播参与权，但男权文化深入人心的既定事实使得新媒介的女性表达难以脱离男权文化的桎梏，而这是新媒介的女性表达获得市场的"通行证"。在传统男权文化的影响下，售卖女性特性和刻板印象是媒介谋求商业利润最普遍和最容易的方式，这符合大众的思维定式，人们会不假思索地接受它并继续深化这种刻板印象，新媒介与传统男权文化的结合因此显得更加隐蔽和不易察觉。媒介传播内容直接迎合商业目的行为，忽视了媒介文化的平衡，进一步造成了女性文化的没落和消解。

---

① 顾君霞：《视觉女性与女性视觉》，载《重庆工学院学报（社会科学版）》，2007(4)。

第二，网络女性表达的被动性话语策略。按照文化社会学的观点，文化可以沉淀在社会评价标准中，以隐秘的、难以知觉的方式影响社会行动者，行动者的行动中包含着被内化的社会惯例和社会制度。在男权文化的长期影响下，性别不平等的传统文化已渗透在社会的评价标准中，受此濡染的女性网络表达缺乏理性的反思，在无意识中强化了传统的男权文化。个人与社会是相生相成的共生体，一个人的心智结构与其文化行为和实践活动存在结构上的同源关系。因此，无论是芙蓉姐姐还是木子美，博客中的女性表达看似是对传统女性藩篱的突破，实际上是对传统的、由男权文化主导的价值观的妥协，在一个被动的语境里通过特殊的话语策略使自己成为公众关注的焦点。这种转换性的表达不是女性的自觉选择，而是外部环境施压的结果。受到传统的男权文化的长期濡染，女性陷入了被动和取悦大众的集体无意识之中。

第六节　微博上的两性议题

随着网络传播技术的发展，微博成为继博客之后流行的社交网络媒体。虽然微博传播的字数一般被限制在 140 字之内，但微博具备的社交媒体特征使其信息传播可吸引大众参与并对某一话题形成讨论。"媒介即信息"，微博的传播机制带来的影响不亚于微博内容的价值。在此情况下，微博上的两性议题及其讨论过程就成为值得关注的现象。微博所热议的、关系两性利益的话题，引起众多微博用户关注，她（他）们通过转发、评论等方式表达意见。因此，分析微博的两性议题及其讨论过程，比单纯研究女性微博内容更有意义。

微博改变了传统媒介营造的拟态环境，提供了两性议题讨论的新空间；同时，微博的两性议题传播不同于传统媒体的两性议题传播，其两性议题可通过微博进行协商和讨论，这有助于增加两性话题的活跃度。尤其重要的是，微博用户可自主设置个人化议题并进入公共传播，这有助于女性意识的觉醒和女性话语权的扩展。

一、微博及其带来的媒介环境变化

1. 微博的产生及其在中国的发展

微博是基于有线和无线互联网终端发表精短信息供其他网友共享的即时信息网络，[①] 是网民自主参与的、及时互动的传播。微博创始于美国，最早的微博网站是 2006 年 7 月创建的 Twitter，[②] 其服务理念是"随时随地、无处不在的沟通"。Twitter 用户可通过手机、IM（如 QQ、MSN、Gtalk）、Web 等方式，以最多 140 字符的文本发布自己的行为或思想状态，随时随地告诉关注自己的网民。这款新型网络互动平台，结合移动通讯和互联网传播，构建了一个即时互动的信息世界。

微博在中国的发展经历了摸索期、突破期和成长期三个阶段。[③] 2007 年，中国大陆出现一批以 Twitter 为模板的微博网站，包括饭否网、做啥、叽歪等，其使用界面和操作方式与 Twitter 有相似之处；2009 年 8 月，新浪推出微博，成为国内最早提供微博服务、最具代表性的微博网站，它以"随时随地分享身边的新鲜事儿"为宣传口号；2010 年，微博呈现爆发式

---

① 喻国明等：《微博：一种新传播形态的考察：影响力模型和社会性应用》，1 页，北京，人民日报出版社，2011。

② 2006 年 7 月，微博创始人埃文·威廉姆斯的 Obvious 公司率先推出 Twitter 服务。其宣传口号是人人都能回答的"What are you doing？"。

③ 续迪：《中国微博网站的发展历程》，载《新闻世界》，2012(5)。

增长，网易、搜狐、腾讯等网站纷纷开通微博业务。在此背景下，腾讯微博提出了"你的心声，世界的回声"的宣传口号；搜狐微博提出"来搜狐微博看我"，网易则提出"有态度的微博"。

微博的新颖传播特征，推动着用户不断增长，发展势头迅猛。中国互联网信息中心于 2010 年 12 月发布的第 27 次《中国互联网发展状况统计报告》，首次统计了中国网民中的微博用户人数，当时的数字为 6311 万；2012 年 12 月，这个数字是 3.09 亿。在两年时间内，中国微博用户人数增长了 4 倍。在微博用户人数迅速增长的背后，不容忽视的是网民对话题讨论的热度，以及微博传播对传统媒体传播的影响。

2. 微博的传播优势

微博的优势之一是凸显用户生成内容（User Generated Content，简称 UGC）的价值。在网络应用进入 Web2.0 时代之后，论坛、贴吧、博客、微博等网络应用纷纷出现，网民可浏览信息，也可发布信息、生成内容。用户生成内容的传播特征使网民成为议题设置者，这在微博上表现得更加明显。微博对纯文本信息的字数限制在 140 字以内，这降低了其对用户组织文字能力的要求，同时，微博可通过手机等数字移动终端随时随地接收和发布信息。在自媒体时代，网民自主发布的信息成为网络信息的重要组成部分。

优势之二是"病毒式"传播更加明显。微博用户不仅可自主发布信息，还可自主设置关注、进行转发和评论。微博特有的关注、评论、转发功能，实现了以用户为节点的即时传播，使微博的"病毒式"传播更为明显。同时，微博可使公众对网民发布的琐碎信息进行系统性搜索，并迅速流通。

优势之三是公众可在微博上自主发布话题引起讨论。如果用户想在微博上发布一个话题引起大家关注，可点击输入框的话题功能，该功能会提示用户把话题输入"♯在这里输入你想要说的话题♯"的两个井号之间。之后，任何普通的微博用户均可具体阐述自己对该话题的观点、看法，然后通过"病毒式"传播引起大家讨论。如果用户是名人，或者用户设置的话题能引起公众的密切关注，其得到的回应和关注也会越多。

　　优势之四是微博随时随地的状态化记录，弥补传统媒体报道的不足，使其可成为传统媒体的信息来源。随时随地、即时传播使微博集中了信息传播最大化的基本优势。在一些新闻现场，随时随地记录的网友代替了无法到达现场的传统媒体记者。2010 年 8 月 8 日，甘肃舟曲因强降雨发生特大泥石流。这场被称为"8.8"特大泥石流的自然灾害发生后，传统媒体记者无法及时前往现场，一个名为"Kayne"的网友在新浪微博发出一条来自舟曲的 19 字信息，之后，该信息立即在牵挂灾区的网友中间传播、扩散。在之后的很多天里，"Kayne"的微博成为网友和媒体了解灾情的重要信息源。

　　用户生产内容、随时随地传播、便捷互动、"病毒式"扩散、自主设置议题引发公共讨论等特征，使微博具备了议题设置能力、传播能力和互动能力。

3. 媒介环境的变化：从传统拟态环境到微博的真实呈现

　　媒介建构的拟态环境是女性生活的社会环境之一。但是，微博营造的媒介环境不同于传统媒介营造的媒介环境，因为前者是无数网民通过随时随地的表达和及时互动而营造的环境，而后者是由传统媒介的把关人根据对象征性事件进行选择和加工后建构的"拟态环境"。

　　美国著名新闻学者李普曼在 1922 年的《公共舆论》一书中

提出，在媒介化社会，人们生活在媒介搭建的环境即拟态环境中。拟态环境是由媒介通过对象征性事件或信息进行选择和加工、重新结构化之后向人们提示的环境。这种加工、选择和结构化活动是在一般人看不见的媒介内部进行的，但人们通常意识不到这一点，往往把拟态环境作为客观环境本身来看待外部环境。柏拉图的洞穴比喻①就是对此的一个象征性阐释。在李普曼看来，现实中的事件和人物，都是经过大众媒介折射的现实事件和人物影像。生活在媒介化社会中的人们，看到的只是由媒介所呈现的间接的、人为的、虚性的世界，"每个人依据的都不是直接而确凿的知识，而是他自己制作的或别人给他的图像"，"世界在他们内心形成的图像，是他们思想、感情和行为中的决定性因素"。② 人们容易把虚拟环境当作真实环境，并会据此决定自己的行为，

　　传统媒介环境对社会的建构主要通过传者对事实和观点的选择来进行，而传者自身又受意识形态、媒介体制、市场竞争和个体人格因素的影响。③ 大众通过对传统媒介环境进行有选择的接触、理解、记忆和回忆，形成主观现实。在客观现实、

---

　　① 被关在洞穴里的囚徒，因为被限制手脚，无法走动也不能转头，只能朝一个方向看，他们的背后燃烧着一堆火，他们的前面是一座墙，在他们与墙之间没有任何东西。他们所看见的只有火光投射到墙上的他们自己及其背后东西的影子。由于不能走动，他们不知道光明来自何方，便认为这些影子是实在的，而对于造成这些影子的东西却毫无观念。该比喻中，洞穴是媒介化的社会，囚犯是受众，火是大众媒介。

　　② ［美］沃尔特·李普曼：《公众舆论》，21－22 页，上海，上海人民出版社，2002。

　　③ 曹劲松：《论拟态环境的主体建构》，载《南京社会科学》，2009（2）。

象征性现实和主观现实中，控制信息传播的传者决定拟态环境的最终形态，信息接受者缺乏自主传播的空间。传统媒介对客观现实的象征性呈现，同样通过传播者的把关来实现，女性的客观存在、女性的媒介形象和女性对现实的认知之间存在一定的距离，进而形成对女性的刻板印象，这一点学术界已多有批判。另一方面，普通女性的思想状态、关系女性切身利益的日常琐事，因其难以捕捉和新闻价值小，很难满足传统媒介既有的把关标准，进而无法进入传统媒介的议题范围。

由大众参与传播的新媒介赋予网民传播的自主性，其传播的议题更加多样化，普通女性可在新媒介平台上表达想法，这在一定程度上改变了由传统媒介营造的女性的社会环境。从Web1.0 到 Web2.0，用户在传播中的状态和地位发生巨变：从通过浏览器获取信息到用户自主发布信息，用户既是信息接收者，又是信息发布者，网民开始参与建构媒介环境。这种新颖的传播特征推动微博于 2009 年后在我国迅速发展。据第 29次《中国互联网发展状况统计报告》统计，截至 2012 年 12 月，我国微博用户人数为 3.09 亿。在此背后，不容忽视的是网民对热点话题的讨论热度，以及微博传播建构的不同于传统媒介的女性的社会环境。

微博与博客的用户使用门槛不同。博客为网民提供了自由表达和开放共享的空间，但博客写作需要完整的逻辑和成熟的思考，有一定的参与门槛。而 140 字之内的微博文本，降低了对文字能力的要求，用户均可随时随地传播，更加便捷、充分互动和分享，这奠定了微博的用户基础及其开放互联的社交媒体特征。因此，微博便于用户自主设置话题——只要注册一个微博账号，用户即可随时随地、便捷发布和浏览信息，也可选择关注、收藏、转发、评论；用户还可主动设置话题发起讨论，获得大众对某话题的看法。这种传播特征为女性进一步参与表达、关注女性生存现状、走入公众视野提供了条件。

微博的大众设置话题、低门槛、便捷互动等特征，与传统媒体的精英设置话题、参与门槛高、互动性差等特征有根本性的不同，也比博客等自媒体更加便捷、更加平民化。由于普通女性可通过微博发布、转发、评论来参与建构媒介环境，其对女性生存状况的呈现具有体验性和普遍性，因此，微博环境更能发现与女性生存环境相关、需借助个人体验和众人认同才能发现的问题，这与传统媒体和其他新媒体营造的媒介环境截然不同。

二、微博：两性议题的新协商空间

1. 微博议题的特征

与传统媒体把关人通过对客观现实的象征性呈现后营造的媒介环境不同，微博用户可实现对客观现实的随时自主呈现，并可与大众即时互动。由于用户广泛、个性化议题突出、传播及时等特征，微博议题因此具有自发性、多元性和生动性特征。

特征之一，以个人为传播节点，话题有自发性。节点是通过数字互动媒介接收和发送信息的媒介用户，用户既是网络媒介信息的传播者，也是信息的接受者和再次传播者，能够按照自己的信息组织、处理和发布方式，遵循网络媒体的技术规则和传播规律参与网络媒介的内容生产过程。[①] 作为传播节点，微博用户可自主发表、关注感兴趣的两性话题，经过微博用户的广泛关注和讨论，个人发布或关注的两性话题就有可能成为

---

① 喻国明：《微博：一种新传播形态的考察》，3页，北京，人民日报出版社，2011。

微博热议话题。话题的自发性是微博用户与社交网络结合后，用户生成内容的表现。

特征之二，大众自主参与，话题意见具有多元性。微博传播有利于形成人人参与、各抒己见的传播局面，这导致公众对话题的多元化看法。不同用户可对同一问题持不同观点，通过@或评价进行争论，使不同意见在讨论中获得影响力。这一特征有助于两性话题获得公共关注，并使大众结合自身体会或经验对两性话题进行评论。面对剩女、逼婚、新婚姻法、丈夫出轨等两性话题，微博用户表现出不同观点：部分网友受传统文化影响，强调女性应以家庭为重、要有牺牲和奉献精神；另一部分网友则从女性角度思考问题，强调维护女性利益。这种相对立的意见表达结构在传统媒体上无法得到过程性呈现，而微博则提供了让各方观点碰撞的机会，表现出针对同一话题的多元性意见。

特征之三，微博议题是网民状态化记录的结果。微博在篇幅上是微型的，记录了两性的生存状态，是网民在生活、工作、交往等日常活动中感觉和发现的具体问题。因此，微博上的话题小而多，多是女性内心感知和个人状态的记录，但这种个体化的状态表达生动新鲜，或唤起很多网民的回忆，或引发共鸣，并在公众的关注和转发传播中形成影响力，进而具备了被传统媒介传播的价值。微博的状态化记录和个体化表达，有助于两性在日常生活中对社会环境的感知、体验的传播，这是传统媒介无法及时充分把握的。

特征之四，短文本和状态化表达导致话题的碎片化。由于文本容量有限和随时随地的状态化表达，部分微博议题呈现文本短、数量多、联系弱、意义浅等碎片化特征。但是，微博的超强传播能力和无数用户的选择性关注，会让有价值的微博信息更易于被关注和讨论，从而在微博上形成热点议题。热点议题会随着微博用户的转发和评论，迅速集聚较多注意力，进而成为传统媒介关注的话题。网民的参与影响了微博话题的形成，是微博由于用户关注自发形成议题的基础条件。

2. 微博：两性话题的新协商空间

我国微博用户的性别比例基本持平。据新浪 2010 年 9 月发布的《中国微博元年市场白皮书》统计，女性占用户总量的 43%，其中在新浪微博的活跃用户中，女性占 65%。微博上有很多涉及两性的议题，这些议题不是由主流媒体首先提出的，而是通过两性的状态化表达、选择性关注和互动讨论产生的。

两性议题是涉及两性利益和两性关系的话题，它虽涉及两性，但主要与女性切身利益密切相关。由于微博的关注和评价功能，两性均可参与话题讨论，使议题传播呈现协商的特点。当两性议题在微博用户的所见所闻、所思所想中首次传播之后，就有可能成为微博和传统媒体关注的热点话题，并在大众的关注和推动下发展。

微博两性议题由用户提出，与两性切身利益联系紧密，会引发两性关注和讨论。当一定数量的用户讨论同一话题时，相关议题的协商自然形成，更多感兴趣的用户也会发表看法，微博话题随着用户关注度的变化而即时更新。由用户发起的话题反映出女性真实的现实处境，如你敢裸婚吗、你家的婆媳关系好吗、女教师穿着性感有错吗等。微博上传播的关于普通人对两性议题的看法很难进入传统媒体的报道视野，而微博为这类两性议题提供了一个讨论空间。

在微博两性议题的形成过程中，最受大家关注的热点话题会自动形成热点话题榜，按照受关注和被讨论的程度由高到低排列。用户可随时查看热门话题和实时热词，点击热点话题和热词可进入微话题进行讨论。微话题是新浪微博的一个应用功能，其方便用户就同一话题展开讨论。如果想发布一个话题引起大家关注，用户可点击输入框的话题功能，把话题题目输入两个"♯"之间。网民可在输入题目之后具体阐述自己对该话题的观点和看法，引起大家讨论。通过这种方式，任何微博用户都可设置话题，然后通过病毒式传播迅速发散。当然，话题越有价值、有趣、与大众生活的关系越密切、相关度越高，得到的回应和关注也会越多。例如，当知名网络作家"六六"通过微博表明自己要维护家庭、请第三者不要再骚扰自己和丈夫时，相关微博立刻引起诸多网民关注和评论，很多网民还在自己的微博上发表看法，一时间"六六斗小三"成为微博上的热门话题。由于大量网友通过微博的实时搜索功能搜索了此话题，所以"六六斗小三"作为被搜索的关键词，迅速进入热门关键词榜。

微博两性议题的形成是用户在关注、转发和评论中讨论的结果，其形成带有自下而上的特征，因此与传统媒体设置议题的过程明显不同。同时，两性话题的形成伴随着大众广泛的参与和讨论，这有助于大众释放自己对两性话题的观点，也为社会性别意识和性别平等提供一个相对理想的讨论环境。

三、微博两性议题的特点

1. 以问题性议题引发讨论

本部分筛选了 2012 年 5 月 12 号的新浪微博微话题中的两性议题，筛选范围是微话题的"生活大杂烩"页面中的前 500 个议题，其中两性议题 29 个，占筛选样本的 5.8%（见表 5-5）。

之所以这样寻找女性议题，是因为微话题是微博热议话题的汇总，而其中的"生活大杂烩"页面能够兼顾到最全面的信息。

表 5-5　新浪微博微话题中的两性议题①

序号	议题	类别	话题关系	
1	女总编怀孕遭强行辞退	女性权益		
2	公务员体检需检查月经	女性权益		
3	婚姻法修改	女性权益		
4	留守妈妈带孩子自杀	女性心理		
5	中国女职工产假延长至98天	女性权益		
6	80后怀孕妻因琐事捅死丈夫	女性犯罪	转发	讨论
7	你赞同因"性"施教吗？	家庭教育		
8	你敢裸婚吗？	婚姻观		
9	需要降低法定结婚年龄吗？	婚姻		
10	肖艳琴的遗书	情感		
11	女教师穿着性感有错吗？	女性着装		
12	你接触异性有障碍吗？	两性交往		
13	母亲节	家庭关系		
14	"贞操女神"征婚	女性婚姻观	设置	讨论
15	珍惜身边有情人	情感		
16	你家的婆媳关系好吗？	家庭关系		
17	呼吁增加女厕所行动	妇女权益		声援

① 议题即用户在微博上的讨论对象，类别即议题所属的领域，话题关系包括话题来源和用户对话题的态度。

续表

序号	议题	类别	话题关系		
18	中国式逼婚猛于虎	情感	延伸①		
19	干得好，嫁得好，哪个好？	事业和婚姻	延伸②		
20	男女比例失衡	两性平衡	延伸③		讨论
21	女性嫁给同性恋："同妻"问题	情感	延伸④		
22	买避孕药也实名？	隐私	延伸⑤		
23	你的家庭和谐吗？	家庭和谐	延伸	来自网络调查	讨论
24	怕老婆榜北京夺魁	夫妻关系			
25	八三男人节	男性权益		来自贴吧	

在上述话题关系中，微博在转发其他媒体的议题时，表现出较强的议题设置能力和一定的议题延伸能力⑥。毫无例外的

---

① 延伸话题是根据传统媒体的报道进行延伸：《浙江嘉兴一女子因35岁不结婚被弟弟打断肋骨》，载《钱江晚报》，2012-04-15。

② 2012年3月1日，广东省妇联和广东省统计局联合发布了第三期广东妇女社会地位调查。调查数据显示，女性收入仅为男性的六成，更有五成女性认同"干得好不如嫁得好"。

③ 此话题是2012年政协委员的讨论话题，被传统媒体报道。

④ 此话题来自《隐形"同妻"群体解密》，载《广州日报》，2012-02-23。

⑤ 2011年底《福州日报》报道，福州市食品药品监督管理局规定药店出售紧急避孕药时，需要登记购买者的身份证信息。

⑥ 在29个两性话题中，转自传统媒体的有14个，所占比例为48.28%；微博设置的话题有7个，所占比例为24.14%；延伸传统媒体的话题有5个，延伸网络公共空间的议题3个，所占比例一共为27.58%。

是，微博充分发挥了其便捷互动功能，对这些转发、设置或延伸的议题进行了讨论。

在话题性质上与传统媒体不同的是，微博讨论和设置的话题以反映两性生存环境中的问题和矛盾为主。此类话题包含多数人的相似的体验和感受，容易引起公众关注，引发两性共鸣，这也是微博设置的话题进入传统媒体的原因。经传统媒体报道后，话题会再次进入微博进行延伸和讨论。因此，微博在两性话题的形成和传播中扮演着重要的角色，是话题的讨论、转发、设置和延伸的空间。

2. 微博两性议题：一元为主的多元化意见结构

由于传播的便捷互动及其两性议题的矛盾性特征，微博两性议题总是凝聚大量意见，并在结构上呈现多元性。这种多元性表现在公众对一个问题的多种看法，吸引男性或就议题发表看法，或根据自身性别特质提出新议题，体现出微博作为讨论平台的特征。

2012年3月1日，广东省妇联和广东省统计局联合发布第三期广东妇女社会地位调查，传统媒体对此进行报道并公布调查的个别详细数据，其中包括"五成女性认同干得好不如嫁得好"。这个被传统媒体一笔带过的话题，因紧扣两性共同关注的婚姻问题，在微博上被两性热议并引发大量讨论。从2012年3月5日到5月12日，围绕此话题共发表284个微博，其意见结构表现出一元为主、多种观点并存的多元化现象（见表5-6）。

表5-6 "干得好，嫁得好，哪个好?"的意见结构

意见结构	微博条数	转发次数	评论次数
干得好更重要	151	26	73
嫁得好更重要	65	4	27

意见结构	微博条数	转发次数	评论次数
娶得好更重要	7	0	0
二者都好更重要	56	2	5

在微博讨论传统媒体设定的话题时，网民的意见结构超出传统媒体议题设置的范围，在话题设定的两个标准之外，还出现了更多的复合标准和男网民的标准。这种多元化意见结构的出现，是两性网民广泛参与的结果。当男性发现该话题与自身性别无关时，便提出一个新话题，即"干得好还是娶得好"，而此问题在传统媒体上则不曾被报道。

3. 微博讨论：次级话题讨论标准的多元化

在微博讨论的主话题之外产生的其他话题，可被看作次级话题(见表5-7、表5-8)。传统媒体引导主流舆论的特性及其选择新闻的标准，决定其议题偏重于典型的、有影响的、能引起多数人关注的事件，这使传统媒体很难设置与普通的个人体验相关的议题。因此，微博上的次级话题很难被传统媒体报道，但这些议题会被用户在微博上转发和评论并吸引认同者，因此，这些次级话题也是值得关注的倾向。

表 5-7　"嫁得好"的标准和条件

标准和条件	观点持有者人数
嫁有钱人就是嫁得好	2
长得好才能嫁得好	1
生得好才能嫁得好	5
当小三、干女儿也算好	3
对方不一定有钱，但人品好、爱自己	6
嫁得好未必幸福	5

表 5-8 "干得好"重要的原因

原因	观点持有者人数
男人靠不住	18
证明女性的能力和价值	5
体现女性自由、独立和平等	21
为嫁得好提供保障	27
有尊严	2
有安全感	5

一些微博还对"干得好"和"嫁得好"进行形象概括，表现出女性的独立意识，如"女人靠父母可能成为公主，靠别人可能成为王妃，靠自己才能成为女王""女人干不好，只想嫁好，最后沦为玩物"。当公众就"干得好和嫁得好，到底哪个好?"进行讨论时，讨论内容就不局限于"干得好"或"嫁得好"，而是就此问题提出发散性意见，有些意见超出了最初的议题范围，形成了次级话题。围绕这些话题展开的讨论，让小众化观点有了走入公众视野的机会。

4. 微博讨论：增加两性议题的活跃度

微博两性议题的活跃度主要表现在用户除参与传播之外，还进行转发和评论。此外，在微博讨论的主议题之外，还会延伸出一些新的议题，这是微博作为社交媒体独有的特征(见表5-9)。用户不仅根据主议题进行回答，也会根据自己的体会延伸议题。虽然参与延伸议题讨论的人数不多，但对讨论的议题构成了重要补充，它反映出在主流话语之外众多微博用户的个人感受。

表 5-9 话题的延伸讨论

延伸内容	讨论人数
过好每一天，争取平权最好	2
应问男人娶得好还是干得好	1
抱怨自己干不好也没嫁好	2
无意见及跑题	18

5. 微博两性话题：个人化议题的公共传播

个人化议题主要与个人的生活、经验、经历相关，相对偏重于私领域，因此与公共领域的议题不同。在传统媒介时代，由于把关人的选择，新闻价值的大小主要取决于其对公共领域的影响大小，被传统媒介选择的议题偏重于重要性和影响力，而个人化议题因其与个人生活、经历相关的原因，不易被传统媒体记者发现而进入报道领域。微博的自媒体和社交媒体特征，为个人化议题进入公共传播领域提供了条件。

在受到广泛关注的 29 个两性议题中，有 6 个议题是用户利用微博的自媒体和社交媒体的特点而公开传播的，这 6 个议题主要集中在个人情感、家庭生活等私领域。在传统媒介的传播内容里，与普通女性切身利益相关的话题，只有积累到一定程度，达到传统媒体的价值标准要求时，方能进入其报道视野，因此传统媒体难以呈现普通女性的内心感受甚至痛楚。例如，家暴和"小三"等关系两性切身利益的话题，在传统媒体上的呈现多是因此而导致的犯罪事件，传统媒体无法及时发现和细致呈现普通女性在私领域的经历和感受，难以引起社会的普遍关注。

私领域中的性别议题是社会性别建构在私人领域的延伸和

反映，它关系女性切身利益，也是需要社会关注的，但由于女性在家庭生活中的感受和经验是无声的，所以它较少被传统媒介反映。微博为呈现女性的个人化议题提供了便利，很多女性通过微博把自己在家庭中的经历和遭遇发布到网络上，引起社会的重视和思考。从微博用户对相关话题的讨论、发表的言论中，可看到用户对两性的个人化议题存在多元的意见和看法。

在一些家暴事件中，如果女性不报警，也没有利用微博，那么该事件进入传统媒介报道空间的可能性就很小。但是，如果女性受害者通过微博曝光家暴的事实，引起微博用户的关注和热议，就可以让家暴这一严重伤害女性权益的议题通过微博走入公众视野。同时，微博上还曾就一些家暴事件发起过投票，过半数投票者认为女性是家暴受害者，应予支持和同情，认定家暴的违法犯罪性质及公权力有必要及时介入；另有部分投票者认为家暴属家务事，外人不好评价。这种多元化的观点反映出公众对家暴的认识，为该话题的进一步讨论提供了基础。若无微博，公众对家暴的多元化观点就无法呈现，因此，微博有助于用户表达在家庭领域的经验和感受，从而凝聚公众的不同舆论。

6. 微博两性议题评论：女性意识的觉醒和女性话语权的扩展

微博上的性别歧视类话题由女性提出并受公众关注，这反映出在性别歧视现象还比较突出的情况下女性自我意识的觉醒。"公务员考试体检需查月经"、"女总编怀孕遭强行辞退"①
是新浪微博 2012 年 3 月和 5 月的热点话题之一，多数女性在
微博上认为这是对女性的性别歧视，是不合理的。

这些在微博上被热议的女性议题，反映出普通网民可通过
微博发布信息形成话题引起社会广泛关注，对于处于失语状态
的女性来说，这意味着话语权和话语空间的扩展。微博的传播
特性和便捷互动功能，使其成为女性进行表达的一个良好平
台。作为社交媒体，微博有利于女性之间增强联系、讨论问
题、发表观点。女性之间联系的增强，有利于女性看到彼此之
间的共同利益，有利于改善由于女性在家庭的私人关系中会产
生的孤立无援的情况。

新中国成立以来，女性的法律地位获得了提升，但在社会
文化中依然存在着阻挠女性的个体人格完整发展的因素，而这
些因素不是单凭女性个体的抗争就可以改变的。家庭作为社会
最小的单位及其私人领域的特性，使得其中存在的性别不平等
特征最为顽固。以前，没有一个平台可让女性把家庭中的感受
和经验表达出来，因为私人空间内、关于个体家庭的言论和话
语被主流媒体当成私语而不能给予足够重视。因此，长期以来
女性在家庭中的感受和经验处于无声状态。微博为女性提供了
一个可以表达私语且能够被大家看到、引起大家关注的平台，
部分女性通过微博让女性的认知和感受进入公众的视野，增强
了女性作为集体中一部分的感觉。

---

① 时年 34 岁的董小姐在 2011 年 2 月底进入某女性网站工作，先后
担任执行总编辑、总编辑，且业绩突出。然而公司在得知董小姐近期怀
孕的消息后，采取封电脑、销门卡、注销内部邮箱账号、停止公司内网
使用权限等方式，将其强行辞退。

微博提供了一个不同于传统媒体的、可感知周围环境、让用户更加接近真实生活的舆论氛围。作为社交媒体，任何微博用户都可发表言论，或发起对话，成为两性用户交流、沟通的平台。在微博上，你可以选择关注话题和人群。微博让用户关注到更多的真实生活，看到在传统媒体报道的典型女性和男性之外的更多普通女性和男性，这有助于打破传统媒体强化和塑造的、关于社会性别的拟态环境，有助于女性认识到所处的真实环境和面临的真实问题。

微博有利于改进传统媒体建构的拟态环境。传统媒体在报道女性受伤害的案例时，往往暗示着女性软弱、不够理性等弱点，这种拟态环境使女性认为自己如果够聪明、理智就可避免同样的问题，进而忽视女性共同面临的潜在问题是需要国家、政府、社会来解决的。在微博上，普通女性反映自己在私领域中遇到的问题并引起关注，有助于女性逐渐看到女性的集体利益，看到女性的遭遇并非仅靠自身的主观能动性就可以解决的。

微博上的两性议题引起门户网站的关注。《Kim：中国的法律没能保护我》这条新闻进入网易首页。在网易女性策划的40个专题里，有8个专题来自微博热门议题，这些话题体现出微博对门户网站的影响力。网易女性不仅关注微博上的热门性别议题，还请专家学者从女性角度深入分析这些议题，以体现女性视角。

微博上的女性话题得到了广泛关注，并在具有女性思想的用户和受传统男权文化影响的用户之间引发激烈冲突。2012年3月底，微博疯传某女性影星早期拍摄的照片，部分男性把这些照片当作这位女性影星的人生污点和攻击女性的武器，这反映出男权社会中女性被贬低的现实。女性在微博上依然会受到攻击和规训，但这种规训会受到女性的反击，这表明微博为女性提供了辩论的平台。

四、利用微博话题，改善传统媒体的内容和传授方式

传统媒体对女性话题一直不够重视，对女性形象的展示不够均衡，在有关女性的新闻中，女性多以弱者形象出现。但是，微博为女性提供了展示言论和态度的平台，这是传统媒介无法充分给予的。当女性在微博上的言论、态度已超出传统思想预期的时候，传统媒体也应重新思考报道思想和角度的改变。微博强大的议程设置功能为传统媒体提供了素材，传统媒体应从中寻找选题和新闻。

微博话题所具备的不同于传统媒体话题的显著特征，是新形势下女性媒介深入报道、改变传统传授方式的重要基础。传统媒体报道的议题主要通过记者调查采访获得，由于记者精力和媒体版面有限，以及传统媒体报道框架和周期的局限，传统媒体对一个议题的多元观点、对媒体议题延伸出来的小众话题、对于私领域内存在的与女性权益密切相关的内容等，均难以呈现。在传受方式上，传统媒体通过媒体自身及官方网站进行传播，但由于媒介属性明显不同，其在讨论深度、扩散程度、互动性和社会性交往等方面，均无法与微博议题的大众参与、及时便捷的互动和较为持久的讨论相对比。因此，在报道内容和传授方式方面，微博为传统媒体的改进提供了较大的空间。

首先，在议题扩散和议题设置方面，传统媒体的报道内容可更进一步接近大众。传统媒体的议题可通过微博传播进一步

扩散，获得不同层次的受众对同一议题的看法，其中，一些新颖的看法还可引发新的讨论，这种讨论能为传统媒介提供新议题。例如，在"干得好还是嫁得好"的讨论中，传统媒体议题在微博上引发热议，网民在讨论中产生了新话题，包括怎么才算干得好、怎么才算嫁得好，还有男网民提出"干得好还是娶得好"的话题。这些与传统媒介的话题明显不同的新话题，为传统媒介深入和有针对性的报道提供了新空间。在这方面，传统媒介需及时跟踪讨论进度，敏锐发现其中能代表两性利益关系的新话题，再通过传统媒体进行报道，通过议题的互动，推动性别意识传播。

其次，设立官方微博实现传统女性媒介的内容扩展和跨地域发展。传统女性媒介除利用官方网站之外，也普遍在门户网站设立了官方微博，以发起话题、引发讨论。由于微博内容的海量和即时性，传统女性媒介的微博传播打破了传播周期、版面空间和地域限制，实现信息的即时海量传播、跨地域传播和受众的互动参与，扩大了传统女性媒介的内容互动空间。同时，女性媒介还可利用微博进行特色内容传播，以新颖的话题吸引网民注意，利用新媒介提供的跨地域平台，为女性媒介跨地域发展提供契机。

小　结

新媒介的出现扩大了女性表达的空间，降低了女性参与表达的门槛。其中，微博的出现，为那些不被传统媒体关注的、涉及两性利益的话题，提供了提出、讨论、深化的空间。当然，新媒介在发展中还存在着不足，如女性网站在发展中存在着商业化与传统性别意识合谋的现象，妇联网站的功能还未充分发挥出来，女性博客还没有充分体现女性话语的影响力，微博上关于两性问题的讨论则刚刚开始。

　　不同类型的新媒介，需要结合自身特点，发挥媒介优势，关注女性的现实需要和切身利益，以推进性别平等为宗旨，以新鲜、生动的传播内容，实现自身的可持续发展。而微博上的两性议题，可弥补传统媒体上两性议题报道的不足，为传统媒体改进报道、深化对两性问题的认识提供了资源。

第六章 女性媒介的可持续发展

任何一种媒介，欲在激烈竞争的媒介市场上长久生存，都必须考虑自身的可持续发展。女性媒介量的增长和质的提升之间存在着不平衡，如何让女性媒介高扬性别意识的旗帜，深度干预女性的社会生活，以社会性别意识审视女性生存状态，将媒介发展和女性发展密切结合起来，是女性媒介首先面对的问题。

第一节 新形势下女性媒介发展的失衡

女性媒介在处理公共角色与市场角色的关系中表现出可贵的探索精神，如长沙电视台女性频道在市场化运营中对传播现代女性意识的探索，女性期刊的多元化发展和分众化传播的尝试，女性媒介对女性新闻的持续关注等。女性媒介在资源、环境、质量增长和利益承担方面表现出一定的作为，但还存在一些影响其持续发展的不利因素。

一、在质量增长方面的失衡

在质量增长方面，女性媒介的内容感性刺激，创新不足；女性意识不足，文化层次低；女性媒介定位重复，布局失衡。

提供优质内容产品，满足受众的信息需求，是媒介生存发展的基本动力。女性媒介多是改革开放后出现的大众商业文化载体，其既有通俗性、时尚性和商业性，也存在肤浅和媚俗的一面。部分女性媒介片面提供感性刺激内容，这在时尚女性杂志和传统女性杂志中都有表现。研究表明，传统女性杂志存在"三无一有"的现象，即无是非观、无思想意义、无健康情趣，有负面意义，有的甚至渲染色情暴力和低级情趣。① 这类杂志定位于中小城镇文化程度较低的中年女性，通过低价位和发行量实现同业竞争。

女性意识不足，文化层次低，传播宗旨不明确。女性意识不足往往导致女性媒介的文化层次低，这是媒介传播宗旨模糊导致的结果。如以展现"人情美、人性美"，"深入生活、深入心灵"为宗旨的《知音》杂志曾刊登了一则描写一对夫妻从相爱到仇杀的情感过程。商业女性网络的图片和文字信息呈现较低俗的内容倾向，其情感类内容常被情妇、诱惑、牺牲品、危险、"二奶"、被宠、蒙蔽、苦等、报复、守候、甘愿、堕胎等关键词所概括，女性复杂多样的情感世界被简化为畸形的、片面的情感，片面放大变形的两性情感，忽视客观存在的大量正常、健康的情感类信息。② 这些内容以强调卖点为重心，没有平衡表现女性，缺乏性别意识的观照。

单纯强调卖点的内容虽能在短期内吸引注意力，但其不利于女性媒介的长远发展，因为媒介的吸引力和美誉度需建立在积极、健康的内容上，"短期效应"如同兴奋剂，无法使媒介保持持久影响力。内容的偏颇使媒介沦为低级文化商品，误导女性的认知和判断。

女性期刊以真实加虚构的半纪实风格和煽情刺激的叙事方式，混淆新闻性和故事性的界限，也因此不断闹出侵权官司。

---

① 许建平：《女性期刊：发展中的困境》，载《传媒》，2002(4)。

② 宋素红：《消费主义视野下的女性网》，载《新闻与传播研究》，2007(4)。

同时，网络上出现对"知音体"的恶搞式批评①，被恶搞成"知音体"之后的文学名著面目全非，反证出"知音体"标题的煽情。

从社会学习理论来看，女性媒介的低俗化会降低女性的生存环境质量，影响女性的自我认知。美国新行为主义心理学家阿伯特·班杜拉认为，除直接经验之外，社会环境提供的间接经验对人类学习的重要性亦不容忽视。他提出的三元交互决定论真实地把握了人与环境之间的关系，把人的心理活动看成是环境、人及其行为之间的互动结果。一个人通过观察他人的行为及其强化结果而习得某些新的反应，或使其已有的某种行为反应特征得到矫正。② 媒介通过监测环境为女性提供大量间接经验，其传播内容和倾向足以影响女性的行动和学习。媒介的传播内容及媒介文化在一定程度上会影响女性的自我认知，进而影响女性的发展。因此，媒介的持续发展须考虑自己塑造的拟态环境对女性的影响。

女性媒介定位重复或模糊、布局失衡在女性期刊领域的表现，就是传统女性期刊存在着方向一致、趣味相同的特点。时尚女性杂志在办刊模式上也存在雷同，几乎全是"大 16 开进口铜版纸＋大量精美图片＋对白领生活的标榜"的模式，内容均为美女封面、明星故事、流行服饰、化妆等，忽视对女性生活

---

① 网友参照"知音体"，将《西游记》改成《我那狠心的人啊，不要红颜美眷，偏要伴三丑男上西天》，将《白雪公主》换作《苦命的妹子啊，七个义薄云天的哥哥为你撑起小小的一片天》，将《红楼梦》改为《包办婚姻，一场家破人亡的人间惨剧》，将《卖火柴的小女孩》改为《残忍啊，美丽姑娘竟然被火柴烧死的惊天血案》。

② 包晓峰：《班杜拉社会学习理论述评》，载《文教资料》，2006(7)。

真正有价值的资讯。三大门户网站女性频道的内容以装扮类信息和情感信息为主，充满消费主义的取向。女性电视则是定位不清，且有娱乐化倾向。

二、在资源利用方面的失衡

女性媒介在资源利用方面的失衡，表现在其对资源的持续利用度低，与环境的支持和互动作用不足，媒介的社会参与度低。

系统与环境互塑共生理论认为，外部环境可为系统提供资源或压力来塑造系统，而系统可积极服务环境，也可污染环境。系统的可持续发展需要系统和环境之间形成良性支持和互动作用。女性媒介作为一种组织系统，其与社会环境关系密切。经济发展和社会观念的变化是女性媒介持续发展的内容资源。随着女性从家庭走入社会，女性的观念、态度和信息需求也发生变化。如果说改革开放初期的女性期刊关注婚姻情感家庭等内容，适合文化水平不高、视野相对狭窄、读物选择余地小的女性受众的需要，那么，随着社会变迁和经济发展，女性参与社会之后，其见解、视野相应发生变化，女性媒介内容应与女性的变化相结合，服务于女性发展，表现女性的完整精神理念，反映时代变化，形成女性媒介对信息资源的持续利用。

从女性媒介现状来看，它与环境缺乏支持和互动，混淆资源和压力的界限，把环境的压力如消费主义当作资源；媒介只注意显性资源，能发现女性在社会经济中的资源性作用，但对于隐性资源，如隐藏在受众心中的精神需要，则关注不足。根据马斯洛的需求层次理论，社会需要、尊重需要和自我实现需求是高层次的需求，但女性媒介仅停留在满足受众的低层次需求上。调查表明，女性媒介与读者的需要脱节，对信息资源的持续利用不足。2007 年 7 月 4 日，网易女性频道联合华坤女性生活调查中心首次发布"女性网民性别观念与内容偏好"在线调查结果。调查显示："独立""自我""智慧"是女网民心中理想的女性形象；性别歧视降低了女性的社会价值和工作机会，女网民认同两性平等、女人应独立自主的价值观。女网民反感大众媒介歧视女性的内容，不喜欢被表现为被动的、可怜可笑的坏女人和悲惨的女性形象；女网民认为与女性贞操或性行为有关系的词汇、将女性作为附属物的词汇以及与女性人格特质或是身材体貌有关的词汇侵犯了女性。① 这说明，女性媒体忽视了女性的实际偏好，其资源利用是失衡的。

三、在利益承担方面的失衡

在利益承担方面，女性媒介的经营者满意度、受众满意度和社会满意度次序失衡。

受男权文化、大众文化及媒介市场化的影响，女性媒介面向市场时不得不先通过迎合市场来立足。以传播现代女性意识为目的的长沙电视台女性频道，在面临生存压力时不得不为收视率而压缩有女性意识的内容，其他女性电视媒介则不同程度地出现娱乐化转向。但当"叫座"成为媒介运行的主要标准，实现媒介经营者满意度时，媒介的受众满意度、社会满意度就会受到影响，媒介促进女性自由和发展的宗旨必然受到限制。当媒介的传播宗旨与具体操作方式相矛盾，媒介在引导作用和盈利能力之间徘徊时，媒介的文化凝聚力和目标指导力降低，其对社会的影响会大打折扣。

---

① 《"女性互联网民性别观念与内容偏好"调查出炉》，http://news.163.com/07/0704/02/3IHAPDDH00011229.html，2018-09-02。

女性媒介可持续发展障碍的破除，需要从以下几方面着手：一是将社会性别意识主流化落实在决策层，奠定女性媒介持续发展的基础；同时，将社会性别意识纳入教育体系，培养具有社会性别意识的受众；二是建构女性媒介自身的三维知识能力体系；三是利用新媒介提供的机会，建立充分互动的传受关系，更新传播内容，促进自身可持续发展。

第二节 社会性别意识主流化：女性媒介持续发展的基础

一、社会性别意识主流化的提出

社会性别意识主流化是指在各个领域和各个层面上评估所有有计划的行动(包括立法、政策、方案)对男女双方的不同含义。作为一种策略方法，它使男女双方的关注和经验成为设计、实施、监督和评判政治、经济和社会领域所有政策方案的有机组成部分，从而使男女双方受益均等，不再有不平等发生。纳入主流的最终目标是实现男女平等。社会性别意识主流化是联合国推动性别平等的主要战略，其重点是强调国家立法和政府决策应遵循社会性别平等理念。1985 年，第三次世界妇女大会通过的《内罗毕战略》首次正式提出"性别意识主流化"观念；1995 年 9 月，第四次世界妇女大会通过的《行动纲领》提出了"社会性别主流化"战略性行动方案，强调必须保证两性平等是经济社会发展领域的首要目标，要求将社会性别意识贯穿于社会政策的制定、执行和评估的全过程。

二、我国政府对性别意识主流化的重视

在我国国务院发布的《中国妇女发展纲要》(以下简称《纲要》)中，政府将男女平等作为促进国家社会发展的一项基本国

策纳入国家行动，这有助于推动社会性别意识的主流化进程。《纲要》是国务院颁布的、关于中国妇女发展的政府规划，体现出国家对性别意识主流化的高度重视。目前，政府已颁布三次《纲要》，对性别意识主流化提出了不同程度的要求，① 其中，2001 年的《纲要》要求将社会性别意识纳入文化和传媒政策，体现"性别平等"和"赋权妇女"等妇女发展的核心理念。

《纲要》认为大众传媒的女性报道在改善女性生存和发展的社会环境方面具有重要作用。1995 年颁布的《纲要》在"改善妇女发展的社会环境"部分提出，"要向全社会宣传妇女在创造人类文明、推动社会发展中所发挥的伟大作用；宣传妇女与男子具有同等的人格和尊严、权利和地位；宣传有自尊、自信、自立、自强精神的女性；制止影视、书报刊中对妇女形象的贬低和污辱性描绘。改变社会对女性的歧视和偏见，增进全体公民对妇女合法权益的认识"；同时，明确指出媒体传播所形成的社会环境对性别平等的重要性。

2001 年的《纲要》在"妇女与环境"部分特别指出媒介营造的社会环境对女性发展的影响。《纲要》从创造有利于妇女全面发展的社会环境出发，一方面要求在宏观的文化发展规划中充分体现妇女与环境的主要目标，"制定具有社会性别意识的文

---

① 这三次《纲要》分别于 1995、2001、2011 年颁布。其中，1995 年 8 月颁布的《纲要》(1995—2000) 首次引入社会性别意识，2001 年发布的《纲要》则明确提出社会性别意识，并将社会性别意识纳入教育、法律和维护妇女健康的部门政策以及文化和传媒政策中，体现出"性别平等"和"赋权妇女"等妇女发展的核心理念。2011 年 7 月颁布实施的《纲要》凸显社会性别意识，强调要"将社会性别意识纳入法律体系和公共政策，促进妇女全面发展，促进两性和谐发展，促进妇女与经济社会同步发展"。

化和传媒政策，加大男女平等基本国策的宣传力度，增强全社会的社会性别意识，逐步消除对妇女的偏见、歧视以及贬抑妇女的社会观念，为妇女发展创造良好的社会环境"；另一方面提出对新闻媒体的具体要求：要展现经济发展和社会进步中的先进模范女性，禁止色情或有辱妇女人格的作品；为妇女在新闻宣传领域的发展提供更多条件和机会，使妇女广泛参与宣传媒体的管理、制作、教育、培训和研究，提高妇女对宣传媒体资源的占有程度。2011 年的《纲要》提出性别平等原则在文化与传媒等相关政策中要得到充分体现，以及完善传媒领域的性别平等监管机制。在具体措施和策略方面，要求制定和落实具有社会性别意识的文化和传媒政策、宣传妇女在推动经济社会发展中的积极作用、加强对传媒的正面引导和管理，以及提高妇女运用媒体获取知识和信息的能力。

　　总体上看，《纲要》强调了大众传媒要在不同层面参与营造性别平等的社会环境。它不仅强调媒体传播所形成的社会环境对性别平等的重要性，更要求制定具有社会性别意识的文化和传媒政策，加大男女平等基本国策的宣传力度，增强全社会的社会性别意识，为妇女发展创造良好的社会环境。《纲要》提出的性别意识主流化的目标和要求逐层深入，体现出国家层面对性别意识主流化的重视和推进，其中对大众传媒亦有明确要求。

三、性别意识主流化，需落实在大众传媒的决策层

　　性别意识主流化是国家和社会的发展目标，但其实现却是一个渐进的过程。1995 至 2011 年发布的三次《纲要》，从强调包括媒介在内的社会环境的重要性、制定具有性别意识的文化传媒政策，到在文化传媒政策中体现性别平等原则，都体现出

国家对性别意识主流化的设计。性别意识主流化还需纳入国家和政府决策的主流和各项具体政策。但由于传统的社会制度以及传统文化的影响，两性在社会发展的参与程度、获得资源、机会、权力、能力、影响力及工资报酬与福利等方面，实际存在着男女两性的差距。① 政策层面和现实层面的差距，使得性别意识主流化显得尤为迫切。

营造性别平等的社会环境，需要社会多方面集体发力，其中必不可少的是大众传媒主动密切监测女性生存环境，并落实媒介决策层的性别意识主流化。对媒介来说，首先要将性别意识落实在媒介决策层，媒介的决策人员需加强社会性别意识修养，要有意识地、不断地清除自身头脑中的传统女性意识，树立完整的男女平等观念。社会性别意识的修养绝非一日之功，除了在全社会开展广泛的宣传教育外，还应把社会性别意识作为媒介人必备的品质，列入新闻传播的专业教育。新闻传播管理机构也应把社会性别歧视列入违纪条例，认真监督执行，切实保障落实。管理层需把社会性别意识提高到媒介传播的强制性规范高度，为性别意识主流化和媒介的社会性别意识传播提供硬性保证。

在实践层面，传媒需要以大量的事实报道和鲜明的观点传播来推动社会性别意识主流化。一方面大力宣传社会性别意识主流化的重要性，② 另一方面发挥媒介的环境监测功能，及时

① 转引自刘伯红：《社会性别主流化的概念和特点》，载《现代妇女》，2011(1)。

② 宣传性别意识主流化在学术界有多位学者探讨，并对不同领域性别意识主流化的具体做法提出建议，但大众传媒则鲜有这方面的持续呼吁。

监测女性的生存环境，利用社会性别意识发现和解读新闻，并通过新媒介及时与网民互动，通过多种途径了解公众的看法，并在报道、讨论中传播性别意识，引导社会舆论，改善女性生存的社会环境。

四、将社会性别意识纳入中小学教育，培养具有性别意识的公民

将性别意识纳入教育，塑造有性别意识的公民，既是落实国家政策、促进公民素质全面发展的需要，也将在根本上为女性媒介提供有社会性别意识的用户，这对女性媒介的发展具有根本性意义。女性媒介需密切关注教育中性别意识培养的最新发展，并以多种方式促进社会讨论，为在教育实践活动中的性别意识传播及形成共识提供平台。

目前，已有一些学校试行"性别德育"，如山东蓬莱在全市中小学尝试推行"性别教育"，要求男生尊重女同学、礼让女性、培养坚强意志等，女生要自尊自爱自重自强、社会交际辨识力强、审美要重内在轻外表、要克服娇气、任性，要有理智等，以解决男女学生因性别差异而导致的心理和思想差异。① 2012 年上半年，上海市第八中学创办"男生班"，以培养男孩的阳刚之气，学校对 60 多名 14—15 岁的男孩寄以"正直豁达、乐学善思"的厚望。但社会上对此看法不同。以男生班为例，一种观点认为男女同校是社会进步的表现，没有理由再将男孩和女孩隔离开来；另一种观点认为"男孩危机"是由考试制度、选拔方式、育儿方法等多种因素造成的，将男孩"圈养"起来治

---

① 《蓬莱在中学推行"性别德育"》，http://www. jiaodong. net/news. system/2008/06/16/010272655. shtml，2018-09-02。

标不治本。①

　　针对教育领域中渗透性别意识的特色化实践，女性媒介除了密切关注、及时报道之外，还可邀请教育专家和性别研究专家进行分析、讨论，探索在教育中渗透性别意识的可行之法。同时，此时期出现的教育中渗透性别意识的案例，多属于学校创新的个案，尚未形成普遍现象。女性媒介还应探讨性别意识教育进入教育主流的可能性和可行性，呼吁和推动性别意识在教育实践中的主流化。

第三节　构建三维知识能力体系，
推动女性媒介可持续发展

　　从系统科学理论来看，可持续发展强调组织发展中自身元素和结构的协调，其功能输出与外部环境的资源支持之间的良好互动和支持关系，对此，可借用企业的三维知识能力系统来概括。三维知识能力系统是一个动态知识系统，是企业实现空间、时间及要素三个维度均可持续发展的能力组合。空间维是企业对外具有协调利益相关者关系的能力；要素维是企业对内具有完善内部支持系统的能力，具有持续学习能力、创新能力和再造能力；时间维是企业自身具有协调外部环境、保持稳定资源供给的能力。② 企业可持续发展的基本特征包括有效使用资源、避免环境污染、奉行质量增长、充分认识自身是不同利

---

① 孙中钦：《上海一中学设"男生班" 锻炼男生阳刚之气》，载《新民晚报》，2012-10-27。

② 于庆东等：《企业可持续发展能力及其提升》，载《沈阳师范大学学报（社会科学版）》，2007(5)。

益的承担者,① 这也是企业三维动态知识系统的外在表现。

媒介是在社会大系统中运转的、具有经济属性的特殊组织,其可持续发展与企业可持续发展有相似之处。媒介生产满足受众需要的信息产品,这需要媒介内部生产元素和结构的协调;媒介与社会环境之间存在支持和互动关系,如媒介对受众的教育和引导功能,经济文化水平对于媒介的支持作用等。这种功能输出和资源支持关系,与企业和外部环境的关系在原理上是一致的。

女性媒介的本质和功能与企业不同,但其结构和要素方面的相似性使其可持续发展也应在资源、环境、质量增长和利益承担方面表现出相应特征。本节借用企业可持续发展理论框架,从要素维、时间维、空间维三方面分析女性媒介可持续发展的内涵及概念框架,探讨女性媒介可持续发展能力的影响因素,并提出提升可持续发展能力的相关举措。

一、女性媒介可持续发展的含义

作为一种文化产业,以精神产品为基础的媒介在社会经济中发挥着重要作用。它虽然对自然环境和资源不构成直接威胁和消耗,但对社会发展至关重要,其能否与社会环境协调发展,决定着媒介自身的可持续发展。与普通产业组织追求经济利益最大化的目的不同,大众传媒作为文化产业和舆论传播平台,承担着经济创收、舆论引导及文化传承的多重角色,一方面表现出符合市场经济发展特点的潜质,另一方面担当社会守望者的责任。大众传媒的可持续发展与企业的不同之处在于其

---

① 于庆东等:《企业可持续发展研究》,76—77 页,北京,经济科学出版社,2006。

承担的社会责任。媒介传播信息产品，与大众思想和社会舆论的形成关系密切。媒介须在考虑信息传播社会影响的前提下，追求经济效益。它既是党和政府控制下的、服务大众的公共机构，又是出售精神产品的市场竞争主体，这要求它做社会公共利益的代言人，还要考虑成本和收益的关系。因此，新闻媒介的社会资源、生态环境、消费者、赢利模式与普通企业有本质不同。

女性媒介除考虑一般传媒组织的经济效益和公共利益之外，还要为女性的根本利益出发，传播具有社会性别意识的信息。女性媒介的可持续发展是指女性媒介通过完善媒介内部支持系统，持续满足女性媒介各种利益相关者的需要，使女性媒介发展的质量全面持续提升；女性媒介在实现赢利增长和发展能力提高的同时，达到社会、文化环境的改进。

女性媒介的可持续发展必须依据其核心能力。媒介核心能力是媒介在整合和配置资源的过程中表现出来的、对传媒运作的内在的、本质的与合规律性的认识，以及将这种认识付诸实践的超强执行能力。这种认识主要依存于传媒的"知识"层面，可辐射到传媒运作的各个环节；这种能力主要蕴藏在媒体内部，是一种整体性的不可分割的力量。① 何为女性媒介运作内在的、本质的与合规律性的认识，女性媒介如何养成将认识付诸实践的超强执行能力？理解这些问题，需追溯女性媒介发展史，从历史和现实的联系中总结不同类型女性媒介的共性。

---

① 丁和根：《基于核心能力的传媒竞争力战略》，载《新闻界》，2004（4）。

在近代中国救亡图存的历史语境里，女性逐渐成为传播者的动员对象，而女性也急需发声平台，近代女性媒介应运而生。无论是政治性女性媒介还是商办女性媒介，都从女性启蒙和解放入手传播有利于女性自由和发展的信息来满足女性需求。今天，在男女平等的法律规定下，女性享有和男性平等的权利，并从家庭走入社会：一方面女性的活动领域扩大，女性需要的与生活、工作、交往有关的信息更加广泛；另一方面观念上的女性地位明显低于法律地位，两性平等目标的实现还有诸多障碍，尤其是隐性的性别歧视。女性媒介必须正视这样的现实语境，其内在的、本质的与合规律性的认识都必须结合这样的现实语境。

因此，满足女性信息需求、表达女性的根本诉求是女性媒介内在的、本质的和合规律性的认识，女性媒介在传播信息和表达诉求的过程中养成超强执行力，就是女性媒介的核心能力。

二、女性媒介的三维知识系统和能力结构

构建女性媒介可持续发展的三维知识能力系统，既要考虑其与企业三维知识系统的相同之处，又要考虑到女性媒介的特殊之处。女性媒介一方面需具备符合市场经济发展特点的良好潜质，另一方面又担当守望女性根本利益和构建公共话语平台的职责，因此，女性媒介的三维知识能力系统有其特殊之处。在时间维上，虽然都通过追求与环境的协调有序和积极向上以达到持续性，但其时间维可持续的关键是对有关女性在社会上最新变动的信息进行持续关注和有效开发，而非物质资源的可持续；其要素维也需考虑员工的知识和技能，但核心是员工具备以社会性别意识促进女性自由和发展的视角；其空间维也要

求媒介赢利，但必须与社会责任并举。

　　女性媒介自身是一个系统，又是社会大系统和整个媒介生态系统中的一员。女性媒介的可持续发展既需自身元素和结构的协调，创新内容和媒介管理，又需与其他组织和环境实现协调和支持，真正满足受众需要，塑造有特色的媒介组织文化，促进环境的改进，表现出与环境之间的良好的适应性。在要素维、时间维和空间维三方面，建立相应的知识和能力系统，而重点是要素维。

　　女性媒介可持续发展的知识能力系统是女性媒介实现空间维、时间维和要素维可持续发展的能力组合。女性媒介对外具有协调利益相关者关系的能力，对内具有完善自身内部支持系统的能力，媒介本身具有学习和持续创新能力，以及协调环境、保持稳定的资源供给能力。（图 6-1）

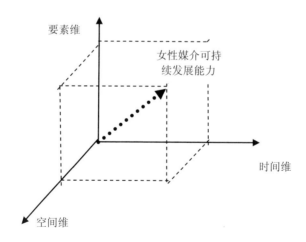

图 6-1　女性媒介可持续发展能力示意图

1. 知识系统

女性媒介可持续发展的知识系统由时间维、空间维和要素维以及三维之间的关系组成。要素维是涉及女性媒介内部支持系统的知识；空间维是涉及女性媒介及其利益相关者的知识，包括与受众、经营者、竞争对手和社会的关系；时间维是涉及女性媒介发展的可持续性的相关知识。要素维是可持续发展的前提和基础，是实现时间维和空间维的可持续性的关键，空间维和时间维是可持续发展能力水平的外部及长期性的具体体现，是女性媒介的要素维实现可持续性的目标。三维协调共存，方可实现女性媒介持续全面发展。

2. 能力组合

女性媒介可持续发展是一系列能力的组合。要素维能力组合是女性媒介拥有的培育和完善内部支持系统的能力，空间维能力组合是指女性媒介与其利益相关者协调的能力，时间维能力组合是女性媒介拥有实现可持续发展的能力（表6-1）。

表6-1　女性媒介可持续发展的能力结构

维度	知识系统	能力组合
要素维	持续性人力资本	社会性别意识、学习能力、员工素质、年龄梯队
	对信息资源的关注度	对女性最新变动和女性信息需求的关注度和开发度
	媒介文化	负责任的女性媒介文化
	持续创新能力	通过创新机制、柔性管理发挥创新能力
空间维	受众满意度	女性媒介信息和服务的有用性
	媒介成员满意度	女性媒介的文化凝聚力、目标指导力
	经营者满意度	女性媒介的赢利能力
	竞争对手满意度	女性媒介合作和竞争的力度
	社会认可度	女性媒介的社会效果

续表

维度	知识系统	能力组合
时间维	社会效果明显持续	女性媒介有助于促进两性平等和发展
	赢利持续增长	女性媒介自身经济效益的持续增长
	媒介的承载能力	女性媒介整合人、财、物的能力及市场应变能力

三、女性媒介可持续发展能力的影响因素分析

1. 要素维分析

要素维分析，即媒介运营和发展的内部支持系统。主要包括：持续性的人力资本。[①] 女性媒介的人力资本是媒介拥有的各类专业人才。女性媒介通过引进人才、员工培训和学习等手段达到信息处理知识和能力的提升。除一般媒介人才应具备的知识能力之外，女性媒介的人力资本还须具备社会性别意识。

对信息资源变化的关注程度。改革开放以来，社会结构的变化、文化的多样化和观念的更新深刻影响着女性，同时女性的变化也影响着社会，如女性的社会交往和跨地域流动对家庭及社会的影响，女性的生产、消费活动对经济的影响等，这是女性媒介必须密切关注的信息资源。生活在变化的社会环境下，女性的信息需求也会变化。女性媒介应改变对女性信息需求的定型化预期，捕捉女性的信息需求变化，关注社会变化中的女性变化，反映女性独立存在的价值。

---

① 人力资本是"凝结在人体内，能够物化为商品或服务，增加商品或服务的效用，并以此分享收益的价值"。李忠民：《人力资本》，30 页，北京，经济科学出版社，1999。

媒介文化。文化是媒介的软实力和重要的无形资产,当今女性媒介文化受消费主义的影响而呈现低俗媚俗倾向,为此女性媒介应将信息传播、社会发展和女性参与相结合,在解读信息时兼顾理性分析,使读者得到精神愉悦和享受,对媒介产品产生依赖,传播负责任的女性媒介文化。

持续创新能力。持续创新能力包括内容创新、形式创新、技术创新、管理创新、组织制度创新和观念创新。媒介以内容吸引消费者,有价值的内容才会有市场,女性媒介应不断拓展内容空间。形式创新和技术创新联系密切,女性媒介应充分利用传播技术发展带来的机遇,借助全媒体传播平台,充分发掘新媒介中的海量信源与女性表达,创新媒介内容和形式。管理创新包括管理模式和方法的创新。此外,女性媒介还可根据自身性质适当进行组织制度创新。观念创新是女性媒介信息产品的生产、销售、动态均衡(女性媒介与竞争市场的平衡)、社会责任等观念的创新。

女性媒介应通过刚柔相济的组织管理机制来发挥持续创新能力。以规章制度为核心,凭借制度约束、纪律、奖惩规定对员工进行基本业务管理;依据媒介文化和价值,通过以人为本的人格化柔性管理激发员工的内在动力和创造精神。这有利于在规范管理的基础上发挥员工的创造性。

2. 空间维分析

女性媒介的空间维度既包括媒介赢利能力的持续提高,又包括其他利益相关者需求的持续满足。

在与受众及经营者的关系上,女性媒介通过创新改进产品质量,以对受众的引导和促进为基础确立产品性价比,达到受众和经营者满意度;在与媒介成员的关系上,女性媒介通过文化的凝聚力和传播目标的指导力达到成员满意度；在和竞争对手的关系上，女性媒介需在竞争中发现对手的薄弱之处，确定自己的发展路径；在和社会的关系上，女性媒介通过媒介社会功能的发挥和媒介伦理的规范性来实现社会认可度。

3. 时间维分析

时间维是指媒介可持续发展能力要满足读者需要，密切关注女性的最新社会动态，对受众需要保持高度敏感，实现持续明显的社会效果；女性媒介通过信息开发的深度和方向，关注最新信息资源来实现对资源的持续利用，以灵活的市场应变能力保持赢利持续增长，实现可持续发展。

四、提升女性媒介可持续发展能力

女性媒介的核心竞争力是其可持续发展的基础，媒介文化是女性媒介可持续发展的保证。在女性媒介的社会性别意识和环境监测职能较弱的情况下，其可持续发展能力的提升需从如下四方面考虑。

1. 增强女性意识，密切监测环境，为女性媒介可持续发展奠定基础

女性意识即从女性的角度而非从男权文化中心的角度来看妇女问题、男人问题、社会问题和政治问题。[①] 我国的媒介从业者多具新闻专业知识和能力，但女性意识的培养相对缺失，这是女性媒介文化层次偏低的原因之一。

媒介的核心能力是媒介胜过对手的资源和能力，是其他媒介难以学到的、独特稀缺的优势。如果缺乏女性意识和女性视

---

① 卜卫：《妇女媒介需要女性意识》，载《妇女研究论丛》，1996
(2)。

角，女性媒介就失去了自身的价值，因此，女性意识是女性媒介的核心竞争力，女性媒介不仅需要从女性角度而非男权文化角度来看待妇女和社会，还要从女性角度来表现两性形象、妇女问题及其他社会问题，① 通过增强女性意识来夯实女性媒介可持续发展的能力基础。

2. 超越定型化信息需求预期，及时把握受众需要，增强女性媒介可持续发展能力

随着社会发展和女性生存环境的变化，女性的信息需求亦会变化。媒介需抛弃对信息消费者的定型化接受预期，把握信息变化并做出及时反应。

随着女性走入职场和社会，其观念、态度和信息需求相应发生变化，这是女性媒介可持续开发的内容资源。女性媒介的内容和服务应考虑女性生活、工作的变化，服务女性发展，表现女性完整的精神理念，形成女性媒介对信息资源的持续利用。我国首份女网民内容偏好调查②结果证实了女性对定型化信息需求预期的不满，表明媒介内容与女性信息需要脱节，对信息资源的持续利用不足。

事实上，大众媒介的社会性别意识弱点恰恰是女性媒介的发展契机。济南《都市女报》曾报道一则关系女性切身利益的新闻，引起社会广泛注意并产生明显效果。2003 年，该报率先报道湖南公务员招考中对"女性乳房对称"的歧视性要求，引起《中国妇女报》重视，两家媒体联合跟踪报道此事，直至有关方

---

① 卜卫：《妇女媒介需要女性意识》，载《妇女研究论丛》，1996（2）。

② 《"女性互联网民性别观念与内容偏好"调查出炉》，http://news. 163.com/07/0704/02/。

面修改招考条例。①

时代的发展和变化为女性媒介提供了持续的信息资源，但女性媒介的内容与女性阅读期望尚有一定距离。因此，女性媒介通过调查把握受众需求，为受众及时监测外部环境，使受众与媒介之间形成稳定的接受关系，增强女性媒介可持续平衡发展能力。

3. 注重策划，完善媒介形象，强化女性媒介可持续发展能力

媒介形象是受众对媒介印象的集合，它可细化为公信力、亲和力和可用性。公信力是媒介信息可信度在受众中的影响力，亲和力有利于媒介积聚人气，可用性为大众提供实用性或精神家园，有利于读者减少信息搜寻成本。② 在媒介竞争时代，适当的媒介策划有利于传播独家内容、吸引受众注意，增加媒介的形象知名度，提升自身影响力。在兼顾信息广度和深度的情况下，注重新闻性，生产有启迪性的内容，尽量避免低俗、煽情、刺激。

4. 构建责任女性媒介文化，巩固女性媒介可持续发展能力

媒介文化包括共同价值观、行为规范、媒介伦理和形象性活动。③ 女性媒介可遵循以上四个方面构建媒介文化，其中媒介宗旨决定共同价值观。20世纪初的《妇女时报》以介绍知识、

① 赵林云：《〈都市女报〉从女性视角看到一片新天地》，载《传媒》，2006(8)。
② 朱春阳、王玲宁：《媒介形象创新：同质化市场环境下传媒竞争的新支点》，载《中国广播》，2005(2)。
③ 邵培仁、陈兵：《媒介战略管理》，285－286页，上海，复旦大学出版社，2003。

开通风气为宗旨，其图画、时论、知识介绍、中外妇女风俗等栏目均围绕刊物宗旨进行传播，发行范围遍及国内 10 余省市的 30 多个发行处，发行量一度突破 6000 册。在遵循媒介宗旨的前提下，媒介可确立行为规范、媒介伦理，并进行相应的形象性活动。女性媒介可培育具有独特风格的媒介文化，反映女性的动态社会发展，将信息传播、社会发展和女性参与相结合，彰显负责任的女性媒介文化。

五、充分利用新媒介所带来的改变

在对新媒介的利用方面，女性媒介均建立了自己的官方网站，但在新媒介不断更新的背景下，仅有官方网站是不够的，因其信息更新和互动性均不如新兴的社交媒体。社交媒体与传统媒体的最大区别就是用户制作内容、注重用户体验、即时互动传播等特征。用户制作内容与传统媒体内容的根本区别表现在立足点的差异上，因为后者是站在他者的立场来观察和分析采访对象的，难以触及大众的心理及日常体验。新媒体是状态化的记录，其话题是鲜活的、与用户体验或用户利益密切相关的，还会引起其他用户的关注和转发、评论。在这方面，新媒介为女性媒介提供了新鲜话题，为女性媒介探及女性的真实生存提供了便利，有助于其进一步改进内容、增强互动、监测环境。

新媒介在根本上改变了传统女性媒介的传播环境，对于女性媒介改进传播内容、加强对信息消费者需要的把握、增加传受互动性提出了新要求。充分利用新媒介，结合传统媒体的优势以实现融合发展，是新形势下女性媒介发展的必由之路。

小　结

　　女性媒介在不同的发展维度上存在着失衡现象，这降低了女性媒介的文化影响力，也模糊了女性媒介的社会功能。当代女性媒介的诞生和转型多为媒介市场化竞争中突围的结果，其在面对媒介市场的选择时往往出现社会性别意识传播和市场化运营的失衡，这影响着女性媒介的可持续发展。

　　女性媒介的可持续发展需要其认清自身的发展方向与核心竞争力，确立社会性别意识传播宗旨，以奠定媒介发展的坚实基础；积极推动社会性别意识主流化，在实现媒介的社会责任的同时，为自身发展营造良好的社会环境；努力建构自己的三维知识能力体系，并充分利用新媒体带来的改变，为自身的可持续发展提供充分条件。

结　论

　　新形势下中国社会的结构转型、社会主义市场经济及数字化传播技术的发展，为女性媒介的发展提供了新环境。社会结构转型使女性受众群体发生分化，通过学历、文凭和各种技术证书获得立足的职业女性崛起，这为女性媒介提供了发展基础。社会主义市场经济的发展使媒介通过市场来配置资源，媒介竞争和细分化趋势明显，媒介在竞争中为突出特色而主动选择女性为目标受众。在此背景下，传统女性媒介朝着多元化、集团化方向发展，而女性新媒介的相继出现为女性表达提供了便捷平台。但女性媒介在发展中还面临着种种问题和不足，如媒介定位不稳、性别意识不足等。数字化传播技术的发展，为女性媒介发现来自用户设置的话题、进一步探及女性面临的现实问题、进一步抓取女性的信息需要，为女性媒介更加有效地监测环境，提供了便利条件。

　　女性媒介应正视发展中存在的问题，以传播社会性别意识为宗旨，反映女性的真实存在、女性和社会之间的关系。女性媒介还应着眼于自身的可持续发展来审视在要素维、空间维和时间维上的不足，逐渐完善媒介的三维知识能力系统，使媒介具备可持续发展的潜力。

　　女性媒介在发展中面临的根本性问题，是漫长的封建传统使男权文化和两性不平等观念在传统文化中根深蒂固，这种传统文化又沉淀在人的心理和意识层面，构成受众选择信息的无意识心理倾向，也是媒介最易迎合的市场。当发现女性存在、推动女性发展和两性平等成为世界文明的潮流时，当女性自觉要求保护自己权益时，因市场而催生的女性媒介不能无动于衷地固守在迎合市场的境地。

当然，从发现女性价值、反映女性存在、维护女性权益，到改变不平等的性别陈规，是一个系统工程，它需社会各层面形成共识、一致行动。但当性别不平等还广泛存在时，女性媒介的及时反映、大声呼吁是最为重要的和现实的方法。当今，便捷地接受媒介信息构成当代人的生活方式，女性媒介是最好的推进性别意识传播的工具。

在新形势下，一方面是国家逐步落实性别平等政策，另一方面是存在着性别不平等与商业利益结盟的趋势。这既要求媒体的持续传播，也需要有关方面对性别意识的高度重视和积极行动。

在媒体层面：在国家重视性别意识主流化的背景下，大众传媒的决策层需要不断呼吁将性别平等落实在各项具体政策和行动中，并将性别意识主流化落实在传媒的决策层和传媒实践中；传播者需创新传播方法，加强创新能力，充分利用多种媒体形式，以生动、活泼的内容和通俗的形式，传播及时、新鲜、有益、有用的信息，把社会性别意识渗透其中，实现对女性生存环境的持续、全面、及时监测。积极构建女性媒介的三维知识能力体系，推动女性媒介可持续发展。

在社会层面：媒体要呼吁以学校为主渠道，把社会性别意识纳入教育，从小培养公民的社会性别意识，让性别平等观念与其他文明观念一起植根于内心，为女性媒介的发展提供受众基础。女性媒介在此需进行及时的环境监测，并邀请教育专家和社会性别意识领域的专家就性别教育中出现的新问题进行讨论，引导舆论朝着有利于性别意识教育的方向健康发展。

参考文献

一、著作类

CCTV 中央电视台《半边天》栏目组编著：《相爱容易相处难：半边天·张越访谈录》，北京，中国经济出版社，2010。

卜卫：《媒介与性别》，南京，江苏人民出版社，2001。

曹晋：《媒介与社会性别研究：理论与实例》，上海，上海三联书店，2008。

陈堂发：《媒介话语权解析》，北京，新华出版社，2007。

陈阳：《协商女性新闻的碎片——20 世纪 90 年代以来中国媒体里的国家、市场和女性主义》，西安，陕西人民出版社，2006。

方延明：《新闻与文化研究》，北京，社会科学文献出版社，2007。

胡传荣编：《经济发展与妇女地位的变迁：经济发展程度不同的国家之间的比较研究》，上海，上海外语教育出版社，2003。

黄蓉生、任一明主编：《现代女性学概论》，重庆，西南师范大学出版社，2009。

霍红主编：《我们是女人：21 世纪中国精英女性大论坛》，长沙，湖南大学出版社，2002。

康民军：《欧美时尚 100 年》，济南，山东画报出版社，2009。

柯泽：《理性与传媒发展》，上海，上海三联书店，2009。

李春玲：《断裂与碎片：当代中国社会阶层分化实证分

析》，北京，社会科学文献出版社，2005。

李红艳编著：《媒介组织学》，北京，中国传媒大学出版社，2007。

李明伟：《知媒者生存》，北京，北京大学出版社，2010。

李琦：《传媒与性别：女性媒介的传播社会学阐释》，长沙，湖南师范大学出版社，2008。

廖梦君：《现代传媒的价值取向》，长沙，湖南人民出版社，2005。

刘莉、刘浩：《面包与玫瑰：女性权利的解释和实现》，上海，上海译文出版社，2005。

刘利群等主编：《国际视野中的媒介与女性》，北京，中国传媒大学出版，2007。

刘利群：《社会性别与媒介传播》，北京，中国传媒大学出版社，2004。

刘利群、曾丹娜、张莉莉：《中国媒介与女性研究报告：2005—2006》，北京，中国传媒大学出版社，2007。

刘霓：《西方女性学：起源、内涵与发展》，北京，社会科学文献出版社，2007。

刘宁元主编：《中国女性史类编》，北京，北京师范大学出版社，1999。

刘胜枝：《当代女性杂志的文化研究》，桂林，广西师范大学出版社，2007。

罗以澄、吕尚斌：《中国社会转型下的传媒环境与传媒发展》，武汉，武汉大学出版社，2010。

强月新、张明新编著：《转型社会的媒介景观》，武汉，武汉大学出版社，2007。

沈奕斐：《被建构的女性：当代社会性别理论》，上海，上海人民出版社，2005。

宋素红：《女性媒介：历史与传统》，北京，中国传媒大学出版社，2006。

苏阳、冯仕政、韩春萍主编：《中国社会转型中的阶级》，北京，社会科学文献出版社，2010。

佟新：《社会性别研究导论：两性不平等的社会机制分析》，北京，北京大学出版社，2005。

汪民安主编：《身体的文化政治学》，开封，河南大学出版社，2004。

王永亮：《传媒领秀：影响中国传媒的28位女性》，北京，新华出版社，2007。

吴飞主编：《传媒影响力》，北京，中国传媒大学出版社，2005。

徐连明：《差异化表征：当代中国时尚杂志"书写白领"研究》，北京，社会科学文献出版社，2008。

杨凤：《当代中国女性发展研究》，北京，人民出版社，2007。

杨澜编著：《天下女人之美丽心灵》，上海，上海三联书店，2010。

姚建平：《消费认同》，北京，社会科学文献出版社，2006。

于德山：《当代媒介文化》，北京，新华出版社，2005。

于庆东、王庆金、王晓吴：《企业可持续发展研究》，北京，经济科学出版社，2006。

余迪：《中国知名女性博客的女性主义探析》，北京，九州出版社，2010。

张春林：《当代中国传媒的受众策略——以受众身份为圆心进行探究》，重庆，重庆出版社，2006。

张敬婕：《女性主义媒介批评》，北京，九州出版社，2010。

赵庆伟：《中国社会时尚流变》，武汉，湖北教育出版社，1999。

赵云泽：《中国时尚杂志的历史衍变》，福州，福建人民出版社，2010。

〔美〕冈扎利·别瑞克、〔加〕董晓媛、〔美〕格尔·萨玛费尔德主编：《中国经济转型与女性经济学》，北京，经济科学出版社，2009。

〔美〕库兰主编：《大众媒介与社会》，北京，华夏出版社，2006。

〔美〕尼尔·波兹曼：《娱乐至死》，桂林，广西师范大学出版社，2009。

〔美〕萨梅尔·约翰逊、帕特里夏·普里杰特尔：《杂志产业》，北京，中国人民大学出版社，2006。

〔英〕乔安妮·恩特维斯特尔：《时髦的身体：时尚、衣着和现代社会理论》，桂林，广西师范大学出版社，2005。

〔英〕琼·娜：《服饰时尚 800 年(1200—2000)》，桂林，广西师范大学出版社，2009。

〔法〕弗朗索瓦－玛丽·格罗：《回眸时尚：西方服装简史》，北京，中国纺织出版社，2009。

〔法〕让·波德里亚：《消费社会》，南京，南京大学出版社，2001。

［法］西蒙·波伏娃：《第二性》，北京，西苑出版社，2004。

［德］维尔纳·桑巴特：《奢侈与资本主义》，上海，上海人民出版社，2005。

二、期刊论文类

戴韵：《女性时尚杂志封面女郎形象解读》，硕士学位论文，苏州大学，2007。

傅平：《中国传媒集团组织转型研究》，博士学位论文，复旦大学，2005。

刘锋：《现阶段我国人的精神文化需要研究》，博士学位论文，中共中央党校，2010。

潘珏：《新时期〈中国妇女〉杂志栏目与封面研究》，硕士学位论文，湖南师范大学，2010。

沈明涛：《〈新周报〉存亡现象暨中国舆论环境分析》，华中硕士学位论文，华中科技大学，2006。

宋祖华：《媒介品牌战略研究——理论分析与中国实证》，博士学位论文，复旦大学，2005。

俞朝阳：《90年代以来大众文化语境下的〈知音〉研究》，硕士学位论文，西南交通大学，2008。

袁亮：《出版体制改革的回顾与展望》，载《中国图书评论》1988(1)。

张海波：《市场机制与出版体制改革研究》，硕士学位论文，厦门大学，2006。

后　记

　　女性媒介承载了情感、故事、婚姻、家庭、恋爱、时尚以及各种实用信息，各个年龄层的女性都能从中发现满足自己的内容。在北京的报摊上，时尚类女性杂志往往被挂在最显眼的地方，报摊老板希望以此吸引路过的女性；一名出身高知家庭、在京城某名校读书的女大学生，把《时尚》作为自己穿衣装扮的"镜子"；一名在深圳打工的女孩，每月必买《知音》；年逾六旬的婆婆则喜欢读《家庭》和《知音》。女性电视以其独特的市场理念，成为女性媒介市场化的领跑者。新媒介环境中，网络媒体，特别是社交媒体的发展也逐渐倚重女性的消费和参与。

　　当下女性媒介的繁荣发展表明女性媒介既受市场推崇，又受女性关注。但女性媒介尤其是网络媒体的市场取向与传统性别意识的结合，又让人疑惑这是否是最坏的时代。有的女性媒介在市场竞争中占据低位，也有女性媒介在增加女性表达空间方面已迈出很大步伐。女性媒介不仅是数量的增多和种类的丰富，更应是媒介制作者具备信息传播的专业水准和对女性权益的深切关怀，并以社会性别意识作为专业标准来生产产品。任何媒介的成功都必须以专业化的优秀内容赢得市场。女性媒介如何为女性发展和利益考虑，制作雅俗共赏、寓教于乐的内容，考验着媒介制作者的专业水准、传播智慧和经营理念。如何兼顾市场效益和社会效益，使传播内容既叫好又叫座，女性媒介也许有很长的路要走。但不容置疑的是，女性媒介需要呼吁性别平等政策的落实，需要将社会性别意识纳入决策主流，需要以性别视角密切关注现实、监测环境，需要充分利用新媒介发现来自草根阶层的话题。

任何研究都要截取一定的时间段，所以从理论上讲，学术研究在结论时都不可能和传媒实践发展处于同一时段。在本研究的执行过程中，传媒的发展"日新月异"。考虑到这一点，研究者的思路随着媒介实践的发展不断变化，以期研究成果能贴近实践的最新发展，尽可能保证学术研究的时效性。但由于新媒介的迅速发展，本研究对新媒体与社会性别意识传播的分析，处于浅尝辄止的地步，这将是研究者的未来关注区域。

项目的完成离不开来自多方面的支持。首先，感谢国家社科基金规划办对本项目的支持，没有他们的资助，项目不可能顺利完成；其次，感谢发表本研究阶段性研究成果的各位编辑，诸位的认可使本研究获得了接受大众评判的机会，也在无形中赋予研究者以新的动力；感谢中国社会科学院新闻传播研究所研究员陈崇山老师，她在性别研究方面对本人多有启发，并对本人在项目研究中遇到的疑惑给予耐心细致的解答；感谢对本研究进行初审的五位评委，她(他)们以犀利的眼光、敏锐的发现，以及提携后进的宽广胸怀，为本研究提出了非常关键的意见和修改的方向。此外，项目的调研还得到女性媒介实践界诸多专家的支持。时代长沙电视台女性频道总监霍红女士、贵阳都市女性广播总监李朝晖先生、主播孟荷女士、郑州女性时空广播总监陶真女士、黑龙江都市女性广播的主播叶文女士，都对本研究涉及的调查采访给予支持。

对于以上诸位专家、学者的支持、帮助，在此深致谢意！

北师大传播学专业的何轶同学、郭雪莲同学、屈丽玮同学在其毕业设计中，为本项目研究中关于《经济女性》、妇联网站和微博上的两性话题等三个问题提供了相应的资料和数据，在此对她们的付出表示感谢。

如今，女性媒介的发展是媒介市场化、数字传播技术发展的产物，自然带着媒介市场化和数字技术的烙印。媒介的数字化发展，究竟为女性媒介的性别意识传播提供了怎样的机会？这是本项目研究者将要继续关注的内容。

由于研究者能力及认识的有限，本研究还存在诸多不足，期待广大同行批评指正。

宋素红
2016 年于北京师范大学

图书在版编目(CIP)数据

新形势下的女性传媒/宋素红著. —北京：北京师范大学出版社，2018.10

京师青年教师出版资助基金项目

ISBN 978-7-303-20428-1

Ⅰ.①新… Ⅱ.①宋… Ⅲ.①女性－传播媒介－研究－中国 Ⅳ.①G219.2

中国版本图书馆 CIP 数据核字(2016)第 104404 号

营 销 中 心 电 话 010-58802181　58805532
北师大出版社高等教育与学术著作分社　http://xueda.bnup.com

XIN XINGSHI XIA DE NYUXING CHUANMEI

出版发行：北京师范大学出版社　www.bnup.com
　　　　　北京市海淀区新街口外大街 19 号
　　　　　邮政编码：100875
印　　刷：北京京师印务有限公司
经　　销：全国新华书店
开　　本：890 mm×1240 mm　1/32
印　　张：9.375
字　　数：345 千字
版　　次：2018 年 10 月第 1 版
印　　次：2018 年 10 月第 1 次印刷
定　　价：58.00 元

策划编辑：周　粟　　　　　　　责任编辑：王　宁
美术编辑：李向昕　　　　　　　装帧设计：李向昕
责任校对：段立超　陈　民　　　责任印制：马　洁
